AGATHA CHRISTIE

os cinco porquinhos

UM CASO DE HERCULE POIROT

AGATHA CHRISTIE

Os cinco porquinhos

UM CASO DE HERCULE POIROT

Tradução
Otacílio Nunes

GLOBOLIVROS

Five Little Pigs Copyright © 1942 Agatha Christie Limited. All rights reserved. AGATHA CHRISTIE, POIROT and the Agatha Christie Signature are registered trade marks of Agatha Christie Limited in the UK and/or elsewhere. All rights reserved.

Translation entitled *Os cinco porquinhos* © 2009 Agatha Cristhie Limited. All rights reserved.
Copyright da tradução © 2009 by Editora Globo.

Todos os direitos reservados. Nenhuma parte desta edição pode ser utilizada ou reproduzida — em qualquer meio ou forma, seja mecânico ou eletrônico, fotocópia, gravação etc. — nem apropriada ou estocada em sistema de bancos de dados, sem a expressa autorização da editora.

Texto fixado conforme as regras do novo Acordo Ortográfico da Língua Portuguesa (Decreto Legislativo nº 54, de 1995)

Título original: *Five Little Pigs*

Editor responsável: Ana Lima Cecilio
Editores assistentes: Erika Nogueira Vieira e Juliana de Araujo Rodrigues
Revisão da presente edição: Tomoe Moroizumi
Capa e ilustração: Rafael Nobre / Babilônia Cultura Editorial
Diagramação: Jussara Fino

CIP-BRASIL. CATALOGAÇÃO NA PUBLICAÇÃO
SINDICATO NACIONAL DOS EDITORES DE LIVROS, RJ

C479c
Christie, Agatha, 1890-1976
Os cinco porquinhos/Agatha Christie; tradução Otacílio Nunes. — 4. ed.
São Paulo: Globo, 2014.

Tradução de: *Five Little Pigs*
ISBN 978-85-250-5699-3

1. Ficção inglesa.
I. Nunes, Otacílio. II. Título.

14-10784   CDD: 823
           CDU: 821.111-3

1ª edição, 1987; 2ª edição, 2009; 3ª edição, 2011; 4ª edição, 2014
7ª reimpressão, 2022

Direitos de edição em língua portuguesa para o Brasil adquiridos por Editora Globo S.A.
Rua Marquês de Pombal, 25 — Centro
20.230-240 — Rio de Janeiro — RJ
www.globolivros.com.br

Para Stephen Glanville

SUMÁRIO

Introdução 9

LIVRO 1

1 Advogado de defesa 21
2 Advogado de acusação 33
3 O jovem causídico 41
4 O velho causídico 47
5 O superintendente de polícia 55
6 Um porquinho foi à feira 75
7 Um porquinho ficou em casa 91
8 Um porquinho comeu rosbife 125
9 Um porquinho não comeu nada 141
10 Um porquinho gritou "uí-uí-uí" 159

LIVRO 2

Narrativa de Philip Blake 177
Narrativa de Meredith Blake 199

Narrativa de lady Dittisham 213
Narrativa de Cecilia Williams 225
Narrativa de Angela Warren 237

LIVRO 3
1 Conclusões 245
2 Poirot faz cinco perguntas 251
3 Reconstrução 261
4 Verdade 279
5 Consequências 289

INTRODUÇÃO
Carla Lemarchant

HERCULE POIROT OLHOU com interesse e apreciação para a jovem que era conduzida a sua sala.

Não havia nada distintivo na carta que ela escrevera. Era um mero pedido de encontro, sem nenhuma pista sobre o motivo do pedido. Era breve e prática. Só a firmeza da caligrafia indicava que Carla Lemarchant era uma mulher jovem.

E agora aqui estava ela em carne e osso — uma jovem de vinte e poucos anos alta e esbelta. O tipo de mulher para quem se olhava duas vezes. Suas roupas eram de boa qualidade, um *tailleur* elegante, caro, e peles luxuosas. Tinha a cabeça bem-posta sobre os ombros, a testa quadrada, o nariz de formato delicado e o queixo determinado. Parecia cheia de vida. Era isso, mais que sua beleza, que soava a nota dominante.

Antes dela entrar, Hercule Poirot se sentia velho — agora, sentia-se rejuvenescido, vivo, entusiasmado!

Quando se adiantou para cumprimentá-la, notou que os olhos cinza-escuros o estudavam atentamente. Escrutinava-o com muita seriedade.

Ela sentou e aceitou o cigarro que ele ofereceu. Depois de acendê-lo, ficou sentada um ou dois minutos fumando, ainda olhando para ele com aquele olhar sério, pensativo.

Poirot disse gentilmente:
— Sim, é preciso tomar uma decisão, não é?
Ela saiu do transe.
— Perdão?
A voz era atraente, com uma rouquidão leve e agradável.
— Você está decidindo, não é? Se eu sou um mero charlatão ou o homem de que precisa.
Ela sorriu. Disse:
— Bem, sim... algo assim. Veja, monsieur Poirot, o senhor... o senhor não é exatamente como eu pensava.
— Sou velho, não é? Mais velho do que você imaginava?
— Sim, isso também. — Ela hesitou. — Olhe, vou ser franca. Eu quero... preciso ter... o melhor.
— Fique tranquila — disse Poirot. — Eu *sou* o melhor!
— O senhor não é nada modesto... — disse Carla. — Mesmo assim, estou inclinada a acreditar no senhor.
Poirot disse placidamente:
— Não é preciso empregar apenas os músculos. Não preciso me curvar e medir as pegadas, e recolher as pontas de cigarro, e examinar as folhas de grama amassadas. Para mim, basta sentar em minha cadeira e pensar. É isto — ele bateu de leve em sua cabeça com formato de ovo —, *isto* que funciona!
— Eu sei — disse Carla Lemarchant. — É por isso que vim falar com o senhor. Entenda, quero que faça algo fantástico!
— Isso — disse Poirot —, "promete!".
Olhou para ela, encorajando-a.
Carla Lemarchant inspirou profundamente.
— Meu nome — disse —, não é Carla. É Caroline. O mesmo de minha mãe. Herdei o nome dela. — Fez uma pausa.

— E embora tenha sempre usado o sobrenome Lemarchant... meu verdadeiro sobrenome é Crale.

A testa de Poirot se enrugou por um momento de perplexidade. Ele murmurou:

— Crale... acho que me lembro...

— Meu pai era pintor — ela disse —, um pintor muito conhecido. Algumas pessoas dizem que ele era um grande pintor. *Eu* acho que era.

— Amyas Crale? — disse Hercule Poirot.

— Sim. — Ela fez uma pausa, depois continuou. — E minha mãe, Caroline Crale, foi julgada por matá-lo.

— Arrá — disse Hercule Poirot —, agora eu me lembro... mas só vagamente. Na época eu estava no exterior. Já faz muito tempo.

— Dezesseis anos — disse a jovem.

Seu rosto agora estava pálido e seus olhos eram duas luzes ardentes.

— O senhor entende? — ela disse. — *Ela foi julgada e condenada...* Não foi enforcada porque acharam que havia circunstâncias atenuantes... então a sentença foi comutada em prisão perpétua com trabalho forçado. Mas ela morreu só um ano depois do julgamento. O senhor entende? Está tudo feito... resolvido... terminado...

— E então? — disse Poirot, calmo.

A jovem Carla Lemarchant apertou as mãos juntas. Falou devagar e com hesitação mas com uma ênfase peculiar, incisiva.

— O senhor tem de entender... exatamente... onde eu entro. Eu tinha cinco anos na época em que aquilo... aconteceu. Muito jovem para saber qualquer coisa. Eu me lembro de minha mãe e de meu pai, é claro, e me lembro de sair de casa de repente... de ser levada para o campo. Me lembro dos porcos e de uma senhora, mulher de um fazendeiro, gorda e bonita... e de todos serem muito gentis... e me lembro, muito claramente, do jeito engraçado como eles olhavam para mim... todos... uma espécie de olhar furtivo. É claro que eu sabia, as crianças sabem, que havia alguma coisa errada... mas não sabia o quê.

"E então eu fui para um navio... era animado... durou dias, e depois eu estava no Canadá e tio Simon veio ao meu encontro, e vivi em Montreal com ele e tia Louise, e quando eu perguntava sobre mamãe e papai eles diziam que eles chegariam logo. E depois... depois acho que esqueci... só que eu meio que sabia que eles estavam mortos sem me lembrar de ninguém ter realmente me dito isso. Porque nessa época eu não pensava mais neles. Eu era muito feliz. Tio Simon e tia Louise eram amáveis comigo, e eu ia à escola e tinha muitos amigos, e esqueci completamente que já tivera outro sobrenome, não Lemarchant. Tia Louise me disse que esse era meu nome no Canadá e isso me pareceu muito sensato na época... era só meu sobrenome canadense... mas, como eu disse, no fim esqueci que algum dia tivera outro."

Ela ergueu de repente o queixo desafiador. E continuou:

— Olhe para mim. O senhor diria, não é?, se me visse: "Eis uma jovem que não tem nada com que se preocupar!". Eu tenho muito dinheiro, minha saúde é esplêndida, tenho uma aparência bastante agradável, posso desfrutar a vida. Aos vinte anos, não havia nenhuma garota em nenhum lugar com quem eu trocaria de lugar.

"Mas, sabe, eu já tinha começado a fazer perguntas. Sobre minha mãe e meu pai. Quem eles eram e o que faziam? Eu estava fadada a descobrir no final..."

"Eles acabaram me contando a verdade. Quando eu tinha vinte e um anos. Tiveram de contar, porque eu tomei posse de meu dinheiro. Além disso, havia a carta. A carta que minha mãe me deixou quando morreu."

A expressão dela mudou, turvou-se. Seus olhos não eram mais dois pontos ardentes, eram lagos escuros e indistintos. Ela disse:

— Foi quando eu soube a verdade. Que minha mãe tinha sido condenada por assassinato. Foi... foi horrível.

Ela fez uma pausa.

—Há outra coisa que devo lhe contar. Eu estava noiva. Meus tios diziam que eu devia esperar... que não podíamos nos casar antes que eu fizesse vinte e um anos. Quando eu soube, entendi o por quê.

Poirot se mexeu e falou pela primeira vez.

— E qual foi a reação de seu noivo?

— John? John não deu importância. Disse que não fazia diferença... não para ele. Ele e eu éramos John e Carla, e o passado não era importante.

Ela se inclinou para a frente.

—Ainda estamos noivos. Mas mesmo assim, sabe, *é* importante. Para mim. E também para John... Não é o passado que é importante para nós, é o futuro. — Ela apertou as mãos. — Nós queremos filhos, sabe. Nós dois queremos. E eu não quero que meus filhos cresçam e fiquem com medo.

— Você não percebe — disse Poirot — que entre os antepassados de qualquer pessoa houve violência e maldade?

— O senhor não entende. É claro que é assim. Mas normalmente as pessoas não sabem disso. Nós sabemos. Está muito próximo de nós. E algumas vezes... eu percebi John olhando para mim. Um olhar bem rápido, só um relance. Suponha que nós estivéssemos casados e brigássemos... e eu o visse olhando para mim e... e *em dúvida*?

— Como seu pai foi morto? — disse Poirot.

A voz de Carla saiu clara e firme.

— Ele foi envenenado.

— Entendo — disse Poirot.

Houve um silêncio.

Então a jovem disse, num tom calmo, trivial:

— Graças a Deus o senhor é sensível. Vê que isso tem importância... e o que isso envolve. O senhor não tenta pôr panos quentes nem dizer frases consoladoras.

— Eu entendo muito bem — disse Poirot. — O que não entendo é o que você quer *de mim*?

Carla Lemarchant disse simplesmente:

— Eu quero me casar com John! E pretendo me casar com ele! E quero ter pelo menos duas filhas e dois filhos. E o senhor vai tornar isso possível!

— Você quer dizer... você quer que eu fale com seu noivo? Ah, não, isso é idiotice! O que você está sugerindo é algo muito diferente. Me diga o que tem em mente.

— Ouça, monsieur Poirot, entenda o que vou dizer, entenda claramente. Eu o estou contratando para investigar um caso de assassinato.

— Você está falando...?

— Sim, estou. Um caso de assassinato é um caso de assassinato, quer ele tenha acontecido ontem, quer há dezesseis anos.

— Mas minha cara senhorita...

— Espere, monsieur Poirot. O senhor ainda não sabe tudo. Há um aspecto muito importante.
— Sim?
— Minha mãe era inocente — disse Carla Lemarchant.

Hercule Poirot esfregou o nariz. E murmurou:
— Bem, naturalmente... Eu compreendo que...
— Não se trata de sentimento. Existe a carta dela. Ela a deixou para mim antes de morrer. Eu só deveria recebê-la quando completasse vinte e um anos. Ela a deixou por uma única razão... para que eu ficasse tranquila. Era tudo que havia nela. Que ela não tinha feito aquilo... que ela era inocente... que eu podia ter sempre certeza disso.

Hercule Poirot olhou pensativo para o rosto jovem e vigoroso que o encarava com tanta seriedade. E disse, bem devagar:
— *Tout de même...*
Carla sorriu.
— Não, minha mãe não era assim! O senhor está pensando que pode ser uma mentira... uma mentira sentimental? — Ela se inclinou para a frente, determinada. — Escute, monsieur Poirot, há coisas que as crianças sabem muito bem. Eu me lembro de minha mãe... uma lembrança com lacunas, claro, mas me lembro muito bem do *tipo* de pessoa que ela era. Ela não contava mentiras... mentiras gentis. Se uma coisa ia magoá-la, ela sempre dizia que ia. Dentistas, ou espinhos no dedo... todos esses tipos de coisa. A verdade era... um impulso natural para ela. Acho que eu não gostava especialmente dela... mas confiava nela. *Ainda* confio nela! Se ela disse que não matou meu pai, então não matou! Ela não era o tipo de pessoa que escreve solenemente uma mentira quando sabe que está morrendo.

Lentamente, quase com relutância, Poirot inclinou a cabeça.

Carla prosseguiu.

— É por isso que *para mim* não há nenhum problema em casar com John. Eu sei que está tudo bem. *Mas ele não.* Ele sente que naturalmente eu pensaria que minha mãe era inocente. Essa história precisa ser esclarecida, monsieur Poirot. E *o senhor* vai fazer isso.

Hercule Poirot disse devagar:

— Admitindo que o que você diz seja verdade, mademoiselle, passaram-se dezesseis anos!

— Oh!, é claro que vai ser *difícil*! Ninguém além do *senhor* poderia fazer isso!

Os olhos de Poirot piscaram levemente. Ele disse:

— Você sabe mesmo como me bajular... *hein*?

— Eu ouvi falar sobre o senhor — disse Carla. — As coisas que o senhor fez. O *modo* como o senhor as fez. É psicologia que lhe interessa, não é? Bem, isso não muda com o tempo. As coisas tangíveis desapareceram... as pontas de cigarro, as pegadas e as folhas de grama amassadas. O senhor não pode mais procurar por elas. Mas pode examinar todos os fatos do caso, e talvez conversar com as pessoas que estavam lá na época... elas ainda estão vivas... e depois... e depois, como o senhor disse há pouco, pode sentar em sua cadeira e *pensar*. E *o senhor saberá o que realmente aconteceu...*

Hercule Poirot se pôs de pé. Uma das mãos afagou o bigode. Ele disse:

— Mademoiselle, estou honrado! Vou justificar sua fé em mim. Investigarei seu caso de assassinato. Examinarei os acontecimentos de dezesseis anos atrás e descobrirei a verdade.

Carla se levantou. Seus olhos brilhavam. Mas ela disse apenas:

— Está bem.

Hercule Poirot sacudiu um dedo eloquente.

— Um momentinho. Eu disse que descobrirei a verdade. Mas não, entenda, não tenho nenhuma inclinação. Não aceito sua garantia da inocência de sua mãe. Se ela foi culpada... *eh bien*, e então?

Carla jogou para trás sua orgulhosa cabeça. E disse:

— Eu sou filha dela. Quero a *verdade*!

— *En avant*, então — disse Poirot. — Embora não seja isso que eu deva dizer. Ao contrário. *En arrière*...

LIVRO I

1

ADVOGADO DE DEFESA

— SE EU ME LEMBRO do caso Crale? — perguntou sir Montague Depleach. — Certamente. Eu me lembro muito bem. Uma mulher muitíssimo atraente. Mas desequilibrada, é claro. Nenhum autocontrole.

Ele olhou de lado para Poirot.

— O que o leva a me perguntar sobre esse caso?

— Estou interessado.

— Não é muito delicado de sua parte, meu caro — disse Depleach, mostrando os dentes em seu famoso "sorriso de lobo", assim chamado porque, dizia-se, exercia um efeito aterrorizante sobre as testemunhas. — Não é um de meus sucessos, você sabe. Eu não a inocentei.

— Sei disso.

Sir Montague deu de ombros.

— É claro que na época eu não tinha tanta experiência quanto tenho agora. Não se pode fazer muito sem *cooperação*. Nós *conseguimos* comutar a pena em trabalho forçado. Provocação, sabe. Muitas esposas e mães respeitáveis organizaram uma petição. Havia muita simpatia por ela.

Ele se recostou, esticando as pernas compridas. Seu rosto assumiu um ar judicial, avaliador.

— Se ela tivesse atirado nele, ou mesmo o esfaqueado... eu teria feito todo o esforço para conseguir homicídio culposo. Mas veneno... não, não se pode fazer mágica com isso. É complicado... muito complicado.

— Qual foi a defesa? — perguntou Hercule Poirot.

Ele sabia porque já havia lido os arquivos de jornal, mas não via nada de mau em bancar o completo ignorante para sir Montague.

— Ah, suicídio. A única coisa em que *podíamos* nos empenhar. Mas não deu muito certo. Crale não era esse tipo de pessoa! Você não o conheceu, não é? Não? Bem, ele era um grande fanfarrão, o tipo do sujeito animado. Grande mulherengo, bebedor de cerveja, e tudo o mais. Entregava-se aos prazeres da carne e gostava deles. Não se consegue persuadir um júri de que um homem como esse vai se sentar e calmamente se matar. Não combina. Não, eu temia defender uma proposição perdedora desde o começo. E ela não colaborou! Eu soube que íamos perder assim que foi para o banco das testemunhas. Não havia nela nenhuma disposição para lutar. Mas veja a situação, se você *não* põe seu cliente para testemunhar, o júri tira suas próprias conclusões.

— É isso — disse Poirot — que você quis dizer quando falou que não se pode fazer muita coisa sem cooperação?

— Absolutamente, meu caro colega. Você sabe que nós não somos mágicos. Metade da batalha é a impressão que o acusado deixa no júri. Eu soube que júris muitas vezes chegam a veredictos fortemente opostos ao sumário do juiz. "Ele fez, tudo bem!", esse é o ponto de vista. Ou "*Ele* nunca fez uma coisa como essa, não me diga!". Caroline Crale nem sequer tentou começar uma briga.

— Por que isso aconteceu?

— Não faço a menor ideia. É claro que ela gostava do cara. Ela desmoronou quando caiu em si e se deu conta do que tinha feito. Acho que nunca se recuperou do choque.

— Então em sua opinião ela era culpada.

Depleach pareceu muito surpreso. E disse:

— É... bem, eu pensei que para nós isso fosse um consenso.

— Ela alguma vez admitiu a você que era culpada?

Depleach parecia chocado.

— Claro que não... claro que não. Nós temos nosso código, você sabe. A inocência é sempre... é... pressuposta. Se você está tão interessado é uma pena que não possa entrar em contato com o velho Mayhew. Os Mayhew foram os advogados que me passaram o caso. O velho Mayhew poderia lhe contar mais do que eu. Mas... ele já foi desta para melhor. Há o jovem Mayhew, claro, mas na época ele era só um garoto. Você sabe que faz muito tempo.

— Sim, eu sei. É uma sorte para mim que você se lembre de tanta coisa. Sua memória é notável.

Depleach pareceu contente. E murmurou:

— Ah, bem, a gente se lembra das principais manchetes. Especialmente quando é uma acusação capital. E, é claro, o caso Crale recebeu muita publicidade da imprensa. Muito interesse em sexo e tudo o mais. A garota no caso era bem impressionante. Uma mulher durona, eu achava.

— Você vai me perdoar se eu pareço muito insistente — disse Poirot —, mas vou repetir mais uma vez, você não tinha dúvida de que Caroline Crale era culpada?

Depleach deu de ombros.

— Francamente... de homem para homem... não acho que haja muita dúvida sobre isso. Ah, sim, ela fez mesmo aquilo.

— Quais eram as evidências contra ela?

— Muito comprometedoras, na verdade. Primeiro havia o motivo. Ela e Crale levaram uma espécie de vida de cão e gato durante anos... brigas intermináveis. Ele estava sempre enrolado com alguma mulher. Não conseguia evitar. Era esse tipo de homem. Ela aguentava muito bem, em geral. Aceitava o comportamento dele como uma questão de temperamento... e você sabe que o sujeito era um pintor de primeira. O preço dos trabalhos dele subiu enormemente... enormemente. Eu não ligo para aquele tipo de pintura... uma coisa feia, imponente, mas é *boa*... disso não há dúvida.

"Bem, como eu disse, tivera problemas com mulheres de tempos em tempos. Mrs. Crale não era do tipo resignado, que sofre em silêncio. Havia brigas, com certeza. Mas ele sempre acabava voltando para ela. Os casos dele passavam. Mas o último foi muito diferente. Era uma garota, e uma senhora garota. Tinha só vinte anos.

"Elsa Greer era o nome dela. Era filha única de um industrial de Yorkshire. A moça tinha dinheiro e determinação, e sabia o que queria. E o que ela queria era Amyas Crale. Ela conseguiu que ele a pintasse, ele não pintava retratos de sociedade convencionais, "Mr. e mrs. Blank com cetim e pérolas", mas pintava figuras. Sei que a maioria das mulheres não teria gostado de ser pintada por ele — ele não as poupava! Mas pintou a garota Greer, e terminou completamente apaixonado por ela. Ele beirava os quarenta, sabe, e era casado fazia muitos anos. Estava maduro para fazer coisas estúpidas com relação a uma garota imatura. Essa garota foi Elsa Greer. Ele ficou louco por ela, e pensava em se divorciar da mulher e casar com Elsa.

"Caroline Crale não ia deixar isso acontecer. Ela o ameaçou. Duas pessoas a ouviram dizer que, se ele não desistisse da garota, ela o mataria. E não há dúvida de que falava sério! No dia antes de tudo acontecer, eles tinham tomado chá com um vizinho. Ele meio que se dedicava à ervas e remédios feitos em casa. Entre as infusões que ele patenteara havia uma de coniina — cicuta-da-europa. Houve uma conversa sobre ela e suas propriedades mortais.

"No dia seguinte ele notou que metade do conteúdo do frasco desaparecera. Ficou apavorado. Encontraram um vidro quase vazio com a substância no quarto de mrs. Crale, escondido no fundo de uma gaveta."

Hercule Poirot se mexeu, desconfortável. E disse:

— Outra pessoa podia tê-lo posto lá.

— Ah! Ela admitiu para a polícia que o havia pegado. Muito imprudente, é claro, mas ela não tinha advogado para aconselhá-la nesse estágio. Quando lhe perguntaram sobre a coniina, ela admitiu francamente que a havia pegado.

— Por qual motivo?

— Ela alegou que a havia pegado com a ideia de se matar. Não conseguiu explicar como o vidro se esvaziara — nem como ele estava com suas impressões digitais. Essa parte foi muito prejudicial. Veja, ela sustentava que Amyas Crale se suicidara. Mas, se ele tivesse pegado a coniina do vidro que ela escondera em seu quarto, além das impressões digitais dela, as *dele* estariam no vidro.

— A coniina foi dada a ele na cerveja, não é?

— Sim. Ela tirou a garrafa da geladeira e a levou para onde ele estava pintando, no jardim. Serviu a cerveja e deu a ele, e assistiu enquanto ele bebia. Todos subiram para almoçar e o deixaram, ele faltava às refeições com frequência. Depois ela e a governanta o encontraram morto. A história dela era que a cerveja que *ela* dera a ele estava boa. Nossa teoria era que ele de repente ficara tão preocupado e com tanto remorso que tomara o veneno. Tudo conversa fiada... ele não era esse tipo de pessoa! E a evidência das impressões digitais foi a mais prejudicial.

— Encontraram as impressões digitais dela na garrafa?

— Não, só as *dele* — e eram falsas. Ela ficou sozinha com o corpo, sabe, enquanto a governanta foi telefonar para um médico. E o que ela deve ter feito foi limpar a garrafa e o copo e depois pressionar os dedos dele contra eles. Veja, ela queria fingir que nunca tinha tocado nas coisas. Bom, não funcionou. O velho Rudolph, que era o advogado de acusação, divertiu-se muito com isso; provou definitivamente, por demonstração no tribunal, que um homem *não podia* segurar uma garrafa com os dedos naquela posição! Claro que *nós* fizemos o melhor possível para mostrar que *podia*, que as mãos dele tinham se contorcido quando ele estava morrendo, mas, francamente, nossa explicação não era muito convincente.

— A coniina na garrafa — disse Hercule Poirot — podia ter sido posta lá antes de ela a levar para o jardim.

— Não havia coniina na garrafa. Só no copo.

Ele fez uma pausa, seu rosto largo e atraente de repente se alterou, e virou a cabeça bruscamente.

— Alô — ele disse. — Ora, ora, Poirot, *o que você está tentando dizer?*

— *Se* — disse Poirot — Caroline Crale era inocente, como essa coniina foi parar lá? A defesa disse na época que o próprio

Amyas Crale a pusera no copo. Mas você me diz que isso era muitíssimo improvável, e de minha parte concordo com você. Ele não era esse tipo de pessoa. Então, se Caroline Crale não fez isso, *alguma outra pessoa fez*.

Depleach disse, numa quase explosão:

— Ah, faça-me o favor, meu amigo, você não pode tentar conseguir o impossível. Foi tudo resolvido definitivamente há anos. É claro que foi ela. Você saberia disso muito bem se a tivesse visto na época. Estava escrito nela inteira! Eu cheguei até a imaginar que o veredito era um alívio para ela. Caroline não ficou assustada nem um pouco nervosa. Só queria sobreviver ao julgamento e acabar logo com ele. Era uma mulher muito corajosa...

— E contudo — disse Poirot —, quando ela morreu, deixou uma carta a ser entregue à filha na qual jurava solenemente ser inocente.

— Aposto que deixou — disse sir Montague Depleach. — Você ou eu teríamos feito a mesma coisa no lugar dela.

— A filha diz que ela não era esse tipo de pessoa.

— A filha diz... ah! O que *ela* sabe da história? Meu caro Poirot, a filha era só uma criança na época do julgamento. Tinha o quê... quatro... cinco anos? Eles mudaram o nome dela e a mandaram para algum lugar fora da Inglaterra, para ficar com uns parentes. O que *ela* pode saber ou lembrar?

— Às vezes as crianças conhecem muito bem as pessoas.

— Talvez conheçam. Mas isso não vale nesse caso. Naturalmente a moça quer acreditar que a mãe não fez aquilo. Deixe que ela acredite nisso. Não faz mal algum.

— Mas infelizmente ela exige provas.

— Provas de que Caroline Crale não matou o marido?

— Sim.
— Bem — disse Depleach —, ela não vai consegui-las.
— Você acha que não?

O famoso K. C.* olhou meditativo para seu companheiro.

— Eu sempre pensei que você fosse um homem honesto, Poirot. O que você está fazendo? Tentando ganhar dinheiro brincando com os afetos naturais de uma jovem?

— Você não conhece a jovem. É uma jovem incomum. Uma jovem de grande força de caráter.

— Sim, eu devia imaginar que a filha de Amyas Crale e Caroline Crale fosse assim. O que ela quer?

— Ela quer a verdade.

— Mmm... temo que ela ache a verdade impalatável. Honestamente, Poirot, não acho que haja nenhuma dúvida. Ela o matou.

— Você vai me perdoar, meu amigo, mas eu devo satisfazer minha curiosidade sobre isso.

— Bem, não sei o que mais você pode fazer. Pode ler os relatos de jornal sobre o julgamento. Humphrey Rudolph era o promotor. Ele está morto — deixe-me ver, quem era seu segundo? O jovem Fogg, acho. Sim, Fogg. Você pode bater um papo com ele. E depois há as pessoas que estavam lá na época. Suponho que elas não vão gostar de você se intrometendo e desencavando a coisa toda, mas aposto que você vai conseguir o que quer delas. Você é um demônio aceitável.

* K. C.: King's Council – literalmente, advogado do rei. Na Inglaterra, a mais alta qualificação que um advogado pode alcançar. Como o nome diz, é alguém habilitado a falar nos tribunais em nome do rei (ou da rainha). [N. T.]

— Ah, sim, as pessoas envolvidas. Isso é muito importante. Você se lembra, talvez, quem eram elas?
Depleach considerou.
— Deixe-me ver... faz muito tempo. Havia só cinco pessoas que participaram, por assim dizer, não estou contando os empregados, um par de coisas velhas confiáveis, criaturas de aparência apavorada; eles não sabiam nada de nada. Ninguém podia suspeitar deles.
— Há cinco pessoas, você diz. Conte-me sobre elas.
— Bem, havia Philip Blake. Era o melhor amigo de Amyas, conhecera-o a vida toda. Estava hospedado na casa na época. *Ele* está vivo. Eu o vejo de vez em quando no metrô. Mora em St. George's Hill. Corretor da Bolsa de Valores. Faz jogadas de mercado e consegue sair ileso. Um homem bem-sucedido, engordando um pouco depressa.
— Sim. E quem mais?
— Depois havia o irmão mais velho de Blake. Fidalgo rural... o tipo do sujeito caseiro.
Um *jingle* passou pela cabeça de Poirot. Ele o reprimiu. Ele *não* devia pensar sempre em canções de ninar. Ultimamente parecia obcecado com isso. E no entanto o *jingle* persistiu.
"*Um porquinho foi à feira, um porquinho ficou em casa...*"
Ele murmurou:
— Ele ficou em casa... é?
— Ele é o sujeito de quem eu estava lhe falando — metido com drogas e ervas, uma espécie de químico. Era o seu passatempo. Mas como é mesmo que ele se chamava? Um nome do tipo literário — lembrei. Meredith. Meredith Blake. Não sei se está vivo ou não.

— E quem mais?
— Quem mais? Bem, há a causa de todo o problema. A garota no caso. Elsa Greer.
— *Um porquinho comeu rosbife* — murmurou Poirot.
Depleach o encarou.
— Eles deram carne a ela, sem dúvida — ele disse. — Ela tem sido uma empreendedora. Teve três maridos desde então. Entra e sai dos tribunais de divórcio com a maior facilidade. E, cada vez que faz uma mudança, é para melhor. Lady Dittisham — é isso que ela é agora. Abra qualquer *Tatler** e com certeza vai encontrá-la.
— E os outros dois?
— Havia a governanta. Não me lembro do nome dela. Uma mulher muito capaz. Thompson... Jones... algo assim. E havia a menina. A meia-irmã de Caroline Crale. Devia ter uns quinze anos. Ela construiu um nome respeitável. Desenterra coisas e vai para lugares remotos. Warren... é esse o nome. Angela Warren. Uma jovem bastante alarmante hoje em dia. Eu a vi outro dia.
— Ela não é, então, o porquinho que gritou 'uí-uí-uí'...?
Sir Montague Depleach olhou para ele de um jeito muito peculiar. E disse secamente:
— Ela teve um motivo para gritar "uí-uí" na vida. Foi desfigurada. Ganhou uma cicatriz feia em um lado do rosto. Ela... Ah, bem, você vai ficar sabendo disso, aposto.
Poirot se levantou. E disse:

---

* *Tatler* – Revista inglesa que cobre principalmente as tendências sociais no mundo dos muito ricos e aristocratas. [N. T.]

— Obrigado. Você foi muito gentil. Se mrs. Crale *não* matou o marido...

Depleach o interrompeu:

— Mas matou, meu velho, ela matou. Pode acreditar em mim.

Poirot continuou, sem ligar para a interrupção.

— ... então parece lógico supor que uma dessas cinco pessoas deve ter matado.

— Uma delas *poderia* ter matado, suponho — disse Depleach, duvidoso. — Mas não vejo por que qualquer uma delas *deveria*. Absolutamente nenhum motivo! Na verdade, estou muito seguro de que nenhuma delas fez isso. Tire essa ideia fixa da cabeça, meu velho!

Mas Hercule Poirot apenas sorriu e balançou a cabeça.

2
ADVOGADO DE ACUSAÇÃO

— CULPADÍSSIMA — disse sucintamente mr. Fogg.

Hercule Poirot olhava, meditativo, para o rosto fino e bem delineado do advogado.

Quentin Fogg, K. C., era um tipo muito diferente de Montague Depleach. Depleach tinha força, magnetismo e uma personalidade autoritária e levemente agressiva. Criava seus efeitos com uma rápida e dramática mudança de modos. Em um momento, atraente, cortês, encantador, depois, uma transformação quase mágica, lábios contraídos, sorrindo com os dentes cerrados, pronto para atacar.

Quentin Fogg era magro, descorado, com uma singular ausência do que chamamos de personalidade. Suas perguntas eram tranquilas e desprovidas de emoção, mas com uma perseverança inabalável. Se Depleach era como um florete, Fogg era como uma verruma. Perfurava com persistência. Nunca alcançara uma fama espetacular, mas era conhecido como um excelente causídico. Normalmente ganhava seus casos.

Hercule Poirot olhava para ele, meditativo.

— Então — ele disse —, foi essa a impressão que o senhor teve?

Fogg assentiu com a cabeça. E disse:

— Você devia tê-la visto no banco dos réus. O velho Humpie Rudolph (era ele quem liderava) fez picadinho dela. Picadinho! Depois de uma pausa, ele disse inesperadamente:
— No fim das contas, sabe, foi um tanto exagerado.
— Não estou certo — disse Poirot — de estar entendendo exatamente o senhor.

Fogg arqueou suas sobrancelhas delicadamente delineadas. Sua mão sensível tocou de leve o escasso lábio superior. Ele disse:
— Como posso explicar? É um ponto de vista muito inglês. "Atirar num alvo fácil" descreve melhor a situação. Isso é inteligível para você?
— Esse é, como o senhor diz, um ponto de vista muito inglês, mas acho que o entendo. Na Corte Criminal Central, assim como nos campos de jogo de Eton e nos campos de caça, os ingleses gostam que a vítima tenha uma chance razoável de sucesso.
— É isso, exatamente. Bem, nesse caso a acusada *não* teve chance. Humpie Rudolph fez o que queria com ela. Começou com a inquirição de Depleach. Ela ficou lá, sabe, dócil como uma garotinha em uma festa, respondendo às perguntas de Depleach com as respostas que sabia de cor. Muito dócil, lembrando de cada palavra que devia dizer, e absolutamente inconvincente! Tinham dito a ela o que dizer e ela disse. Não foi culpa de Depleach. O velho saltimbanco desempenhou seu papel com perfeição, mas, em qualquer cena que precisa de dois atores, um sozinho não é capaz de executá-la. Ela não o acompanhou. Isso teve o pior efeito possível sobre o júri. E então o velho Humpie se levantou. Suponho que o senhor o tenha visto. Ele é uma grande perda. Erguendo a beca, oscilando sobre os pés — e, então, bem no alvo!

"Como eu lhe disse, ele fez picadinho dela! Conduzia para uma coisa e outra, e toda vez ela caía no alçapão. Ele conseguiu que ela admitisse o absurdo de suas próprias declarações, que ela se contradissesse, e ela se atrapalhava cada vez mais. E então ele arrematou da forma costumeira. Muito compelativo, muito convencido: 'Eu lhe sugiro, mrs. Crale, que essa sua história de roubar coniina para cometer suicídio é inteiramente falsa. Sugiro que a senhora a pegou com o objetivo de administrá-la a seu marido, que estava prestes a deixá-la por outra mulher, e que a senhora *deliberadamente* a administrou a ele'. E ela; uma criatura tão bonita, graciosa, delicada; olhou para ele e disse: 'Oh não... não, eu não fiz isso'. Foi a coisa mais insípida que já se ouviu — e mais inconvincente. Vi o velho Depleach se contorcer em seu assento. Ele sabia que para eles estava tudo terminado."

Fogg fez uma pausa de um minuto, então continuou:

— E contudo... não sei. Em certos aspectos era a coisa mais inteligente que ela podia ter feito! Apelava ao cavalheirismo — aquele cavalheirismo esquisito estreitamente associado a esportes de sangue que faz a maioria dos estrangeiros nos verem como impostores onipotentes! O júri sentiu, todo o tribunal sentiu, que ela não tivera chance. Não podia nem se defender. Certamente não podia montar nenhum tipo de show contra um grandalhão bruto e esperto como o velho Humpie. Aquele débil, inconvincente *"Oh não... não, eu não fiz isso"* foi patético, simplesmente patético. Ela estava acabada!

"Sim, de certa forma, era a melhor coisa que ela podia ter feito. O júri só se retirou por cerca de meia hora. Eles a trouxeram: culpada com recomendação de clemência."

"Na verdade, sabe, ela fez um bom contraste com a outra mulher no caso. A garota. Com *ela* o júri antipatizou desde o início. Ela jamais demonstrou emoção alguma. Muito boa aparência, fria, moderna. Para as mulheres no tribunal ela significava um tipo, a destruidora de lares. Os lares não estavam seguros quando garotas como aquela perambulavam por aí. Garotas muito cheias de sexo e desdenhosas dos direitos de esposas e mães. Ela não se poupou, devo dizer. Foi honesta. Admiravelmente honesta. Havia se apaixonado por Amyas Crale e ele por ela, e ela não tinha nenhum escrúpulo de tirá-lo da mulher e da filha.

"Em um aspecto eu a admirava. Ela tinha coragem. Depleach incluiu uma coisa maliciosa na inquirição e ela aguentou bem. Mas o tribunal antipatizou com ela. E o juiz não gostou dela. Era o velho Avis. Ele foi um pouco libertino quando jovem, mas é muito rigoroso com a moralidade quando está presidindo de toga. Seu sumário contra Caroline Crale era a própria brandura. Ele não podia negar os fatos, mas deixou escapar insinuações muito fortes de provocação e assim por diante."

Hercule Poirot perguntou:

— Ele não apoiou a teoria de suicídio apresentada pela defesa?

Fogg sacudiu a cabeça.

— *Isso* nunca teve realmente uma base sólida. Veja bem, não estou dizendo que Depleach não fez o melhor possível. Ele foi magnífico. Pintou o quadro mais comovente de um homem temperamental, amante do prazer, um grande coração, de repente tomado por uma paixão por uma jovem adorável, com dor na consciência, mas incapaz de resistir. Depois seu recuo, sua aversão a si mesmo, seu remorso pelo modo como estava tratando a mulher e a filha e sua decisão repentina de acabar com tudo! A saída honrosa. Posso lhe assegurar que foi um desempenho muitíssimo comovente. A voz de Depleach deixou todos com lágrimas nos olhos. Víamos o pobre infeliz dilacerado por suas paixões e sua decência essencial. O efeito foi impressionante. Só que... quando tudo terminou... e o encanto se quebrou, não se podia reconhecer Amyas Crale naquela figura mítica. Todos sabiam coisas demais sobre Crale. Ele não era absolutamente esse tipo de homem. E Depleach não fora capaz de apontar nenhuma evidência que mostrasse que ele era. Devo dizer que Crale estava o mais próximo possível de ser um homem que não tinha sequer uma consciência rudimentar. Era um egoísta bem-humorado e feliz, autocentrado, imprudente. Toda a ética que ele tinha era dedicada à pintura. Estou convencido de que ele não teria pintado um quadro desleixado, ruim — independentemente do estímulo que tivesse. Mas, quanto ao resto, era um homem vigoroso e amava a vida... tinha paixão por ela. Suicídio? Ele não!

— Quem sabe não tenha sido uma boa escolha de defesa? Fogg sacudiu os ombros largos. E disse:

— O que mais havia a fazer? Ele não podia ficar lá sentado e alegar que não havia nenhum caso para o júri... que a acusação tinha de provar seu caso contra a acusada. Havia provas demais. Ela havia manuseado o veneno... de fato, admitira que o pegara. Havia meios, motivo, oportunidade...

— Não era possível tentar mostrar que essas coisas tinham sido arranjadas artificialmente?

Fogg disse abruptamente:

— Ela admitiu a maioria delas. E, em todo caso, é muito difícil acreditar numa ideia como essa. Você está sugerindo, pre-

sumo, que alguém o assassinou e arranjou as coisas para parecer que ela o havia feito.
— O senhor acha isso insustentável?
Fogg disse lentamente:
— Temo que sim. Você está sugerindo o misterioso X. Onde procuramos por ele?
— Obviamente no círculo próximo — disse Poirot. — Havia cinco pessoas, não é? Que *poderiam* estar implicadas.
— Cinco? Deixe-me ver. Havia o imprestável que mexia com suas infusões de ervas. Um passatempo perigoso... mas uma criatura amável. Um tipo de pessoa vaga. Não o vejo como X. Havia a garota... ela poderia ter dado cabo de Caroline, mas certamente não de Amyas. Depois havia o corretor... o melhor amigo de Crale. Isso é comum em histórias de detetive, mas não acredito que aconteça na vida real. Não há mais ninguém... ah, sim, a irmã, mas ninguém a considera seriamente. Isso dá um total de quatro.
— O senhor esqueceu a governanta — disse Poirot.
— Sim, é verdade. Pessoas miseráveis, governantas, ninguém nunca se lembra delas. Mas eu me lembro vagamente. De meia-idade, simples, competente. Suponho que um psicólogo diria que ela tinha uma paixão culpada por Crale e portanto o matou. A solteirona reprimida! Não adianta... não acredito nisso. Até onde minha vaga lembrança alcança, ela não era o tipo neurótico.
— Já faz muito tempo.
— Quinze ou dezesseis anos, imagino. Sim, é isso mesmo. Você não pode esperar que minhas lembranças do caso sejam muito precisas.

— Mas, ao contrário — disse Poirot —, o senhor se lembra surpreendentemente bem. Isso me deixa assombrado. O senhor é capaz de ver, não é? Quando o senhor fala, o quadro está lá diante de seus olhos.

Fogg disse lentamente:

— Sim, você está certo... eu o vejo... muito claramente.

— Me interessaria muito, meu amigo, muito mesmo, se o senhor me dissesse *por quê*.

— Por quê? — Fogg considerou a pergunta. Seu rosto fino de intelectual estava alerta... interessado. — Sim, *por quê*?

Poirot perguntou:

— O *que* o senhor vê tão claramente? As testemunhas? O advogado? O juiz. A acusada no banco dos réus?

Fogg disse calmamente:

— É esse o motivo, claro! Você tocou nele. Eu vou sempre me lembrar *dela*... O romance é uma coisa engraçada. Ela tinha a qualidade do romance. Não sei se era realmente bonita... Era muito jovem... tinha um aspecto cansado... círculos abaixo dos olhos. Mas tudo girava em torno dela. O interesse... o drama. E contudo, durante metade do tempo, ela não estava lá. Tinha ido para algum lugar, muito distante... apenas deixou o corpo lá, calmo, atento, com um sorrisinho educado nos lábios. Ela era toda semitons, sabe, luzes e sombras. E no entanto, com tudo isso, era mais viva que a outra... a garota com o corpo perfeito, e o rosto bonito, e a força bruta jovem. Eu admirava Elsa Greer porque ela tinha coragem, porque sabia lutar, porque enfrentou seus algozes e nunca se acovardou! Mas admirava Caroline Crale porque ela não lutou, porque se retirou para seu mundo de meias-luzes e sombras. Ela nunca foi derrotada porque nunca combateu.

Ele fez uma pausa:
— Só tenho certeza de uma coisa. Ela amava o homem que matou. Amava-o tanto que metade dela morreu com ele...

Mr. Fogg, K. C, parou de falar e poliu os óculos.

— Olhe só para mim! — ele disse. — Acho que estou dizendo coisas muito estranhas! Eu era muito jovem na época, sabe? Não passava de um novato ambicioso. Essas coisas impressionam. Mas ainda assim estou certo de que Caroline Crale era uma mulher muito notável. Nunca a esquecerei. Não... nunca a esquecerei.

3

O JOVEM CAUSÍDICO

GEORGE MAYHEW FOI cuidadoso e procurou não se comprometer. Ele se lembrava do caso, claro, mas nada claramente. Seu pai fora o responsável... ele só tinha dezenove anos na época.

Sim, o caso provocara grande interesse. Porque Crale era um homem bem conhecido. Seus quadros eram muito bons... muito bons mesmo. Dois deles estavam expostos na Tate Gallery. Não que isso significasse alguma coisa.

Monsieur Poirot o desculparia, mas ele não via exatamente qual era o seu interesse no assunto. Ah, a *filha*! Era mesmo? De fato? Canadá? Ele sempre ouvira dizer que era Nova Zelândia.

George Mayhew perdeu um pouco da rigidez. Aprumou-se.

Uma coisa chocante na vida de uma garota. Ele tinha a mais profunda simpatia por ela. Realmente teria sido melhor se ela nunca tivesse sabido a verdade. Mas não adiantava nada dizer isso *agora*.

Ela queria saber? Sim, mas o que *havia* a saber? Havia as reportagens sobre o julgamento, é claro. Ele próprio não sabia realmente nada.

Não, ele temia que não houvesse muita dúvida quanto à culpa da mrs. Crale. Havia certa quantidade de desculpas para ela. Esses artistas... pessoas difíceis de conviver. No caso de Crale, pelo que ele sabia, sempre havia alguma mulher.

E ela própria provavelmente tinha sido o tipo de mulher possessiva. Incapaz de aceitar os fatos. Hoje em dia teria simplesmente se divorciado dele e superado. E ele acrescentou, cauteloso:

— Deixe-me ver... é... lady Dittisham, creio, era a garota no caso.

Poirot disse que acreditava que sim.

— Os jornais falam do caso de tempos em tempos — disse Mayhew. — Ela esteve muitas vezes no tribunal de divórcios. É uma mulher muito rica, como imagino que o senhor saiba. Antes de Dittisham. Está sempre mais ou menos exposta. O tipo de mulher que gosta de notoriedade, imagino.

— Ou possivelmente uma idólatra — sugeriu Poirot.

A ideia perturbava George Mayhew. Ele a aceitou com dúvida.

— Bem, possivelmente... sim, suponho que possa ser isso.

Ele parecia revolver a ideia em sua mente.

— Seu escritório defendeu mrs. Crale por muitos anos?

George Mayhew sacudiu a cabeça.

— Ao contrário. Jonathan e Jonathan eram os advogados dos Crale. Nas circunstâncias, contudo, o senhor Jonathan achou que não poderia agir muito bem em nome da mrs. Crale, e combinou conosco... com meu pai... de assumirmos o caso dela. O senhor faria bem, acho, monsieur Poirot, em combinar um encontro com o velho senhor Jonathan. Ele se aposentou... tem mais de setenta anos... mas conhecia intimamente a família Crale, e poderia lhe contar muito mais do que eu. Na verdade, eu mesmo não posso lhe contar nada. Na época eu era um garoto. Acho que nem fui ao tribunal.

Poirot se levantou e George Mayhew, também de pé, acrescentou:

— Talvez o senhor goste de dar uma palavrinha com Edmunds, nosso secretário administrativo. Ele estava na firma na época e se interessou muito pelo caso.

Edmunds era um homem de fala lenta. Seus olhos indicavam uma prudência jurídica. Ele se demorou medindo Poirot antes de se permitir falar.

— É, eu me lembro do caso Crale. — E acrescentou gravemente: — Foi um assunto vergonhoso.

Seus olhos astutos continuavam a avaliar Hercule Poirot. Ele disse:

— Já faz muito tempo para ficar desencavando as coisas.

— Um veredito do tribunal nem sempre é um fim.

A cabeça quadrada de Edmunds assentiu lentamente.

— Eu não diria que você não tem direito a isso neste caso.

Hercule Poirot prosseguiu:

— Mrs. Crale deixou uma filha.

— É, eu me lembro de que havia uma criança. Enviada ao exterior para ficar com os parentes, não foi?

Poirot continuou:

— Essa filha acredita firmemente na inocência da mãe.

As enormes e espessas sobrancelhas de mr. Edmunds se ergueram.

— É sempre assim, não é?

Poirot perguntou:

— Há alguma coisa que você possa me contar que apoie essa crença?
Edmunds refletiu. Depois, lentamente, sacudiu a cabeça.
— Eu não poderia dizer conscienciosamente que há. Eu admirava mrs. Crale. Não importa o que mais ela fosse, era uma lady! Não como a outra. Uma assanhada... nem mais, nem menos! Uma desavergonhada! Lixo descartável... é isso que *ela* era... e mostrou muito bem! Mrs. Crale era qualidade.
— Mas ainda assim uma assassina?
Edmunds franziu a testa. E disse, com mais espontaneidade do que mostrara até então:
— É isso que me perguntava, dia após dia. Sentada lá no banco dos réus tão calma e gentil. "Não acredito nisso", eu costumava dizer a mim mesmo. Mas, se o senhor entende o que estou dizendo, mr. Poirot, não havia nada mais em que acreditar. Aquela cicuta não entrou na cerveja de mr. Crale por acidente. Foi posta lá. E, se não foi mrs. Crale que pôs, quem foi?
— Eis a questão — disse Poirot. — Quem pôs?
Mais uma vez aqueles olhos astutos lhe esquadrinharam o rosto.
— Então essa é sua ideia? — disse mr. Edmunds.
— O que o senhor pensa?
Houve uma pausa antes que o funcionário respondesse. Então ele disse:
— Não havia nada que apontasse nesse sentido... absolutamente nada.
— O senhor esteve no tribunal durante os testemunhos?
— Todos os dias.
— O senhor ouviu as testemunhas falarem?

— Ouvi.

— Alguma coisa nelas lhe chamou a atenção... alguma anormalidade, alguma insinceridade?

Edmunds disse abruptamente:

— Se alguma delas estava mentindo, o senhor quer dizer? Se alguma delas tinha uma razão para desejar que mrs. Crale morresse? Me desculpe, senhor Poirot, mas essa é uma ideia muito *melodramática*.

— Pelo menos a considere — instigou Poirot.

Ele observou o rosto astuto, os olhos pensativos, desconcertados. Lenta, pesarosamente, Edmunds sacudiu a cabeça.

— Aquela miss Greer — ele disse — foi bastante amarga e vingativa! Eu diria que ela passou dos limites em muita coisa que disse, mas o que ela queria era que mr. Crale estivesse vivo. Morto ele não servia de nada para ela. Ela queria sem dúvida que mrs. Crale fosse enforcada... mas isso era porque a morte havia arrancado o seu homem. Parecia uma tigresa relutante! Mas, como eu lhe disse, o que ela queria era mr. Crale vivo. Mr. Philip Blake, *ele* também estava contra a mrs. Crale. Era preconceituoso. Enfiava a faca nela sempre que podia. Mas eu diria que foi honesto de acordo com suas luzes. Ele era o grande amigo de mr. Crale. Seu irmão, mr. Meredith Blake, foi uma testemunha ruim... vago, hesitante... nunca parecia seguro de suas respostas. Já vi muitas testemunhas como ele. Parece que estão mentindo quando estão o tempo todo dizendo a verdade. Mr. Meredith não queria dizer nada mais do que não conseguisse evitar. Por isso o advogado conseguiu tirar ainda mais coisas dele. Era um desses cavalheiros que ficam facilmente aturdidos. Agora, a governanta, ela os enfrentou bem. Não desperdiçou palavras e respondeu de forma competente e clara. Não se podia dizer, ao ouvi-la, de que lado estava. Ela sabia como lidar com a situação. Era do tipo esperto. — Ele fez uma pausa. — Eu não me surpreenderia se ela soubesse muito mais do que falou sobre tudo.

— Eu também não me surpreenderia — disse Poirot.

Ele olhou atentamente para o rosto astuto e enrugado de mr. Alfred Edmunds. Ele estava muito tranquilo e impassível. Mas Hercule Poirot se perguntou se ele não lhe dera uma indicação.

4
O VELHO CAUSÍDICO

MR. CALEB JONATHAN vivia em Essex. Depois de uma cortês troca de cartas, Poirot recebeu um convite, com características que lembravam a realeza, para jantar e pernoitar lá. O velho cavalheiro era decididamente um personagem. Depois da insipidez do jovem Mayhew, mr. Jonathan era como um copo de seu próprio Porto *vintage*.

Ele tinha métodos próprios de abordagem de um assunto, e foi só com a noite já bem adiantada, quando bebia um copo de conhaque envelhecido e fragrante, que mr. Jonathan realmente relaxou. À maneira dos orientais, apreciara o modo educado como Hercule Poirot se recusara a apressá-lo em qualquer sentido. Agora que estava pronto, dispunha-se a elaborar o tema da família Crale.

— Nossa firma, é claro, conheceu muitas gerações dos Crale. Eu conhecia Amyas Crale e seu pai, Richard Crale, e consigo me lembrar de Enoch Crale, o avô. Fidalgos rurais, todos eles, pensavam mais em cavalos que em seres humanos. Montavam o tempo todo, gostavam de mulheres e não tinham nada a ver com ideias. Desconfiavam das ideias. Mas a mulher de Richard Crale era cheia de ideias — mais ideias que juízo. Era poética e musical — tocava harpa, sabe? Ela tinha uma saúde frágil e parecia muito pitoresca em seu sofá. Era uma admiradora de Kingsley. Foi por isso que deu ao filho o nome Amyas. O pai zombava do nome... mas aceitou.

"Amyas Crale lucrou com sua herança mista. Da mãe debilitada ganhou a tendência artística e do pai, a força propulsora e o egoísmo implacável. Todos os Crale eram egoístas. Nunca, em nenhuma hipótese, enxergavam um ponto de vista que não fosse o deles."

Tamborilando delicadamente no braço de sua cadeira, o homem idoso lançou um olhar sagaz para Poirot.

— Corrija-me se eu estiver errado, monsieur Poirot, mas penso que o senhor está interessado em... caráter, podemos dizer?

Poirot respondeu.

— Esse, para mim, é o principal interesse de todos os meus casos.

— Posso imaginar. Para entrar na pele, por assim dizer, do criminoso. Muito interessante. Muito absorvente. Nosso escritório, é claro, nunca atuara na área criminal. Talvez não fôssemos competentes para representar mrs. Crale, mesmo que o gosto o permitisse. Os Mayhew, contudo, eram um escritório muito adequado. Eles resumiram o caso para Depleach... talvez não tenham mostrado muita imaginação aí... mas ele era muito caro e, é claro, excessivamente dramático! O que eles não tiveram a perspicácia de perceber foi que Caroline nunca agiria do modo como ele queria que ela fizesse. Ela não era uma mulher dramática.

— Como era ela? — perguntou Poirot. — É isso principalmente que estou ansioso para saber.

— Sim, sim... é claro. Como ela chegou a fazer o que fez? Essa é de fato a pergunta vital. Eu a conheci, sabe, antes de se casar. Caroline Spalding era o nome dela. Uma criatura infeliz e turbulenta. Muito viva. Sua mãe enviuvou muito cedo e Caroline era devotada a ela. Depois a mãe se casou de novo... houve outra filha. Sim... sim, muito triste, muito doloroso. Esses ciúmes jovens, ardentes, adolescentes.

— Ela era ciumenta?

— De uma forma passional. Houve um incidente lamentável. Pobre criança, ela se culpou amargamente depois. Mas, sabe, monsieur Poirot, essas coisas acontecem. Há uma incapacidade de contenção. Isso vem... vem com a maturidade.

— O que aconteceu? — disse Poirot.

— Ela atingiu a criança... a nenezinha... jogou nela um peso de papel. A criança perdeu a visão de um olho e ficou permanentemente desfigurada.

O senhor Jonathan suspirou e disse:

— O senhor pode imaginar o efeito que uma simples pergunta sobre isso teve no julgamento.

Ele sacudiu a cabeça:

— Deu a impressão de que Caroline Crale era uma mulher de temperamento ingovernável. Isso não era verdade. Não, isso não era verdade.

Ele fez uma pausa e então continuou:

— Caroline Crale vinha com frequência a Alderbury. Ela montava bem e era entusiasmada. Richard Crale gostava dela. Ela servia a mrs. Crale e era habilidosa e gentil, mrs. Crale também gostava dela. A garota não era feliz em casa. Era feliz em Alderbury. Diana Crale, irmã de Amyas, e ela estavam, por assim dizer, amigas. Philip e Meredith Blake, garotos da propriedade vizinha, estavam com frequência em Alderbury. Philip sempre foi um brutinho detestável, louco por dinheiro. Devo confessar que sempre tive antipatia por ele. Mas soube que a história dele é muito boa e que tem a reputação de ser um amigo leal. Meredith era o que meus contemporâneos chamavam de piegas. Gostava de botânica e de borboletas, e de observar pássaros e animais. Hoje eles chamam de estudo da natureza. Ah, meu caro... todos os jovens foram uma decepção para os pais. Nenhum deles agiu do modo esperado... caçar, praticar tiro ao alvo, pescar. Meredith preferia observar pássaros e animais a atirar e caçá-los, Philip definitivamente preferia a cidade ao campo e se dedicou a ganhar dinheiro. Diana se casou com um sujeito que não era um cavalheiro... um dos oficiais temporários na guerra. E Amyas, o forte, atraente e viril Amyas, floresceu como pintor, com tantas opções. Minha opinião é que Richard Crale morreu por causa do choque.

"E no devido momento Amyas se casou com Caroline Spalding. Eles sempre brigavam e discutiam, mas era certamente uma competição por amor. Os dois eram loucos um pelo outro. E continuaram se amando. Mas Amyas era, como todos os Crale, um egoísta implacável. Amava Caroline, mas nunca a levava em consideração de forma alguma. Fazia o que bem entendia. Minha opinião é que ele gostava dela tanto quanto era capaz de gostar de qualquer pessoa... mas ela estava bem atrás da arte dele. Esta é que estava em primeiro lugar. E devo dizer que em nenhum momento a arte dele cedeu o lugar a uma mulher. Ele tinha casos com mulheres, elas o estimulavam, mas deixava-as desamparadas quando terminava com elas. Não era um homem sentimental nem romântico. E também não era inteiramente um sensualista. A única mulher a quem dava alguma importância era a esposa.

E, como ela sabia disso, suportava muita coisa. Ele era um ótimo pintor, sabe? Ela percebia isso, e respeitava. Ele saía em suas caçadas amorosas e voltava de novo, normalmente com um quadro para se justificar.

"Poderia ter continuado assim se ele não tivesse deparado com Elsa Greer..."

Mr. Jonathan sacudiu a cabeça.

— Que houve com Elsa Greer? — disse Poirot.

Mr. Jonathan disse inesperadamente:

— Pobre criança. Pobre criança.

— Então o senhor se sente assim em relação a ela? — disse Poirot.

— Talvez seja porque eu sou um velho, mas acho, monsieur Poirot, que há algo no desamparo da juventude que me comove até as lágrimas. A juventude é tão vulnerável. É tão impiedosa... tão certa. Tão generosa e tão exigente.

Levantando-se, ele caminhou até a estante. Retirou um volume e o abriu, virou as páginas e então leu em voz alta:

"Se acaso o seu amor tem forma honrada,
E pensa em se casar, mande amanhã
Dizer, por quem buscá-lo no meu nome,
Onde e a que horas tem lugar o rito.
E a seus pés porei tudo o que é meu,
Pra segui-lo, no mundo, meu senhor.*

---

* Shakespeare, William. *Romeu e Julieta*. Ato II, cena II (141-146). Tradução de Barbara Heliodora. Rio de Janeiro: Lacerda Editores, 2002. [N.T.]

— Aí fala o amor aliado à juventude, nas palavras de Julieta. Nenhuma reticência, nenhuma contenção, nada do chamado pudor da donzela. É a coragem, a insistência, a força implacável da juventude. Shakespeare conhecia a juventude. Julieta escolhe Romeu. Desdêmona reivindica Otelo. Eles não têm dúvida, os jovens, nenhum medo, nenhum orgulho.

Poirot disse, meditativo:

— Então, para o senhor, Elsa Greer falou com as palavras de Julieta?

— Sim. Ela era uma criança afortunada e mimada... jovem, adorável, rica. Encontrou seu parceiro e o reivindicou — não um jovem Romeu, mas um pintor de meia-idade casado. Elsa Greer não tinha nenhum código que a restringisse, tinha o código da modernidade. "Pegue o que quiser, só se vive uma vez!"

Ele suspirou, recostou-se e de novo tamborilou suavemente no braço da cadeira.

— Uma Julieta predadora. Jovem, impiedosa, mas extremamente vulnerável! Apostando tudo em um lance audaz. E ao que parece ela ganhou... e então, no último momento, a morte entra em cena, e a viva, ardente, alegre Elsa também morreu. Restou só uma mulher dura, fria, vingativa, odiando com toda a alma a mulher cuja mão fizera aquilo.

A voz dele mudou:

— Minha nossa! Perdoe, por favor, essa pequena escorregada para o melodrama. Uma jovem rude, com uma perspectiva de vida rude. Não era, eu penso, um personagem interessante. *Rosada de juventude, apaixonada, pálida* etc. Tire isso e o que sobra? Só uma mulher um tanto medíocre em busca de mais um herói em tamanho real para pôr sobre um pedestal vazio.

— Se Amyas Crale não fosse um pintor famoso... — disse Poirot.

O senhor Jonathan concordou prontamente. E disse:

— Certo... certo. Você captou admiravelmente a ideia. As Elsas deste mundo são idólatras. Um homem deve ter *feito* alguma coisa, deve ser alguém... Mas Caroline Crale podia ter reconhecido qualidade em um bancário ou em um corretor de seguros! Caroline amava o homem Amyas Crale, não o pintor Amyas Crale. Caroline Crale não era rude... Elsa Greer era.

E ele acrescentou:

— Mas ela era jovem e bela e, em minha opinião, infinitamente patética.

Hercule Poirot foi dormir pensativo. Estava fascinado pelo problema da personalidade.

Para Edmunds, o secretário, Elsa Greer era uma assanhada, nada mais, nada menos.

Para o velho mr. Jonathan ela era a eterna Julieta.

E Caroline Crale?

Cada pessoa a vira de um modo diferente. Montague Depleach a menosprezara como derrotista — alguém que entrega os pontos sem lutar. Para o jovem Fogg ela representara o romance. Edmunds a via simplesmente como uma "lady". Mr. Jonathan a chamara de criatura turbulenta, tempestuosa.

Como ele, Poirot, a teria visto?

Da resposta a essa pergunta dependia, ele sentia, o sucesso de sua busca.

Até agora, nenhuma das pessoas que ele vira tinha dúvida de que, não importava o que mais ela fosse, Caroline Crale era também uma assassina.

5

O SUPERINTENDENTE DE POLÍCIA

O EX-SUPERINTENDENTE HALE puxou pensativo a fumaça de seu cachimbo.

Ele disse:

— Essa é uma fantasia engraçada sua, monsieur Poirot.

— Talvez seja um pouco incomum — concordou Poirot prudentemente.

— O senhor sabe — disse Hale — que tudo aconteceu há muito tempo.

Hercule Poirot previu que ia acabar se cansando um pouco dessa frase específica. E disse brandamente:

— Isso aumenta a dificuldade, é claro.

— Revolver o passado — meditou o outro. — Se houvesse um *objetivo* nisso, agora...

— Há um objetivo.

— Qual é ele?

— Pode-se ter prazer com a busca da verdade por si só. Eu tenho. E o senhor não deve esquecer a jovem senhora.

Hale assentiu com a cabeça.

— Sim, eu vejo o lado *dela*. Mas... o senhor vai me desculpar, monsieur Poirot... o senhor é um homem engenhoso. Poderia inventar uma história para ela.

Poirot respondeu:
— O senhor não conhece a jovem senhora.
— Ah, por favor... um homem com sua experiência!
Poirot se levantou.
— Eu posso ser, *mon cher*, um mentiroso artístico e competente, o senhor parece pensar isso. Mas não é essa a ideia que tenho de conduta ética. Tenho meus princípios.
— Desculpe, monsieur Poirot. Não tive a intenção de ferir seus sentimentos. Mas seria tudo por uma boa causa, por assim dizer.
— Ah, me pergunto se seria realmente.
Hale disse bem devagar:
— É duro para uma garota inocente e feliz que está prestes a se casar descobrir que a mãe era uma assassina. Se eu fosse o senhor, diria a ela que, afinal, o que houve foi um suicídio. Diria que o caso foi mal encaminhado por Depleach. Que não há dúvida em *sua* mente de que Crale se envenenou!
— Mas há todas as dúvidas em minha mente! Não acredito nem por um segundo que Crale se envenenou. O senhor considera isso ao menos razoavelmente possível?
Hale balançou lentamente a cabeça.
— Está vendo? Não, o que devo conseguir é a verdade, não uma mentira plausível... ou não muito plausível.
Hale se virou e olhou para Poirot. Seu rosto quadrado bastante vermelho ficou um pouco mais vermelho e pareceu até um pouco mais quadrado. Ele disse:
— O senhor fala sobre *a verdade*. Eu gostaria de deixar claro que pensamos ter *obtido* a verdade no caso Crale.
Poirot disse depressa:

— Esse seu pronunciamento significa muito. Eu o conheço pelo que é, um homem honesto e capaz. Agora me diga uma coisa, não houve em sua mente nenhuma dúvida, em nenhum momento, sobre a culpa de mrs. Crale?

O superintendente respondeu prontamente.

— Absolutamente nenhuma dúvida, monsieur Poirot. As circunstâncias apontaram de imediato para ela, e cada fato que descobríamos sustentava essa visão.

— O senhor pode me dar um esboço das provas contra ela?

— Posso. Quando recebi sua carta, examinei o caso. — Ele pegou um caderninho. — Anotei aqui todos os fatos importantes.

— Obrigado, meu amigo. Estou ansioso para ouvir.

Hale limpou a garganta. Sua voz tomou uma leve entonação oficial.

Ele disse:

— Às 14h45 de 18 de setembro, o inspetor Conway recebeu uma ligação do doutor Andrew Faussett. O doutor Faussett declarou que mr. Amyas Crale, de Alderbury, morrera repentinamente e que, em consequência das circunstâncias da morte e também de uma declaração feita por um certo mr. Blake, que estava hospedado na casa, ele considerou que era um caso para a polícia.

"O inspetor Conway, em companhia de um sargento e do médico da polícia, foi imediatamente a Alderbury. O doutor Faussett estava lá e o levou até o local onde se encontrava o corpo de mr. Crale, que não havia sido tocado.

"Mr. Crale estivera pintando em um pequeno jardim fechado, conhecido como Battery Garden, pelo fato de dar vista para o mar e ter uma miniatura de canhão montada sobre as ameias.

Ficava a cerca de quatro minutos a pé da casa. Mr. Crale não subira até a casa para almoçar, pois queria conseguir certos efeitos de luz sobre a pedra — e para isso o Sol não seria bom mais tarde. Havia, portanto, permanecido sozinho no Battery Garden, pintando. Declarou-se que essa não era uma ocorrência incomum. Mr. Crale dava pouca atenção aos horários das refeições. Às vezes um sanduíche era mandado para ele, mas em geral preferia que não o perturbassem. As últimas pessoas a vê-lo vivo foram miss Elsa Greer (que estava hospedada na casa) e mr. Meredith Blake (um vizinho próximo). Os dois subiram juntos para a casa e almoçaram com as outras pessoas presentes. Depois do almoço, foi servido café no terraço. Mrs. Crale terminou de tomar seu café e avisou que ia 'descer para ver como estava Amyas'. Miss Cecilia Williams, governanta, levantou-se e a acompanhou. Ela estava procurando um pulôver que sua pupila, miss Angela Warren, irmã de mrs. Crale, havia perdido, e achava que ele poderia ter sido deixado na praia.

"Essas duas saíram juntas. O caminho era uma descida, que atravessava alguns bosques até emergir na porta que levava ao Battery Garden. Podia-se entrar no jardim ou continuar pelo mesmo caminho, que descia até a praia.

"Miss Williams continuou a descer e mrs. Crale entrou no Battery Garden. Quase de imediato, no entanto, mrs. Crale gritou e miss Williams voltou correndo. Mr. Crale estava reclinado sobre um banco e estava morto.

"A um pedido urgente de mrs. Crale, miss Williams deixou o jardim e subiu correndo até a casa para telefonar para um médico. No caminho, entretanto, ela encontrou mr. Meredith Blake e confiou a ele a tarefa, voltando para mrs. Crale, que ela sentia estar precisando de alguém. O doutor Faussett chegou à cena quinze minutos depois. Viu de imediato que mr. Crale estava morto havia algum tempo — situou a hora provável da morte entre 13h e 14h. Não havia nada a mostrar o que causara a morte. Não havia nenhum sinal de ferimento e a atitude de mrs. Crale era perfeitamente natural. Não obstante, o doutor Faussett, que conhecia bem o estado de saúde de mr. Crale, e que sabia com certeza que não havia nenhuma doença ou fraqueza de qualquer tipo, ficou inclinado a ter uma visão grave da situação. Foi nesse momento que mr. Philip Blake fez certa declaração ao doutor Faussett."

O superintendente Hale fez uma pausa, inspirou profundamente e passou, por assim dizer, ao capítulo dois.

— Subsequentemente, mr. Blake repetiu essa declaração ao inspetor Conway. O teor era o seguinte. Ele tinha naquela manhã recebido uma mensagem telefônica de seu irmão, mr. Meredith Blake (que morava em Handcross Manor, a dois quilômetros de distância). Mr. Meredith Blake era químico amador — ou talvez herborista o descrevesse melhor. Ao entrar em seu laboratório naquela manhã, mr. Meredith Blake ficara surpreso ao notar que um vidro que continha um preparado de cicuta-europa, que estivera bem cheio no dia anterior, estava agora quase vazio. Preocupado e alarmado com esse fato, ligara para o irmão para se aconselhar sobre o que devia fazer. Mr. Meredith Blake insistira para que o irmão fosse imediatamente a Alderbury, para eles conversarem sobre o assunto. Ele mesmo andou parte do caminho para encontrar o irmão e foram juntos para a casa. Não chegaram a nenhuma decisão quanto ao que fazer e combinaram de se consultar de novo depois do almoço.

"Em consequência de outras perguntas, o inspetor Conway se certificou dos seguintes fatos: na tarde anterior cinco pessoas tinham caminhado até Alderbury para tomar chá em Handcross Manor. Eram mr. e mrs. Crale, miss Angela Warren, miss Elsa Greer e mr. Philip Blake. Durante o tempo que passaram lá, mr. Meredith Blake fizera uma grande dissertação sobre seu passatempo, levara o grupo até seu pequeno laboratório e 'mostrara tudo a eles'. No decorrer desse passeio, mencionara certas drogas específicas — uma das quais era a coniina, o princípio ativo da cicuta-da-europa. Ele explicara suas propriedades, lamentara o fato de ela ter desaparecido da farmacopeia e se gabara de ter descoberto que pequenas doses dela eram muito eficazes contra coqueluche e asma. Depois mencionara suas propriedades letais e inclusive lera para os convidados algumas passagens de um autor grego descrevendo seus efeitos."

O superintendente Hale fez uma pausa, reabasteceu seu cachimbo e passou ao capítulo três.

— O coronel Frere, chefe de polícia, me encarregou do caso. O resultado da necrópsia esclareceu a questão sem nenhuma dúvida. A coniina, ao que sei, não deixa nenhuma aparência *post mortem* definida, mas os médicos sabiam o que procurar, e uma grande quantidade da droga foi recuperada. O médico era da opinião de que ela fora administrada duas ou três horas antes da morte. Em frente ao mr. Crale, sobre a mesa, havia um copo vazio e uma garrafa de cerveja também vazia. Os resíduos de ambos foram analisados. Não havia coniina na garrafa, mas havia no copo. Fiz indagações e fui informado de que, embora uma caixa de cerveja e copos fossem mantidos em um abrigo no Battery Garden para o caso de mr. Crale sentir sede quando estava pintando, nessa manhã específica mrs. Crale trouxera da casa uma garrafa de cerveja gelada. Mr. Crale estava pintando quando ela chegou, e miss Greer estava posando para ele, sentada sobre uma das ameias.

"Mrs. Crale abriu a garrafa, encheu o copo de cerveja e o pôs na mão do marido enquanto ele estava de pé diante do cavalete. Ele o bebeu de um trago, fui informado de que esse era um hábito dele. Então fez uma careta, pôs o copo na mesa e disse: 'Tudo está com um gosto ruim hoje'. Miss Greer riu e disse: 'Fígado!'. Mr. Crale disse: 'Bem, pelo menos estava gelada'."

Hale fez uma pausa. Poirot disse:

— A que horas isso ocorreu?

— Cerca de 11h15. Mr. Crale continuou a pintar. Segundo miss Greer, ele depois se queixou de rigidez nos membros e resmungou que devia estar com um pouco de reumatismo. Mas era o tipo de homem que odiava admitir qualquer espécie de doença, e sem dúvida tentou não confirmar que estava doente. Sua exigência irritada de que fosse deixado sozinho e que os outros subissem para almoçar era muito característica dele, eu diria.

Poirot assentiu com a cabeça.

Hale continuou.

— Então Crale foi deixado sozinho no Battery Garden. Sem dúvida caiu no banco e relaxou assim que ficou sozinho. A paralisia muscular então se instalou. Não havia nenhuma ajuda disponível, e sobreveio a morte.

Outra vez Poirot assentiu.

Hale disse:

— Bem, eu procedi de acordo com a rotina. Não houve muita dificuldade em chegar aos fatos. No dia anterior houvera uma discussão entre mrs. Crale e miss Greer. Esta última tinha descrito de forma muito insolente uma mudança na disposição da mobília "quando eu estiver morando aqui". Mrs. Crale a questionara, dizendo: "O que você quer dizer? Quando *você* estiver morando aqui". Miss Greer respondeu: "Não finja que você não sabe o que estou dizendo, Caroline. Você parece um avestruz que enterra a cabeça na areia. Você sabe muito bem que Amyas e eu nos gostamos e vamos nos casar". Mrs. Crale disse: "Eu não sei nada sobre isso". Nesse momento, parece, mrs. Crale se voltou para o marido, que acabara de entrar na sala, e disse: "É verdade, Amyas, que você vai se casar com Elsa?".

Poirot disse, interessado:

— E o que disse mr. Crale?

— Aparentemente ele se voltou contra miss Greer e gritou com ela: "Que diabo você pretende deixando escapar isso? Você não tem o bom senso de segurar sua língua?".

"Miss Greer disse: 'Acho que Caroline deve saber a verdade'."

"Mrs. Crale disse ao marido: 'É verdade, Amyas?'."

"Ao que parece, ele não olhou para ela, virou o rosto e murmurou alguma coisa.

"Ela disse: 'Fale alto. Eu tenho de saber'. Nisso ele respondeu:

"'Ah, é mesmo verdade, mas eu não quero discutir isso agora.'

"Então ele se precipitou para fora da sala e miss Greer disse:

"'Está vendo!' — e continuou, falando algo sobre não ser bom para mrs. Crale adotar uma atitude de estraga-prazeres com relação ao assunto. Eles todos deviam se comportar como pessoas racionais. Ela mesma esperava que Caroline e Amyas sempre fossem bons amigos."

— E o que fez mrs. Crale diante disso? — perguntou Poirot, curioso.

— Segundo as testemunhas, ela riu. E disse: "Só passando por cima do meu cadáver, Elsa". Então foi para a porta e miss Greer gritou para ela: "O que você quer dizer?". Mrs. Crale olhou para trás e retrucou: "Eu mato Amyas antes de abrir mão dele para *você*".

Hale fez uma pausa.

— Muito comprometedor, hein?

— Sim. — Poirot parecia pensativo. — Quem assistiu a essa cena?

— Miss Williams estava na sala, e Philip Blake. Foi muito constrangedor para eles.

— O relato deles coincide?

— Bastante, nunca se consegue que duas testemunhas se lembrem de uma coisa exatamente do mesmo jeito. O *senhor* sabe disso tão bem quanto eu, monsieur Poirot.

Poirot assentiu. E disse, meditativo:

— Sim, será interessante ver... — e parou com a frase inacabada.

Hale prosseguiu:

— Fiz uma busca na casa. No quarto de mrs. Crale encontrei, em uma gaveta de baixo, enfiado embaixo de meias de inverno, um vidrinho com rótulo de perfume de jasmim. Estava vazio. Colhi as impressões digitais que havia nele. As únicas encontradas eram as de mrs. Crale. Na análise descobriu-se que o vidro continha vestígios tênues de óleo de jasmim e uma forte solução de hidrobrometo de coniina.

"Informei à mrs. Crale seu direito de permanecer calada e a possibilidade de tudo que ela dissesse ser usado contra ela, e lhe mostrei o vidro. Ela respondeu prontamente. Disse que estivera muito infeliz. Depois de ter ouvido a descrição de mr. Meredith Blake sobre a droga, voltara furtivamente ao laboratório, esvaziara um vidro de óleo de jasmim que tinha na bolsa e o enchera com a solução de coniina. Perguntei a ela por que tinha feito isso e ela respondeu: 'Não quero falar de certas coisas mais do que possa evitar, mas eu tinha recebido um choque muito forte. Meu marido estava se propondo a me trocar por outra mulher. Se isso acontecesse, eu não ia mais querer viver. Foi por isso que peguei a coniina'."

Hale fez uma pausa.

— Afinal... isso é bastante provável — disse Poirot.

— Talvez, monsieur Poirot. Mas não combina com o que a ouviram dizer. E depois houve outra cena na manhã seguinte. Mr. Philip Blake ouviu uma parte dela. Miss Greer ouviu uma parte diferente. A cena ocorreu na biblioteca entre mr. e mrs. Crale. Mr. Blake estava no corredor e captou um ou dois fragmentos. Miss Greer estava do lado de fora perto da janela da biblioteca, que estava aberta, e ouviu muito mais.

— E o que eles ouviram?

— Mr. Blake ouviu mrs. Crale dizer: "Você e suas mulheres. Eu queria matar você. Um dia ainda mato".

— Nenhuma menção a suicídio?

— Exatamente. Nenhuma. Nada do tipo: "Se você fizer isso, eu vou *me* matar". O testemunho de miss Greer foi basicamente o mesmo. De acordo com ela, mr. Crale disse: "Tente ser razoável com relação a isso, Caroline. Eu gosto de você e sempre vou querer o seu bem, seu e da menina. Mas vou me casar com Elsa. Nós sempre concordamos em deixar um ao outro livres". A isso mrs. Crale respondeu: "Muito bem, não diga que não o avisei".

Ele disse: "O que você quer dizer?". E ela disse: "Quero dizer que amo você e não vou perdê-lo. Eu preferia matar você a deixá-lo ir com aquela garota".

Poirot fez um leve gesto.

— Ocorre-me — ele murmurou — que miss Greer foi singularmente imprudente ao levantar essa questão. Seria fácil para mrs. Crale recusar o divórcio ao marido.

— Nós tínhamos algumas evidências relacionadas a isso — disse Hale. — Parece que mrs. Crale fez algumas confidências a mr. Meredith Blake. Ele era um amigo antigo e confiável. Estava muito aflito e conseguiu falar sobre o assunto com mr. Crale. Isso, devo dizer, foi na tarde anterior. Mr. Blake admoestou delicadamente o amigo, disse como ficaria angustiado se o casamento entre mr. e mrs. Crale se rompesse de forma tão desastrosa. Também enfatizou que miss Greer era muito jovem e que era muito sério arrastar uma jovem para o tribunal de divórcios. A isso mr. Crale respondeu, com um risinho (ele devia ser um grosseirão insensível): "Essa não é absolutamente a ideia de Elsa. *Ela* não vai aparecer. Nós vamos resolver a questão da maneira usual".

— O que tornava ainda mais imprudente por parte de miss Greer o fato de ter estourado do modo como ela fez — disse Poirot.

— Ah — disse o superintendente Hale —, o senhor sabe como são as mulheres! Têm de agarrar o pescoço umas das outras. De todo modo deve ter sido uma situação difícil. Não consigo entender por que mr. Crale permitiu que acontecesse. Segundo mr. Meredith Blake, ele queria terminar o quadro. Isso faz sentido para o senhor?

— Sim, meu amigo, faz.

— Para mim, não. O sujeito estava procurando problema!

— Ele provavelmente estava muito incomodado com o fato de sua jovem mulher ter estourado como ela fez.

— Ah, estava. Meredith Blake disse isso. Se ele tinha de terminar o quadro, não sei por que não poderia ter tirado algumas fotografias e trabalhado a partir delas. Conheço um sujeito... faz aquarelas de lugares... *ele* faz isso.

Poirot sacudiu a cabeça.

— Não... eu consigo entender Crale como artista. O senhor deve perceber, meu amigo, que no momento, provavelmente, o quadro era a única coisa que importava a Crale. Por mais que ele quisesse se casar com a garota, o quadro estava em primeiro lugar. É por isso que ele esperava que a visita dela transcorresse sem que a questão fosse tratada abertamente. A garota, é claro, não via a coisa assim. No caso das mulheres, o amor está sempre em primeiro lugar.

— E eu não sei? — disse com sentimento o superintendente Hale.

— Os homens — continuou Poirot —, e em especial os artistas, são diferentes.

— Arte! — disse o superintendente com desdém. — Toda essa conversa sobre *Arte*! Nunca *entendi* isso e nunca vou entender! O senhor devia ter visto o quadro que Crale estava pintando. Todo disforme. Ele tinha feito a garota parecer que estava com dor de dente, e as ameias eram todas tortas. Uma visão desagradável, todo ele. Eu não consegui tirá-lo da cabeça por algum tempo. Cheguei até a sonhar com ele. E além disso ele afetou minha visão... comecei a ver ameias e muros e outras coisas, todos saindo do desenho. Sim, e também mulheres.

Poirot sorriu. E disse:

— Embora o senhor não saiba, está rendendo um tributo à grandeza da arte de Amyas Crale.

— Bobagem. Por que um pintor não pode pintar uma coisa bonita e alegre de olhar? Por que se esforçar para procurar a feiura?

— Alguns de nós, *mon cher*, veem a beleza em lugares curiosos.

— A garota era bem bonita, sem dúvida — disse Hale. — Muita maquiagem e quase nenhuma roupa. Não é decente o jeito como essas garotas andam por aí. E olhe que isso foi há dezesseis anos. Hoje em dia ninguém pensaria nada. Mas na época... bem, aquilo me chocou. Uma calça e uma dessas camisas de algodão cru, aberta no pescoço... e mais nada, devo dizer!

— O senhor parece se lembrar muito bem desses aspectos — murmurou Poirot, manhoso.

O superintendente Hale corou.

— Estou só lhe transmitindo a impressão que tive — ele disse, austero.

— Certo... certo — disse Poirot, paliativo. E continuou: — Então parece que as principais testemunhas contra mrs. Crale eram Philip Blake e Elsa Greer?

— Sim. Foram veementes, os dois. Mas a governanta também foi chamada pela acusação, e o que ela disse teve mais peso que o depoimento dos outros dois. Veja, ela estava inteiramente solidária à mrs. Crale. Muito decidida em defendê-la. Mas era uma mulher honesta e deu seu testemunho de forma verídica, sem minimizar nada.

— E Meredith Blake?

— Ele estava muito angustiado com a coisa toda, pobre cavalheiro. E era mesmo para estar! Culpava-se pela infusão da droga — e o legista também o culpou. Coniina e sais anestésicos são classificados na tabela 1 da Lei de Venenos. Ele recebeu uma censura bastante contundente. Era amigo das duas partes, e isso o feriu muito — além de ser o tipo de fidalgo rural que foge da notoriedade e da exposição pública.

— A irmã mais nova de mrs. Crale testemunhou?

— Não. Não foi necessário. Ela não estava lá quando mrs. Crale ameaçou o marido, e não havia nada que ela nos contasse que não pudéssemos obter de outra pessoa. Ela viu mrs. Crale ir à geladeira e pegar a cerveja gelada, e, é claro, a defesa poderia tê-la intimado a dizer que mrs. Crale a levara imediatamente, sem mexer nela de forma alguma. Mas esse aspecto não era relevante porque nós nunca afirmamos que a coniina estava na garrafa de cerveja.

— Como ela conseguiu colocar a coniina no copo com aqueles dois olhando?

— Bem, antes de tudo, eles não estavam olhando. Ou seja, mr. Crale estava pintando... olhando para a tela e para a modelo. E miss Greer estava posando, sentada quase de costas para onde mrs. Crale estava, e olhando por cima do ombro de mr. Crale.

Poirot assentiu com a cabeça.

— Como eu disse, nenhum dos dois estava olhando para mrs. Crale. Ela pôs o veneno em uma dessas pipetas... dessas que são usadas para encher canetas-tinteiro. Nós a encontramos estilhaçada no caminho que vai até a casa.

— Você tem uma resposta para tudo — murmurou Poirot.

— Ora, francamente, monsieur Poirot! Sem ofensa. *Ela* ameaça matá-lo. *Ela* pega o veneno do laboratório. O vidro vazio é encontrado no quarto *dela* e *ninguém além dela tocou nele*. Ela faz questão de levar a cerveja gelada para o marido... o que é engraçado, quando se pensa que eles não estavam se falando...

— Uma coisa muito curiosa. Eu já tinha observado isso.

— Sim. Quase uma revelação. *Por que* ela ficou tão amistosa de repente? Ele se queixa do gosto da coisa... e coniina tem mesmo um gosto detestável. Ela dá um jeito de encontrar o corpo e manda a outra mulher telefonar. Por quê? Para poder limpar a garrafa e o copo e depois pressionar neles os dedos *dele*. Depois disso ela pode falar e dizer que foi remorso e que ele se suicidou. Uma história provável.

— Certamente não muito bem imaginada.

— Não. Na minha opinião ela não se deu o trabalho de *pensar*. Estava totalmente tomada pelo ódio e pelo ciúme. A única coisa em que pensava era matá-lo. E então, quando acaba, quando ela o vê lá morto, bem, *nesse momento*, devo dizer, de repente cai em si e se dá conta de que o que fez é crime — e que as pessoas são enforcadas por assassinato. E, desesperada, ela se agarra à única coisa em que consegue pensar... suicídio.

— O que você diz é muito válido... sim — disse Poirot. — A mente dela devia funcionar assim.

— De certa forma foi um crime premeditado e de certa forma não foi — disse Hale. — Não acredito que ela o tenha tramado de fato, sabe? Apenas agiu cegamente.

— Eu me pergunto... — murmurou Poirot.

Hale olhou para ele, curioso. E disse:

— Eu o convenci, monsieur Poirot, de que era um caso simples de resolver?

— Quase. Não exatamente. Há um ou dois aspectos peculiares...!

— O senhor pode sugerir uma solução alternativa... que seja crível?

— Quais foram — disse Poirot — os movimentos das outras pessoas naquela manhã?

— Nós os examinamos, posso lhe assegurar. Verificamos todos. Ninguém tinha o que se poderia chamar de um álibi... não é possível ter quando se trata de veneno. Ora, não há nada que impeça um suposto assassino de entregar à sua vítima um pouco de veneno em uma cápsula no dia anterior, dizendo a ela que é uma cura específica para uma indigestão e que ela deve tomá-la antes do almoço... e depois ir embora para o outro extremo da Inglaterra.

— Mas o senhor não acha que isso aconteceu nesse caso?

— Mr. Crale não sofria de indigestão. E em todo caso não consigo ver esse tipo de coisa acontecendo. É verdade que mr. Meredith Blake era dado a recomendar elixires rápidos que ele mesmo preparava, mas não vejo mr. Crale experimentando nenhum deles. E, se ele o fizesse, provavelmente falaria e brincaria a respeito. Além do mais, por que mr. Meredith Blake *quereria* matar mr. Crale? Tudo leva a crer que tinham muito boas relações. Todos tinham. Mr. Philip Blake era seu melhor amigo. Miss Greer estava apaixonada por ele. Miss Williams o desaprovava, imagino, muito fortemente... mas decepção moral não leva a envenenamento. A pequena miss Warren brigava muito com ele, estava em uma idade cansativa... acabara de sair da escola, creio, mas ele gostava muito dela e ela dele. Sabe, ela era tratada com ternura e consideração particular naquela casa. Imagino que o senhor saiba por quê. Ela foi ferida gravemente quando criança... ferida pela mrs. Crale, em uma espécie de ataque de raiva maníaco. Isso mostra bem que ela era um tipo de pessoa muito descontrolada, não é? Atacar uma criança... e desfigurá-la para toda a vida?

— Pode mostrar — disse Poirot pensativo — que Angela Warren tinha boas razões para carregar um rancor contra Caroline Crale.

— Talvez... mas não contra Amyas Crale. E de qualquer forma mrs. Crale era devotada à irmã mais nova... deu a ela um lar quando os pais morreram, e, como eu disse, tratou-a com afeto especial... mimou-a demais, é o que dizem. A garota obviamente gostava de mrs. Crale. Foi mantida afastada do julgamento e protegida dele o máximo possível... creio que mrs. Crale insistiu muito nisso. Mas a garota ficou terrivelmente perturbada e ansiava para ser levada para ver a irmã na prisão. Caroline Crale não concordava. Dizia que esse tipo de coisa poderia danificar a mentalidade de uma garota por toda a vida. Ela providenciou para que a irmã fosse para uma escola no exterior.

E acrescentou:

— Miss Warren se tornou uma mulher muito admirada. Viaja para lugares esquisitos. Faz palestras na Royal Geographic... todo esse tipo de coisa.

— E ninguém se lembra do julgamento?

— Bem, para começar, o nome é diferente. Elas não tinham nem o mesmo nome de solteira. Eram filhas da mesma mãe mas de pais diferentes. O nome de mrs. Crale era Spalding.

— Essa miss Williams era governanta da criança ou de Angela Warren?

— De Angela. Havia uma babá para a criança... mas creio que ela costumava ter algumas aulas com miss Williams todos os dias.
— Onde estava a criança na época?
— Tinha ido com a babá visitar a avó. Uma certa lady Tressillian. Uma senhora viúva que tinha perdido suas filhas pequenas e se dedicava a essa criança.
Poirot assentiu com a cabeça.
— Entendo.
Hale continuou:
— Quanto aos movimentos das outras pessoas no dia do assassinato, posso informá-lo sobre eles.
— Miss Greer sentou no terraço perto da janela da biblioteca depois do café da manhã. Lá, como eu disse, ela ouviu a discussão entre Crale e a mulher. Depois disso acompanhou Crale até o Battery Garden e posou para ele até a hora do almoço, com duas interrupções para relaxar os músculos.
"Philip Blake estava na casa depois do café da manhã e ouviu parte da discussão. Depois que Crale e miss Greer saíram, ele ficou lendo jornal até o momento em que recebeu o telefonema do irmão. Então desceu para a praia para encontrá-lo. Eles subiram juntos o caminho, passando pelo Battery Garden. Miss Greer tinha acabado de ir para a casa pegar um pulôver porque sentia frio, e mrs. Crale estava com o marido discutindo providências para a partida de Angela para a escola.
— Ah, uma entrevista amigável.
— Bem, não, amigável, não. Crale estava gritando com ela, pelo que sei. Irritado por ser incomodado com detalhes domésticos. Suponho que, se *ia* haver um rompimento, ela queria acertar as coisas.

Poirot assentiu com a cabeça.

Hale continuou:

— Os dois irmãos trocaram algumas palavras com Amyas Crale. Então miss Greer reapareceu e assumiu sua posição, e Crale empunhou de novo o pincel, obviamente querendo se livrar deles. Eles pegaram a deixa e subiram para a casa. Foi quando estavam no Battery Garden, aliás, que Amyas Crale reclamou que toda a cerveja de lá estava quente e a mulher prometeu mandar-lhe uma cerveja gelada.

— Arrá!

— Exatamente, arrá! Ela foi toda doçura com ele. Eles subiram para a casa e sentaram no terraço. Mrs. Crale e Angela Warren trouxeram cerveja para eles.

— Depois, Angela Warren foi tomar banho de mar e Philip Blake a acompanhou.

"Meredith Blake desceu até uma clareira onde havia um banco, logo acima do Battery Garden. Ele podia ver miss Greer posando sobre as ameias e ouvir a voz dela e a de Crale enquanto conversavam. Ficou lá sentado e pensou sobre o problema da coniina. Ainda estava muito preocupado e não sabia bem o que fazer. Elsa Greer o viu e acenou. Quando o sino tocou anunciando o almoço, desceu para o jardim e ele e Elsa Greer voltaram juntos para a casa. Ele percebeu então que Crale parecia muito esquisito, mas realmente não pensou nada sobre isso na hora. Crale era o tipo de pessoa que nunca adoecia... e portanto não se imaginava que ele estivesse doente. Por outro lado, ele *tinha* humores de fúria e melancolia quando a pintura não saía como pretendia. Nessas ocasiões era deixado sozinho e falava-se o mínimo possível com ele. Foi o que esses dois fizeram naquele dia.

— Quanto aos outros, os empregados estavam ocupados com o trabalho de casa e preparando o almoço. Miss Williams ficou na sala de estudos parte da manhã corrigindo alguns livros de exercícios. Depois levou alguns trabalhos de costura para o terraço. Angela Warren passou a maior parte da manhã andando pelo jardim, subindo em árvores e comendo coisas... o senhor sabe como é uma garota de quinze anos! Ameixas, maçãs azedas, peras duras etc. Depois ela voltou para a casa e, como eu disse, desceu para a praia com Philip Blake e tomou banho de mar antes do almoço.

O superintendente Hale fez uma pausa:

— Agora — ele disse com beligerância —, o senhor vê algo de falso nisso?

— Absolutamente nada — disse Poirot.

— Muito bem!

— Mas, ainda assim — disse Hercule Poirot —, vou satisfazer minha curiosidade. Eu...

— O que o senhor vai fazer?

— Vou visitar essas cinco pessoas... e vou obter a história de cada uma.

O superintendente Hale suspirou com profunda melancolia. Ele disse:

— Meu amigo, o senhor está maluco! Nenhuma das histórias vai combinar! O senhor não entende o fato elementar? Seja como for, não há duas pessoas que se lembrem de uma coisa na mesma ordem. E depois de todo esse tempo! Ora, o senhor vai ouvir cinco relatos de cinco assassinatos diferentes!

— É com isso — disse Poirot — que estou contando. Será muito instrutivo.

6

UM PORQUINHO FOI À FEIRA

PHILIP BLAKE ERA EXATAMENTE COMO Montague Depleach descrevera. Um homem de aspecto jovial, sagaz, próspero, caminhando um pouco depressa para a obesidade.

Hercule Poirot tinha marcado o encontro para as 18h30 de um sábado. Philip Blake acabara de completar seus dezoito buracos e tivera um ótimo desempenho, ganhando cinco libras de seu adversário. Estava com disposição para ser amistoso e expansivo.

Hercule Poirot se apresentou e explicou sua tarefa. Nessa ocasião, pelo menos, ele não mostrou nenhuma paixão indevida pela verdade imaculada. O assunto, Blake foi informado, era uma série de livros sobre crimes famosos.

Philip Blake franziu o cenho.

— Meu Deus — disse ele —, por que inventar essas coisas?

Hercule Poirot deu de ombros. Ele estava muitíssimo estranho hoje. Ele estava sendo desdenhado mas tratado com condescendência.

Ele murmurou:

— É o público. Ele devora esse tipo de coisa... é, devora.

— Necrófilos — disse Philip Blake.

Mas disse isso com bom humor, não com a rabugice e a aversão que alguém mais sensível poderia demonstrar.

Hercule Poirot disse, encolhendo os ombros:
— É a natureza humana. O senhor e eu, mr. Blake, que conhecemos o mundo, não temos ilusões sobre nossos semelhantes. Não são pessoas más, a maioria, mas certamente não devem ser idealizadas.

Blake disse, com muito sentimento:
— Eu abandonei minhas ilusões há muito tempo.
— Mas o senhor tem uma bela história, me disseram.
— Ah! — os olhos de Blake piscaram. — O senhor ouviu isso?

A risada de Poirot veio no momento certo. Não era uma história edificante, mas divertida.

Philip Blake se acomodou na cadeira, músculos relaxados, olhos envoltos em rugas de bom humor.

Hercule Poirot de repente pensou que ele se parecia muito com um porco satisfeito.

Um porco. *Um porquinho foi à feira...*

Como era ele, esse homem, esse Philip Blake? Ao que parecia, um homem sem preocupações. Próspero, satisfeito. Nada de remorsos, nada de dores de consciência pelo passado, nada de lembranças obsessivas. Não, um porco bem alimentado que fora à feira e alcançara o mais alto preço de mercado...

Mas talvez houvesse mais em Philip Blake. Ele devia ter sido um homem atraente quando jovem. Olhos um pouquinho pequenos demais, uma fração juntos demais, talvez; mas quanto ao resto um jovem bem constituído, de boa aparência. Que idade tinha agora? Um palpite o situaria entre cinquenta e sessenta anos. Perto dos quarenta, portanto, na época da morte de Crale. Menos enfadonho, então, menos afundado na gratificação do momento. Pedindo mais vida, talvez, e recebendo menos...

Poirot murmurou, apenas como um chamariz:

— O senhor deve compreender minha posição.

— Na verdade, não, sabe, juro que não compreendo. — O corretor se aprumou outra vez, com olhar astuto. — Por que *você*? Você é escritor?

— Não precisamente... não. Na verdade sou detetive.

A modéstia dessa observação provavelmente jamais havia sido igualada na conversa de Poirot.

— É claro que você é. Nós todos sabemos disso. O famoso Hercule Poirot!

Mas o tom dele carregava uma pequena nota de zombaria. Intrinsecamente, Philip Blake era o típico cavalheiro inglês para levar a sério as pretensões de um estrangeiro.

A seus camaradas ele teria dito:

— Um charlatãozinho antiquado. Ah, claro, imagino que esse jeito dele agrade às mulheres.

E, embora essa atitude condescendente e derrisória fosse exatamente a que Hercule Poirot pretendera induzir, ele não se sentiu incomodado com ela.

Esse homem, esse bem-sucedido homem de negócios, não estava impressionado com Hercule Poirot! Era um escândalo.

— Fico satisfeito — disse falsamente Poirot — de ser tão conhecido pelo senhor. Meu sucesso, permita-me lhe dizer, tem se fundado na psicologia, o eterno *por quê?* do comportamento humano. Isso, mr. Blake, é o que interessa ao mundo nos crimes hoje em dia. Antes era romance. Crimes famosos eram recontados apenas de um ângulo, a história de amor ligada a eles. Hoje em dia é diferente. As pessoas leem com interesse que o doutor Crippon assassinou a esposa porque ela era grande e robusta e ele era pequeno e insignificante, e portanto ela o fazia sentir-se inferior. Leem sobre alguma criminosa famosa que matava porque havia sido ignorada pelo pai quando tinha três anos. É, como digo, o *porquê* do crime que interessa hoje em dia.

Philip Blake disse, bocejando levemente:

— O porquê da maioria dos crimes é bastante óbvio, eu diria. Normalmente dinheiro.

Poirot exclamou:

— Ah, meu caro senhor, mas o porquê dos crimes nunca deve ser óbvio. Essa é a questão!

— E é aí que *você* entra?

— E é aí, como o senhor diz, que eu entro! A proposta é reescrever a história de certos crimes passados, do ângulo psicológico. A psicologia no crime, essa é minha especialidade. Aceitei a encomenda.

Philip Blake deu um sorrisinho:

— Muito lucrativa, imagino.

— Espero que sim... certamente espero que sim.

— Parabéns. Agora, quem sabe você possa me dizer onde *eu* entro?

— Com toda a certeza. O caso Crale, monsieur.

Philip Blake não pareceu surpreso. Mas pareceu pensativo. Ele disse:

— Sim, é claro, o caso Crale...

Hercule Poirot disse ansiosamente:

— Esse assunto não lhe causa incômodo, mr. Blake?

— Ah, isso. — Philip Blake deu de ombros. — Não adianta ficar ressentido com uma coisa que você não tem o poder de interromper. O julgamento de Caroline Crale é de domínio público. Qualquer pessoa pode publicá-lo. De certa forma... não me importo de lhe contar... tenho aversão por ele. Amyas Crale era um de meus melhores amigos. Lamento que esse assunto ofensivo tenha de ser remexido outra vez. Mas essas coisas acontecem.

— O senhor é um filósofo, mr. Blake.

— Não, não. Apenas sei o suficiente para não começar a dar murro em ponta de faca. É provável que você o faça de forma menos ofensiva do que muitos outros fariam.

— Espero, pelo menos, escrever com delicadeza e bom gosto — disse Poirot.

Philip Blake gargalhou alto mas sem realmente se divertir.

— Ouvir você dizer isso me faz rir.

— Eu lhe asseguro, mr. Blake, que estou mesmo interessado. Para mim não é só uma questão de dinheiro. Quero genuinamente recriar o passado, sentir e ver os acontecimentos que ocorreram, ver atrás do óbvio e visualizar os pensamentos e sentimentos dos atores do drama.

— Não acho — disse Philip Blake — que havia muita sutileza no caso. Era um assunto muito óbvio. Ciúme feminino em estado bruto, nada mais que isso.

— Seria de grande interesse para mim, mr. Blake, se eu pudesse ter suas reações ao caso.

Philip Blake falou com empolgação repentina, a cor de seu rosto intensificada.

— Reações! Reações! Não fale de forma tão pedante. Eu não fiquei lá e reagi! Você parece não entender que meu amigo, *meu amigo*, veja bem, tinha sido morto... envenenado! E que se eu tivesse agido mais depressa poderia tê-lo salvado.

— E por que razão o senhor pensa isso, mr. Blake?

— Pelo seguinte. Suponho que o senhor já tenha lido os fatos do caso. — Poirot assentiu. — Muito bem. Naquela manhã meu irmão Meredith me telefonou. Ele estava muito perturbado. Uma de suas poções mágicas havia desaparecido, e era uma poção mágica bastante mortal. O que fiz? Disse a ele para vir me encontrar para conversarmos. Decidirmos o melhor a ser feito. "Decidirmos o melhor." Fico perplexo de pensar como pude ser um tolo tão hesitante! Eu devia ter percebido que não havia tempo a perder. Devia ter ido de imediato falar com Amyas e avisá-lo, dito a ele: "Caroline pegou um dos venenos de Meredith, e é melhor você e Elsa se cuidarem".

Blake se levantou. Excitado, andou de um lado para outro.

— Santo Deus, homem. Você acha que eu não pensei nisso interminavelmente? Eu *sabia*. Tinha a chance de salvá-lo... e desperdicei o tempo... esperando por Meredith! Porque não tive o bom senso de perceber que Caroline não ia ter nenhum escrúpulo ou vacilação. Ela pegara aquela coisa para usar... e, por Deus, a usaria na primeira oportunidade. Não esperaria até Meredith dar por falta do veneno. Eu sabia... claro que sabia... que Amyas corria perigo de morte... e não fiz nada!

— Acho que o senhor se acusa indevidamente, monsieur. O senhor não tinha muito tempo.

O outro o interrompeu:

— Tempo? Eu tinha bastante tempo. Todas as possibilidades de agir. Podia ter ido falar com Amyas, como eu disse... mas havia a possibilidade, é claro, de ele não acreditar em mim. Amyas não era o tipo de pessoa que acreditava facilmente estar em perigo. Teria zombado da ideia. Na verdade, ele nunca entendeu o tipo de demônio que Caroline era. Mas eu podia ter ido falar com ela. Podia ter dito: "Sei o que você está tramando. Sei o que planeja fazer. Se Amyas ou Elsa morrer envenenado por coniina, você vai ser enforcada!". Isso a teria impedido. Ou eu podia ter telefonado para a polícia. Ah!, eu poderia ter feito muitas coisas... e, em vez disso, deixei-me influenciar pelos métodos lentos e cautelosos de Meredith. "Devemos estar seguros... discutir isso... ter muita certeza de quem poderia ter pegado o veneno..." Aquele tolo maldito... nunca tomou uma decisão rápida na vida! Foi bom para ele ser o filho mais velho e ter uma propriedade para morar. Se ele tentasse *ganhar* dinheiro, teria perdido cada centavo que tinha.

Poirot perguntou:

— O senhor não tinha dúvida sobre quem havia pegado o veneno?

— É claro que não. Eu soube de imediato que devia ser Caroline. Olhe, eu conhecia Caroline muito bem.

— Isso é muito interessante — disse Poirot. — Eu quero saber, mr. Blake, que tipo de mulher Caroline era?

Philip Blake disse abruptamente:

— Ela não era a inocente ferida que as pessoas pensavam que era na época do julgamento.

— O que ela era, então?

Blake voltou a se sentar. E disse seriamente:

— O senhor realmente gostaria de saber?

— Na verdade, gostaria muito de saber.

— Caroline era uma desonesta. Totalmente desonesta. Claro, ela tinha charme. Tinha aquele tipo de jeito doce que engana completamente as pessoas. Tinha uma aparência frágil e desamparada que atraía o cavalheirismo das pessoas. Às vezes, quando leio um pouco de história, penso que a rainha Mary da Escócia deve ter sido um pouco como ela. Sempre meiga e infeliz... mas na verdade uma mulher fria e calculista, uma intrigante que planejou o assassinato de Darnley e se safou. Caroline era assim... uma planejadora fria e calculista. E tinha uma mente maldosa.

"Não sei se lhe contaram... não é um aspecto vital do julgamento, mas revela como ela era... o que ela fez com a irmã nenezinha. Ela era muito ciumenta. A mãe se casara de novo, e toda a atenção e o afeto eram para a pequena Angela. Caroline não podia suportar isso. Tentou matar a nenê com um pé de cabra... esmagar a cabeça dela. Por sorte o golpe não foi fatal. Mas foi um ato horrível."

— Sim, de fato.

— Bem, essa era a verdadeira Caroline. Ela tinha de ser a primeira. Era isso que ela não conseguia suportar... não ser a primeira. E havia nela um demônio frio e egoísta que podia ser provocado até ao assassinato.

"Ela parecia impulsiva, mas na verdade era calculista. Quando ficava em Alderbury, ainda criança, logo nos avaliava rapidamente e fazia seus planos. Ela não tinha dinheiro. Eu nunca tive chance... um filho caçula que ainda precisava progredir na vida. (O engraçado é que hoje eu poderia comprar Meredith e até Crale, se ele estivesse vivo!) Ela considerou Meredith por algum tempo, mas acabou se fixando em Amyas. Amyas teria Alderbury, e, embora isso não viesse a lhe propiciar uma renda alta, ela percebeu que o talento dele para a pintura era algo bastante incomum. Apostou que ele seria não só um gênio, mas um sucesso financeiro.

"E ganhou a aposta. Amyas logo obteve reconhecimento. Não era exatamente um pintor da moda... mas seu gênio era reconhecido e seus quadros eram comprados. Você viu algum quadro dele? Há um aqui. Venha dar uma olhada." Ele conduziu Poirot até a sala de jantar e apontou para a parede à esquerda.

— Aí está. Esse é Amyas.

Poirot olhou em silêncio. Ocorreu-lhe com um assombro renovado que um homem podia imbuir daquela forma um tema tão convencional com sua magia particular. Um vaso de rosas sobre uma mesa de mogno lustrosa. Um tema convencional, batido. Mas Amyas Crale conseguira fazer suas rosas flamejarem e arderem com uma vida luxuriante quase obscena. A madeira polida da mesa tremia e assumia uma vida sensível. Como explicar a excitação provocada pelo quadro? Pois ele era excitante. As proporções da mesa teriam afligido o superintendente Hale, ele teria reclamado que nenhuma rosa tinha precisamente aquele formato ou aquela cor. E depois teria saído se perguntando por que as rosas que vira eram insatisfatórias, e mesas de mogno redondas o incomodariam por uma razão desconhecida.

Poirot deu um leve suspiro. E murmurou:

— Sim... está tudo aqui.

Blake o conduziu de volta à sala de estar. E murmurou:

— Nunca entendi nada de arte. Não sei por que gosto tanto de olhar para aquilo, mas gosto. É... ah, que diabo, é *bom*.

Poirot balançou enfaticamente a cabeça.

Blake ofereceu um cigarro a seu convidado e acendeu um para si. E disse:

— E é esse homem... o homem que pintou aquelas rosas... o homem que pintou *Mulher com coqueteleira*... o homem que pintou

aquela *Natividade* assombrosamente dolorosa... *é esse* o homem que foi interrompido em sua plenitude, privado de sua vida intensa e poderosa, tudo por causa de uma mulher mesquinha e vingativa!
    Ele fez uma pausa:
    — Você dirá que eu sou amargo... que tenho um preconceito desmedido contra Caroline. Ela tinha mesmo charme... eu o senti. Mas eu sabia... sempre soube... a mulher real que havia por trás dela. E essa mulher, monsieur Poirot, era má. Era cruel e maligna, e gananciosa!
    — E no entanto me disseram que mrs. Crale suportou muitas coisas difíceis em sua vida de casada.
    — Sim, e contava isso a todos! Sempre a mártir! Pobre Amyas. A vida de casado dele foi um longo inferno... ou teria sido se não fosse a qualidade excepcional dele. A arte... ele sempre a teve. Era uma fuga. Quando pintava, ele não se importava, afastava Caroline e suas censuras e todas as brigas e discussões intermináveis. Elas não tinham fim. Não havia uma semana sem uma briga estrondosa por causa de alguma coisa. *Ela* gostava disso. Acho que as brigas a estimulavam. Eram um escape. Ela podia dizer todas as coisas amargas, duras e ofensivas que queria dizer. Ela realmente ronronava depois de uma dessas briguinhas... saía parecendo tão lustrosa e bem alimentada quanto uma gata. Mas *ele* ficava esgotado. *Ele* queria paz... descanso... uma vida tranquila. É claro que um homem assim nunca deveria ter se casado... não é talhado para a vida doméstica. Um homem como Crale deve ter casos, mas não laços que o restrinjam. Eles tendem a irritá-lo.
    — Ele lhe fazia confidências?
    — Bem... ele sabia que eu era um companheiro muito

dedicado. Deixava-me ver as coisas. Não se queixava. Não era esse tipo de pessoa. Às vezes, ele dizia: "Malditas mulheres". Ou ainda: "Nunca se case, meu velho. Deixe para viver no inferno quando esta vida acabar".

— O senhor sabia da ligação dele com miss Greer?

— Ah, sim, pelo menos vi quando começou. Ele me contou que conhecera uma garota maravilhosa. Ela era diferente, disse, de todas que ele já havia conhecido. Não que eu desse muita atenção a isso. Amyas sempre conhecia alguma mulher que era "diferente". Normalmente um mês depois, se você a mencionasse, ele o encararia e perguntaria de quem você estava falando. Mas essa Elsa Greer era mesmo diferente. Percebi isso quando fui passar uns dias em Alderbury. Ela o agarrara, o fisgara completamente. O pobre vira-lata comia na mão dela.

— O senhor não gostava dela também?

— Não, não gostava. Ela era definitivamente uma criatura predadora. Também queria ser dona do corpo e da alma de Crale. Mas, ainda assim, acho que teria sido melhor para ele do que Caroline. Uma vez que estivesse segura dele, é concebível que o deixasse em paz. Ou poderia ter cansado dele e procurado outra pessoa. A melhor coisa para Amyas teria sido se livrar de qualquer envolvimento com mulheres.

— Mas isso, ao que parece, não era do agrado dele.

Philip Blake disse, suspirando:

— O tolo estava sempre envolvido com alguma mulher. E no entanto, de certa forma, as mulheres significavam muito pouco para ele. As duas únicas mulheres que realmente deixaram alguma impressão nele nesta vida foram Caroline e Elsa.

— Ele gostava da menina?

— Angela? Ah, todos nós gostávamos de Angela. Ela era muito divertida. Estava sempre pronta para qualquer coisa. Que vida tinha aquela infeliz governanta dela. Sim, sem dúvida Amyas gostava de Angela... mas às vezes ela ia longe demais e ele ficava mesmo louco com ela... e então Caroline chegava. Carol ficava sempre do lado de Angela e isso acabava com Amyas. Ele odiava quando Carol apoiava Angela contra ele. Sabe, havia sempre um pouco de ciúme. Amyas tinha ciúme do modo como Carol sempre punha Angela em primeiro lugar e fazia tudo por ela. E Angela tinha ciúme de Amyas e se revoltava contra o jeito autoritário dele. Ele decidira que ela iria para a escola no outono, e ela estava furiosa com isso. Não por que não gostava da ideia da escola, ela realmente queria ir, creio... mas o que a deixava furiosa era o modo ditatorial e precipitado como Amyas resolvia tudo. Para se vingar, ela pregava todo tipo de peça. Uma vez ela pôs dez lesmas na cama dele. Em geral, acho que Amyas estava certo. Era hora de ela ser submetida a alguma disciplina. Miss Williams era muito eficiente, mas reconhecia que Angela estava se tornando demais para ela.

Ele fez uma pausa. Poirot disse:

— Quando perguntei se Amyas gostava da menina... eu me referia à menina dele, sua filha.

— Ah, você fala da pequena Carla? Sim, ela era muito querida. Ele gostava de brincar com ela quando estava disposto. Mas o afeto por ela não o impediria de casar com Elsa, se é isso que você quer saber. Ele não tinha *esse* tipo de sentimento por ela.

— Caroline Crale era muito dedicada à filha?

O rosto de Philip se contorceu numa espécie de espasmo. Ele disse:

— Não posso dizer que ela não era uma boa mãe. Não, não posso dizer isso. Isso é algo...

— Sim, mr. Blake?

Philip disse, bem devagar e de forma sofrida:

— É algo que eu de fato... lamento... nesse caso. Pensar naquela criança. Uma marca tão trágica em sua infância. Eles a mandaram para o exterior, para ficar com a prima de Amyas e o marido. Espero... espero sinceramente... que eles tenham conseguido esconder a verdade dela.

Poirot sacudiu a cabeça. E disse:

— A verdade, mr. Blake, tem o hábito de se fazer conhecer. Mesmo depois de muitos anos.

— Eu imagino — murmurou o corretor.

Poirot prosseguiu:

— No interesse da verdade, mr. Blake, vou lhe pedir para fazer uma coisa.

— O que é?

— Vou lhe pedir encarecidamente que escreva para mim um relato exato do que aconteceu naqueles dias em Alderbury. Em outras palavras, vou lhe pedir que escreva para mim um relato completo do assassinato e das circunstâncias em que ele aconteceu.

— Mas, meu caro amigo, depois de todo esse tempo? Eu seria irremediavelmente impreciso.

— Não necessariamente.

— Com certeza.

— Não, por um lado, com a passagem do tempo, a mente retém o que é essencial e rejeita o que é superficial.

— Oh! Você fala de um mero esboço geral?

— De forma alguma. Falo de um relato detalhado e consciencioso de cada acontecimento tal como ocorreu, e de cada conversa que o senhor consiga lembrar.

— E se minhas lembranças forem equivocadas?

— O senhor pode relatar pelo menos da melhor forma que conseguir. Pode haver lapsos, mas não é possível evitá-los.

Blake olhou para ele, curioso.

— Mas qual é a ideia? Os arquivos da polícia lhe darão tudo com muito mais precisão.

— Não, mr. Blake. Agora estamos falando do ponto de vista psicológico. Não quero simples *fatos*. *Quero os fatos que o senhor selecionar*. O tempo e sua memória são responsáveis por essa seleção. Pode haver coisas feitas, palavras ditas que eu procuraria em vão nos arquivos da polícia. Coisas e palavras que o senhor nunca mencionou porque, talvez, julgasse irrelevantes, ou porque preferisse não repetir.

Blake disse abruptamente:

— Esse meu relato é para publicação?

— É claro que não. Só será lido por mim. Para me ajudar a fazer minhas próprias deduções.

— E você não vai citá-lo sem meu consentimento?

— Certamente não.

— Humm — disse Philip Blake. — Sou um homem muito ocupado, monsieur Poirot.

— Avalio que haja tempo e dificuldade envolvidos. Eu estaria disposto a concordar com uma... remuneração razoável.

Houve uma pequena pausa. Então, de repente, Philip Blake disse:

— Não, se eu fizer... farei de graça.

— E o senhor fará?

Philip disse, admoestativo:

— Lembre-se, não posso garantir a precisão de minha memória.

— Isso está perfeitamente entendido.

— Então acho — disse Philip Blake — que gostaria de fazê-lo. Sinto que devo isso... de certa forma... a Amyas Crale.

7

UM PORQUINHO FICOU EM CASA

HERCULE POIROT NÃO ERA homem de desprezar detalhes. Seu avanço em direção a Meredith Blake foi cuidadosamente elaborado. Ele já estava seguro de que Meredith Blake era uma proposta muito diferente de Philip Blake. Uma tática impetuosa não teria sucesso. O ataque devia ser vagaroso.

Hercule Poirot sabia que só havia uma forma de penetrar na fortaleza. Ele devia abordar Meredith Blake com as credenciais adequadas. Estas deviam ser sociais, não profissionais. Felizmente, no decorrer de sua carreira, Poirot fizera amigos em muitos condados. Devonshire não era exceção. Ele sentou para revisar as fontes que tinha em Devonshire. Descobriu duas pessoas conhecidas ou amigas de mr. Meredith Blake. Atacou-o, portanto, armado de duas cartas, uma de lady Mary Lytton-Gore, uma nobre enviuvada de meios restritos, a mais recolhida das criaturas, e a outra de um almirante aposentado cuja família habitava o condado havia quatro gerações.

Meredith Blake recebeu Poirot com certa perplexidade.

Como ele sentia com frequência ultimamente, as coisas não eram mais como antes. Ora essa, detetives particulares costumavam ser detetives particulares: pessoas a quem se recorria, de forma bastante envergonhada, quando ocorria algo indecente, e era preciso entender o que se passava.

Mas aqui estava lady Mary Lytton-Gore escrevendo: "Hercule Poirot é um amigo muito antigo e valioso. Por favor, faça todo o possível para ajudá-lo, sim?". E Mary Lytton-Grove não era, não, decididamente não era, o tipo de mulher que associássemos a detetives particulares e tudo que eles representam. E o almirante Cronshaw escreveu: "Um camarada muito bom, absolutamente íntegro. Fico grato se você fizer o possível por ele. É um sujeito muitíssimo divertido, pode lhe contar boas histórias".

E agora ali estava o homem em pessoa. Realmente a pessoa mais impossível, as roupas erradas, botas com botões, um bigode incrível! Não era absolutamente o tipo dele, Meredith Blake. Não parecia ter jamais caçado ou dado um tiro, nem sequer jogado um jogo decente. Um estrangeiro.

Levemente divertido, Hercule Poirot leu com precisão esses pensamentos passando pela cabeça do outro.

Ele sentira seu interesse crescer consideravelmente enquanto o trem o levava para o West Country. Veria agora, com os próprios olhos, o lugar onde ocorreram aqueles acontecimentos tão remotos.

Era aqui, em Handcross Manor, que dois jovens irmãos tinham vivido, ido para Alderbury, brincado e jogado tênis, e confraternizado com um jovem Amyas Crale e uma garota chamada Caroline. Era daqui que Meredith tinha saído para Alderbury naquela manhã fatal. Isso ocorrera dezesseis anos antes. Hercule Poirot olhava com interesse para o homem que o confrontava com uma cortesia um tanto embaraçada.

Era bem o que ele esperava. Meredith Blake lembrava todos os fidalgos ingleses de recursos parcos e gosto por atividades ao ar livre.

Um velho casaco surrado de *tweed* Harris, um rosto de meia-idade agradável, curtido pelo tempo, olhos azuis um tanto desbotados, lábios finos, meio escondidos por um bigode esparso. Poirot considerou Meredith Blake um grande contraste com o irmão. Seus modos eram hesitantes, seu processo mental era obviamente vagaroso. Era como se seu ritmo tivesse sido reduzido com os anos, enquanto o do irmão se acelerara.

Como Poirot já adivinhara, era um homem que não se podia apressar. Estava embebido até os ossos da vagarosa vida do campo inglês.

Parecia, pensou o detetive, muito mais velho que o irmão, embora, pelo que mr. Jonathan dissera, aparentemente só um par de anos os separasse.

Hercule Poirot se orgulhava de saber como lidar com um egresso das escolas da elite inglesa. Não era hora de tentar parecer inglês. Não, deve-se ser um estrangeiro, francamente um estrangeiro, e ser perdoado magnanimamente por esse fato. "É claro que esses estrangeiros não sabem exatamente como se portar. *Apertam as mãos* no café da manhã. Mas um camarada decente realmente..."

Poirot procurou criar essa impressão de si mesmo. Os dois conversaram, com prudência, sobre lady Lytton-Gore e o almirante Cronshaw. Outros nomes foram mencionados. Felizmente Poirot conhecia o primo de alguém e tinha encontrado a cunhada de mais alguém. Ele podia ver uma espécie de cordialidade despontando nos olhos do fidalgo. O camarada parecia conhecer as pessoas certas.

De modo afável, insidiosamente, Poirot deslizou para o propósito de sua visita. Apressou-se a neutralizar a inevitável reação negativa. O livro, lastimavelmente, ia ser escrito. Miss Crale — miss Lemarchant, como se chamava agora — estava ansiosa para que ele exercitasse uma edição judiciosa. Os fatos, infelizmente, eram de domínio público. Mas muito podia ser feito ao apresentá-los para evitar ferir suscetibilidades. Poirot murmurou que até agora conseguira usar uma discreta influência para evitar certas passagens ofensivas em um livro de memórias.

Meredith Blake ficou vermelho de irritação. Sua mão tremia um pouco enquanto ele enchia o cachimbo. Com um leve balbucio na voz, disse:

— É... é d-demoníaco o modo como desencavam essas coisas. F-faz dezesseis anos. Por que não deixam isso em paz?

Poirot encolheu os ombros. E disse:

— Concordo com o senhor. Mas o que se há de fazer? Há uma demanda por essas coisas. E qualquer pessoa tem a liberdade de reconstruir um crime comprovado e fazer comentários sobre ele.

— A mim parece desonroso.

Poirot murmurou:

— É lamentável... não vivemos em uma época refinada... O senhor se surpreenderia, mr. Blake, se conhecesse as publicações desagradáveis que consegui... digamos... suavizar. Estou ansioso para fazer o possível para poupar os sentimentos de miss Crale nessa questão.

Meredith Blake murmurou:

— A pequena Carla! Aquela criança! Uma mulher crescida. Mal se pode acreditar nisso.

— Eu sei. O tempo voa depressa, não é?

Meredith Blake suspirou. E disse:

— Depressa demais.

— Como o senhor deve ter visto — disse Poirot —, na carta de miss Crale que lhe entreguei, ela está muito ansiosa para saber tudo sobre os tristes acontecimentos do passado.

Meredith Blake disse, com um toque de irritação:

— Por quê? Por que desenterrar tudo outra vez? É muito melhor deixar que tudo seja esquecido.

— O senhor diz isso, mr. Blake, porque conhece bem demais o passado. Miss Crale, lembre-se, não conhece nada. O que quer dizer que ela só conhece a história que leu nos relatos oficiais.

Meredith Blake piscou. E disse:

— Sim, eu me esqueci. Pobre criança. Que posição horrível para ela. O choque de saber a verdade. E depois... aqueles relatos insensíveis e deprimentes do julgamento.

— Não é possível — disse Hercule Poirot — fazer justiça à verdade em uma mera narrativa legal. O que importa são as coisas que não foram incluídas. As emoções, os sentimentos... o caráter dos atores no drama. As circunstâncias atenuantes...

Ele parou de falar e o outro homem falou com avidez, como um ator que recebeu sua deixa.

— Circunstâncias atenuantes! É exatamente isso. Se algum dia houve circunstâncias atenuantes, foi nesse caso. Amyas Crale era um velho amigo... a família dele e a minha eram amigas havia gerações, mas é preciso admitir que a conduta dele foi, francamente, ultrajante. Ele era um artista, é claro, é de presumir que isso explica tudo. Mas aí é que está... ele permitiu que viesse à tona o mais extraordinário conjunto de casos. Era uma posição que nenhum homem decente poderia ter contemplado sequer por um momento.

CINCO PORQUINHOS 95

— O fato de o senhor dizer isso — disse Hercule Poirot — me interessa. Essa situação me deixava confuso. Não é assim que um homem bem-criado, um homem do mundo, trata seus casos.

O rosto fino e hesitante de Blake se iluminou com animação. Ele disse:

— Sim, mas a questão toda é que Amyas nunca foi um homem comum! Era um pintor, e para ele a pintura ocupava o primeiro lugar... de fato, às vezes do modo mais extraordinário! Não entendo essas chamadas "pessoas artísticas"... nunca entendi. Entendo Crale um pouco porque, é claro, o conheci a minha vida inteira. O pessoal dele era do mesmo tipo que o meu. E em muitos sentidos Crale fez o que se esperava dele... só quando se tratava de arte que ele não se conformava aos padrões usuais. Não era um amador em nenhum sentido. Era excelente... realmente excelente. Algumas pessoas dizem que ele era um gênio. Talvez isso esteja correto. Mas, em consequência, ele foi sempre o que eu poderia descrever como desequilibrado. Quando estava pintando um quadro... nada mais importava, nada podia atrapalhar. Ele era como um homem em um sonho. Completamente obcecado pelo que fazia. Só quando a tela estava terminada ele saía de sua absorção e começava de novo a recolher os fios da vida comum.

Ele olhou interrogativamente para Poirot e este assentiu com a cabeça.

— Vejo que o senhor entende. Bem, penso que isso explica por que surgiu essa situação específica. Ele estava apaixonado pela garota. Queria casar com ela. Mas havia começado a pintá-la aqui, e queria terminar o quadro. Nada mais lhe importava. Ele não *via* mais nada. E o fato de a situação ser totalmente impossível para as duas mulheres envolvidas não parece ter-lhe ocorrido.

— Alguma das duas entendia o ponto de vista dele?
— Ah, sim... de certo modo. Elsa entendia, suponho. Ela era muito entusiasmada pela pintura dele. Mas era uma posição difícil para ela... naturalmente. E quanto a Caroline...

Ele parou. Poirot disse:

— Quanto a Caroline... sim, de fato.

Meredith Blake disse, com certa dificuldade:

— Caroline... eu sempre... bem, eu sempre gostei de Caroline. Houve uma época em que... eu esperava casar com ela. Mas logo desisti. Contudo, permaneci, se posso falar assim, devotado a... a servi-la.

Poirot balançou a cabeça, pensativo. Sentia que aquelas palavras um pouco antiquadas expressavam bem o homem que estava à sua frente. Meredith Blake era o tipo de pessoa que se dedicaria sem pensar a uma devoção romântica e honrosa. Serviria fielmente sua senhora, e sem esperança de recompensa. Sim, era tudo muito coerente.

Ele disse, pesando com cuidado as palavras:

— O senhor deve ter se ressentido dessa... atitude... por causa *dela*?

— Sim. Ah, sim. Eu... eu de fato reclamei desse assunto com Crale.

— Quando foi isso?

— Na verdade um dia antes... antes de tudo acontecer. Eles vieram aqui para o chá. Chamei Crale de lado e... falei com ele. Disse até, me lembro, que aquilo não era justo com nenhum deles.

— Ah, o senhor disse isso?

— Sim. Eu não achava... veja, que ele havia *percebido*.

— Possivelmente não.

— Disse a ele que aquilo estava pondo Caroline em uma posição completamente insuportável. Se ele pretendia casar com aquela garota, não devia tê-la hospedado na casa e... bem... mais ou menos a exibido ostensivamente a Caroline. Disse que era uma afronta insuportável.

Poirot perguntou, curioso:
— O que ele respondeu?

Meredith Blake respondeu com asco:
— Ele disse: "Caroline tem de aguentar".

Poirot ergueu as sobrancelhas.
— Não foi — ele disse — uma resposta muito solidária.
— Eu a achei abominável. Perdi as estribeiras. Disse que sem dúvida, como não se interessava pela esposa, ele não dava importância a quanto a fazia sofrer, mas e a garota? Ele não percebia que era uma posição terrível para *ela*? A resposta dele foi que Elsa também tinha de aguentar!

"E ele continuou: 'Parece que você não entende, Meredith, que esse quadro que estou pintando é a melhor coisa que já fiz. É *bom*, eu lhe garanto. E duas mulheres ciumentas e briguentas não vão estragá-lo... não, com os diabos, não vão'.

"Era inútil falar com ele. Eu disse que ele parecia ter abandonado toda a decência. Pintar, eu disse, não é tudo. Ele me interrompeu. E disse: 'Ah, mas *para mim é*'.

"Eu continuava muito irritado. Disse que era totalmente desonroso o modo como ele sempre tratara Caroline. Ela tivera uma vida muito infeliz com ele. Ele disse que sabia disso e que estava arrependido. Arrependido! Ele disse: 'Eu sei, Merry, que você não acredita nisso... mas é a verdade. Eu transformei a vida de Caroline num inferno e ela reagiu como uma santa. Mas ela sabia, acho, no que podia estar se envolvendo. Contei a ela honestamente o tipo de pessoa egoísta e licenciosa que eu era'.

"Eu então disse a ele de forma muito firme que ele não devia romper sua vida de casado. Era preciso levar em conta a criança e tudo o mais. Disse que podia entender que uma garota como Elsa desconcertasse um homem, mas que até pelo bem dela ele devia terminar tudo. Ela era muito jovem. Estava entrando naquilo desarmada, mas depois poderia se arrepender amargamente. Perguntei se ele não podia se controlar, fazer um rompimento que não magoasse Elsa e voltar para a esposa."

— E o que ele disse?

— Ele apenas olhou para mim... constrangido. Bateu em meu ombro e disse: "Você é um bom amigo, Merry. Mas é muito sentimental. Espere até o quadro estar terminado e você vai reconhecer que eu estava certo".

"Eu disse: 'Dane-se seu quadro'. Ele riu e disse que mesmo todas as mulheres neuróticas da Inglaterra não conseguiriam fazer aquilo. Então eu disse que teria sido mais decente esconder tudo de Caroline até que o quadro estivesse terminado. Ele disse que a culpa não era *dele*. Elsa é que tinha insistido em revelar tudo. Eu disse: 'Por quê?'. E ele disse que ela achava que não era certo agir de outro modo. Queria que tudo fosse esclarecido, sem subterfúgios. Bem, é claro que em certo sentido era possível entender isso e respeitar o que a garota fizera. Por pior que fosse o comportamento dela, pelo menos ela queria ser honesta."

— A honestidade pode causar muita dor e aflição — observou Hercule Poirot.

Meredith Blake olhou para ele com expressão de dúvida. Não gostava exatamente do sentimento. E suspirou:

— Foi uma... uma época muito infeliz para todos nós.
— A única pessoa que não parece ter sido afetada foi Amyas Crale — disse Poirot.
— E por quê? Porque ele era um completo egoísta. Eu me lembro dele agora. Rindo de mim como se dissesse: "Não se preocupe, Merry. Tudo vai dar certo!".
— O otimista incurável — murmurou Poirot.
— Ele era — disse Meredith Blake — o tipo de homem que não levava as mulheres a sério. *Eu* podia ter dito a ele que Caroline estava desesperada.
— Ela lhe disse isso?
— Não com essas palavras. Mas eu sempre vou me lembrar do rosto dela naquela tarde. Branco e tenso, com uma espécie de alegria desesperada. Ela falava e ria muito. Mas seus olhos... havia neles uma espécie de pesar angustiado que era a coisa mais comovente que eu já vira. Ela era também uma criatura muito gentil.

Hercule Poirot olhou para ele sem dizer nada por um ou dois minutos. Era evidente que o homem a sua frente não via nenhuma incongruência em falar assim de uma mulher que um dia depois matara deliberadamente o marido.

Meredith Blake prosseguiu. A essa altura, havia superado por inteiro a hostilidade suspeitosa do início. Hercule Poirot tinha o dom de ouvir. Para homens como Meredith Blake, reviver o passado tinha uma atração evidente. Agora ela falava quase mais para si do que para seu hóspede.

— Suponho que eu devia ter suspeitado de algo. Foi Caroline que levou a conversa para... para meu pequeno passatempo. Devo confessar que era algo que me entusiasmava. Estudar os velhos herboristas ingleses é muito interessante. Há tantas plantas que eram usadas antes na medicina e que agora desapareceram da farmacopeia oficial. E é realmente assombroso como a simples fervura de algumas coisas produz ótimos resultados. Na metade do tempo não há necessidade de médicos. Os franceses entendem dessas coisas... algumas das tisanas deles são excelentes.

Agora ele estava bem envolvido em seu passatempo.

— O chá de dente-de-leão, por exemplo, é um remédio maravilhoso. E uma infusão fruto de roseira... outro dia vi em algum lugar que ela está voltando à moda entre os médicos. Ah, sim, devo confessar que minhas infusões me davam muito prazer. Colher as plantas no momento certo, secá-las... macerá-las... e todo o resto. Por vezes eu descambava para a superstição e juntava minhas raízes na lua cheia ou fosse lá o que os antigos aconselhavam. Naquele dia, dei a meus convidados uma explicação especial sobre a cicuta-da-europa. Ela floresce a cada dois anos. Os frutos são colhidos quando estão amadurecendo, um pouco antes de amarelar. A coniina é uma droga que foi abandonada... acredito que nem haja uma preparação oficial dela na última farmacopeia... mas eu provei que ela é útil no tratamento da coqueluche... e, aliás, também da asma.

— O senhor falou de tudo isso em seu laboratório?

— Sim, mostrei tudo a eles... a valeriana e o modo como atrai gatos... uma cheirada é mais do que suficiente para eles! Depois eles perguntaram sobre a *deadly nightshade* e eu falei da beladona e da atropina. Eles estavam muito interessados.

— Eles? Quem está abrangido nessa palavra?

Meredith Blake pareceu levemente surpreso, como se tivesse esquecido que seu ouvinte não tinha conhecimento direto da cena.

— Ah, o grupo todo. Deixe-me ver, Philip estava lá, e Amyas, e Caroline, claro. Angela. E Elsa Greer.
— Eram só esses?
— Sim... acho. Sim, tenho certeza — Blake olhou para ele, curioso. — Quem mais devia estar?
— Eu pensei que talvez a governanta...
— Ah, entendo. Não, ela não estava lá naquela tarde. Acho que esqueci o nome dela. Uma boa mulher. Levava muito a sério suas obrigações. Acho que Angela a preocupava muito.
— Por quê?
— Bem, ela era uma garota ótima, mas tinha tendência a se descontrolar. Sempre fazia alguma traquinagem. Um dia pôs uma lesma ou algo assim nas costas de Amyas, quando ele estava concentrado na pintura. Ele ficou irado. Amaldiçoou-a até não poder mais. Foi depois disso que ele insistiu naquela ideia da escola.
— Mandá-la para a escola?
— Sim. Não estou dizendo que ele não gostava dela, mas às vezes a achava um pouco inconveniente. E penso... sempre pensei...
— Sim?
— Que ele tinha um pouco de ciúme. Caroline era como uma escrava para Angela. Em certo sentido, talvez, para ela Angela estava em primeiro lugar... e Amyas não gostava disso. Havia uma razão para ela agir assim, é claro. Não vou tratar disso, mas...

Poirot o interrompeu.
— A razão era que Caroline se reprovava por um ato que desfigurara a menina?

Blake exclamou:

— Ah. O senhor sabe disso? Eu nem ia mencionar o fato. É um assunto encerrado. Mas, sim, penso que era essa a causa da atitude dela. Ela sempre parecia sentir que o que pudesse fazer nunca era o suficiente... para compensar, por assim dizer.

Poirot assentiu com a cabeça, pensativo. E perguntou:

— E Angela? Tinha ressentimento contra a irmã?

— Ah, não, não acredite nessa ideia. Angela era dedicada a Caroline. Nunca pensava naquele assunto antigo, tenho certeza. O problema era que Caroline não conseguia se perdoar.

— Angela aceitou bem a ideia do internato?

— Não. Ficou furiosa com Amyas, mas ele estava absolutamente decidido. A despeito de ser esquentado, Amyas era um homem fácil em muitos aspectos, mas, quando ficava de fato irritado, todos tinham de ceder. Mas Caroline e Angela aceitavam a autoridade dele.

— E quando ela iria para a escola?

— No período do outono... eu me lembro que eles estavam organizando as coisas que ela ia levar. Suponho que, se não fosse a tragédia, iria alguns dias depois. Falou-se sobre ela fazer as malas na manhã daquele dia.

— E a governanta? — disse Poirot.

— O que o senhor quer dizer... a governanta?

— Como ela viu a ideia? Isso a privava de um emprego, não é?

— Sim... bem, suponho que de certa forma sim. A pequena Carla costumava ter algumas aulas, mas ela só estava com... o quê? Seis anos, por aí. E tinha uma babá. Eles não teriam mantido miss Williams por causa dela. Sim, é esse o nome... Williams. É engraçado como as coisas voltam quando falamos sobre elas.

— Sim, de fato. O senhor está lá agora, não é, no passado? Revive as cenas... as palavras que as pessoas disseram, seus gestos... as expressões de seus rostos?

Meredith Blake disse, bem devagar:

— Em certo sentido, sim... Mas há lapsos, sabe? Grandes pedaços perdidos. Eu me lembro, por exemplo, do choque que recebi quando soube que Amyas ia deixar Caroline... mas não consigo me lembrar se quem me contou foi ele ou Elsa. Lembro-me de discutir com Elsa o assunto... ou seja, tentando mostrar a ela que era uma coisa bastante ruim de fazer. E ela só ria de mim daquele jeito insolente dela e dizia que eu era antiquado. Bem, é provável que eu seja mesmo antiquado, mas continuo achando que estava com a razão. Amyas tinha esposa e filha... devia ter ficado com elas.

— Mas miss Greer julgava esse ponto de vista ultrapassado?

— Sim. Há dezesseis anos o divórcio não era visto como uma questão prática como é hoje. Mas Elsa era o tipo de garota que tentava ser moderna. Seu ponto de vista era que, quando duas pessoas não estavam felizes juntas, era melhor romper. Ela disse que Amyas e Caroline não paravam de brigar e que era muito melhor para a menina não ser criada em uma atmosfera de desarmonia.

— E o argumento dela não o impressionou?

Meredith Blake disse, devagar:

— Eu sentia, o tempo todo, que ela não sabia realmente do que estava falando. Ela recitava essas coisas... coisas que havia lido em livros ou ouvido de amigos... parecia um papagaio. Ela era... é uma coisa esquisita de dizer... um tanto patética. Tão jovem e tão autoconfiante. — Ele fez uma pausa. — Há algo na juventude, monsieur Poirot, que é... pode ser... terrivelmente comovente.

Hercule Poirot disse, olhando para ele com algum interesse:
— Sei o que o senhor quer dizer...
Blake prosseguiu, falando mais para si que para Poirot.
— Acho que foi por isso, em parte, que ataquei Crale. Ele era quase vinte anos mais velho que a garota. Não parecia justo.
— É uma pena... — murmurou Poirot —, mas raras vezes se consegue exercer algum efeito. Quando uma pessoa determina um certo curso... não é fácil afastá-la dele.
— Isso é bem verdade — disse Meredith Blake. Seu tom era um pouco mais amargo. — Certamente não ajudei com minha interferência. Mas eu não sou uma pessoa muito convincente. Nunca fui.

Poirot o olhou ligeiramente. Lia naquele tom acerbo a insatisfação de um homem sensível com sua própria falta de personalidade. E admitia para si mesmo a verdade do que Meredith Blake acabara de dizer. Ele não era homem de persuadir ninguém a adotar ou abandonar qualquer curso de ação. Suas tentativas bem-intencionadas sempre seriam desconsideradas... em geral com indulgência, sem raiva, mas definitivamente desconsideradas. Não teriam peso. Ele era essencialmente um homem ineficaz.

Poirot disse, aparentando querer abandonar um assunto doloroso:
— O senhor ainda tem seu laboratório de remédios e licores?
— Não.
A palavra saiu abruptamente, com rapidez quase angustiada. Meredith Blake disse, com o rosto congestionado:

— Eu abandonei tudo... desmontei-o. Não poderia continuar com ele... quem poderia?... depois do que acontecera. Poder-se-ia dizer que tudo era *minha* culpa.

— Não, não, mr. Blake, o senhor é muito sensível.

— Mas o senhor não entende? Se eu não tivesse colecionado aquelas malditas drogas? Se não tivesse dado importância a elas... me gabado delas... obrigado aquelas pessoas a notá-las naquela tarde? Mas eu nunca pensei... nunca sonhei... como eu poderia...

— É verdade.

— Mas eu fiquei murmurando a respeito delas. Contente com meu tantinho de conhecimento. Um tolo presunçoso, cego. Mencionei aquela maldita coniina. Cheguei até... como fui tolo... a levá-los à biblioteca e ler para eles em voz alta aquela passagem do *Fédon* que descreve a morte de Sócrates. Um belo texto... sempre o admirei. Mas desde então ele me persegue.

— Encontraram alguma impressão digital no vidro de coniina? — disse Poirot.

— As dela.

— De Caroline Crale?

— Sim.

— Não as suas?

— Não. Eu não manipulei o vidro. Só apontei para ele.

— Mas, ao mesmo tempo, com certeza o senhor o havia manipulado?

— Ah, é claro, mas eu limpava os vidros periodicamente... é claro que nunca permiti que os empregados entrassem lá... e tinha feito isso quatro ou cinco dias antes.

— O senhor mantinha a sala trancada?

— Sempre.

— Quando Caroline Crale pegou a coniina do vidro?
Meredith Blake respondeu com relutância:
— Ela foi a última a deixar a sala. Eu a chamei, me lembro, e ela veio apressada. Suas faces estavam só um pouco rosadas... e os olhos arregalados e excitados. Oh, Deus, ainda posso vê-la.
— O senhor — disse Poirot — teve alguma conversa com ela naquela tarde? O que quero dizer é: o senhor discutiu a situação entre ela e o marido?
Blake falou devagar, em voz baixa:
— Não diretamente. Ela parecia, como eu disse, muito perturbada. Eu perguntei a ela, em um momento em que estávamos mais ou menos sozinhos: "Há algum problema, querida?", e ela respondeu: "Todos os problemas...". Eu queria que o senhor tivesse ouvido o desespero na voz dela. Aquelas palavras eram a verdade absoluta. Não havia como fugir disso... Amyas Crale era o mundo inteiro de Caroline. Ela disse: "Está tudo terminado... acabado. Eu estou acabada, Meredith". E então ela riu e se voltou para os outros, e de repente estava alegre de um jeito selvagem e nada natural.

Hercule Poirot balançou lentamente a cabeça. Parecia um mandarim chinês. E disse:
— Sim... eu entendo... foi assim...
Meredith Blake de repente socou a cadeira com o punho. Sua voz subiu. Era quase um grito.
— E eu lhe digo uma coisa, monsieur Poirot: quando Caroline Crale disse no julgamento que pegou aquela coisa para ela própria, juro que ela estava dizendo a verdade! Não havia na mente dela pensamento de morte naquele momento. Juro que não havia. Isso veio depois.

Hercule Poirot perguntou:
— O senhor tem certeza de que veio mesmo depois?
Blake o encarou. E disse:
— Perdão? Não entendi bem...
— Eu lhe pergunto — disse Poirot — se o senhor tem certeza de que houve mesmo o pensamento de morte. O senhor está inteiramente convencido de que Caroline Crale cometeu deliberadamente um assassinato?
A respiração de Meredith Blake estava descompassada. Ele disse:
— Mas se não... se não... o senhor está sugerindo um... bem, algum tipo de acidente?
— Não necessariamente.
— Essa é uma coisa muito extraordinária para dizer.
— É? O senhor chamou Caroline Crale de uma criatura gentil. Criaturas gentis cometem assassinato?
— Ela era uma criatura gentil... mas ainda assim... bem, havia discussões muito violentas.
— Então não era uma criatura tão gentil?
— Mas ela *era*... Oh, como é difícil explicar essas coisas.
— Estou tentando entender.
— Caroline tinha uma língua afiada... um jeito veemente de falar. Ela dizia "Eu o odeio. Queria que você morresse". Mas isso não significava... não acarretava... *ação*.
— Portanto, em sua opinião, era extremamente incaracterístico de mrs. Crale cometer assassinato?
— O senhor tem os modos mais extraordinários de apresentar as coisas, monsieur Poirot. Só posso dizer que... sim... me parece incaracterístico dela. Só posso explicar isso percebendo

que a provocação foi extrema. Ela adorava o marido. Naquelas circunstâncias uma mulher podia... bem... matar.

Poirot assentiu.

— Sim, eu concordo...

— Eu fiquei pasmo no início. Não achava que *pudesse* ser verdade. E não era verdade... se o senhor me entende... não foi a Caroline verdadeira quem fez aquilo.

— Mas o senhor está bem certo de que... no sentido legal... Caroline Crale fez mesmo aquilo?

Mais uma vez Meredith Blake o encarou.

— Meu caro... se ela não fez...

— Bem, se ela não fez?

— Não consigo imaginar nenhuma solução alternativa. Acidente? Certamente impossível.

— Bastante impossível, eu diria.

— E eu não consigo acreditar na teoria do suicídio. Ela tinha de ser apresentada, mas era muito inconvincente para quem conhecia Crale.

— Muito.

— Então o que resta? — perguntou Meredith Blake.

Poirot disse friamente:

— Resta a possibilidade de Amyas Crale ter sido morto por outra pessoa.

— Mas isso é absurdo!

— O senhor acha?

— Estou certo disso. Quem quereria matá-lo? Quem *poderia* tê-lo matado?

— O senhor tem mais probabilidade de saber do que eu.

— Mas o senhor não acredita seriamente...

— Talvez não. Interessa-me examinar a possibilidade. Considerá-la seriamente. Diga-me o que acha.

Meredith o encarou por um ou dois minutos. Então baixou os olhos. Depois de mais um ou dois minutos ele sacudiu a cabeça. E disse:

— Não posso imaginar *nenhuma* alternativa possível. Gostaria de poder. Se houvesse qualquer razão para suspeitar de outra pessoa eu acreditaria prontamente na inocência de Caroline. Não quero pensar que ela fez aquilo. No início não consegui acreditar. Mas quem mais há? Quem estava lá. Philip? O melhor amigo de Crale. Elsa? Ridículo. Eu mesmo? Pareço um assassino? Uma governanta respeitável? Um par de velhos empregados fiéis? Talvez o senhor sugerisse que foi a menina Angela? Não, monsieur Poirot, *não há* alternativa. Ninguém poderia ter matado Amyas Crale além de sua esposa. Mas ele a levou a isso. E portanto, de certo modo, no fim das contas suponho que tenha sido suicídio.

— O senhor quer dizer que ele morreu em consequência de atos que praticou, embora não tenha morrido por suas próprias mãos?

— Sim. Talvez seja um ponto de vista fantasioso. Mas... bem... o senhor sabe, causa e efeito.

— O senhor já considerou, mr. Blake, sobre o fato de o motivo do assassinato quase sempre ser encontrado por meio de um estudo da pessoa assassinada?

— Eu não tinha exatamente... sim, suponho que entendo o que o senhor quer dizer.

— Até que se saiba com precisão — disse Poirot — *que tipo de pessoa a vítima era*, não se pode começar a entender com clareza as circunstâncias de um crime. — E acrescentou: — É isso que estou procurando... e que o senhor e seu irmão me ajudaram a fazer... uma reconstrução do homem Amyas Crale.

Meredith Blake ignorou o principal aspecto da observação. Sua atenção fora atraída por uma única palavra. Apressado, ele disse:

— Philip?
— Sim.
— O senhor conversou com ele também?
— Certamente.

Meredith Blake disse, agitado:
— O senhor deveria ter vindo a mim primeiro.

Sorrindo um pouco, Poirot fez um gesto cortês.
— Segundo as leis da primogenitura, é assim — ele disse.
— Estou ciente de que o senhor é o mais velho. Mas o senhor há de compreender que, como seu irmão mora mais perto de Londres, era mais fácil para mim visitá-lo primeiro.

Meredith Blake ainda tinha o cenho franzido. Incomodado, contraiu os lábios. E repetiu:
— O senhor deveria ter vindo a mim primeiro.

Desta vez Poirot não respondeu. Esperou. E então Meredith continuou:
— Philip — disse ele — tem uma visão preconceituosa.
— Sim?
— Na verdade ele é uma massa de preconceitos... sempre foi. — Ele lançou um olhar rápido e constrangido para Poirot. — Ele deve ter tentado colocá-lo contra Caroline.
— Isso importa, tanto tempo... depois?

Meredith Blake deu um suspiro abrupto.

— Eu sei. Esqueço que foi há tanto tempo... que está tudo acabado. Caroline não pode mais ser prejudicada. Mas ainda assim eu não gostaria que o senhor tivesse uma impressão falsa.

— E o senhor acha que seu irmão poderia me passar uma impressão falsa?

— Francamente, acho. Sabe, havia um certo... como posso dizer?... antagonismo entre ele e Caroline.

— Por quê?

A pergunta pareceu irritar Blake. Ele disse:

— Por quê? Como eu saberia *por quê?* Essas coisas acontecem. Philip reclamava dela sempre que podia. Acho que ele ficou incomodado quando Amyas casou com ela. Afastou-se deles por mais de um ano. E Amyas era praticamente seu melhor amigo. Suponho que o motivo tenha sido mesmo esse. Ele não achava que nenhuma mulher fosse boa o bastante. E é provável que pensasse que a influência de Caroline estragaria a amizade deles.

— E estragou?

— Não, é claro que não. Amyas continuou a gostar de Philip da mesma forma... até o fim. Costumava censurá-lo por ser obcecado por dinheiro e por construir uma empresa, e em geral ser um filisteu. Philip não se importava. Costumava rir e dizer que era bom para Amyas ter um amigo respeitável.

— Como seu irmão reagiu ao caso Elsa Greer?

— Para mim, essa é uma coisa muito difícil de dizer. A atitude dele não era realmente fácil de definir. Acho que ele ficou irritado com Amyas por ele agir de forma estúpida por causa da garota. Ele disse mais de uma vez que aquilo não ia dar certo e que Amyas ia se arrepender. Ao mesmo tempo, tenho a sensação de que ele estava um pouco contente de ver Caroline frustrada.

Poirot ergueu as sobrancelhas. E disse:
— Ele sentia mesmo isso?
— Ah, não me entenda mal. Eu não iria além de dizer que acredito que esse sentimento estava no fundo da mente dele. Não sei se ele algum dia se deu conta de sentir isso. Philip e eu não temos muito em comum, mas há uma ligação, o senhor sabe, entre pessoas do mesmo sangue. Um irmão sempre sabe o que outro irmão está pensando.
— E depois da tragédia?

Meredith Blake sacudiu a cabeça. Um espasmo de dor atravessou seu rosto. Ele disse:
— Pobre Phil. Ele ficou terrivelmente arrasado. Destruído. Sempre se devotara a Amyas. Acho que havia nisso um elemento de idolatria. Amyas Crale e eu tínhamos a mesma idade. Philip era dois anos mais novo. E ele sempre admirou Amyas. Sim... foi um golpe duro para ele. Ele ficou... ele ficou muito ressentido com Caroline.

— Então ele, pelo menos, não tinha dúvida?
— Nenhum de nós tinha dúvida...

Houve um silêncio. Então Blake disse, no tom queixoso e irritadiço de um homem fraco:
— Está tudo acabado... esquecido... e agora vem *o senhor*... desenterrando tudo...
— Eu não. Caroline Crale.

Meredith o encarou:
— *Caroline?* O que o senhor quer dizer?
— Caroline Crale segunda.
— Ah, sim, a menina. A pequena Carla. Eu... eu o entendi mal por um momento.

CINCO PORQUINHOS 113

— O senhor pensou que eu falava da Caroline Crale original? Pensou que era ela que não... como direi?... descansaria em paz em seu túmulo?

Meredith Blake teve um calafrio:

— Não, homem.

— O senhor sabe que ela escreveu para a filha... as últimas palavras que escreveu... que era inocente?

Meredith fixou os olhos nele. E disse, num tom de absoluta incredulidade:

— Caroline escreveu *isso*?

— Sim.

Poirot fez uma pausa e disse:

— Isso o surpreende?

— Também o surpreenderia se o senhor a tivesse visto no tribunal. Uma pobre criatura assombrada, indefesa. Nem sequer lutava.

— Uma derrotista?

— Não, não. Ela não era isso. Penso que era a consciência de ter matado o homem que amava... ou pelo menos pensava isso.

— Agora o senhor não está tão seguro?

— Escrever uma coisa como essa... solenemente... quando estava morrendo.

Poirot sugeriu:

— Uma mentira virtuosa, talvez.

— Talvez. — Mas Meredith estava em dúvida. — Caroline... não agia dessa maneira.

Hercule Poirot assentiu com a cabeça. Carla Lemarchant dissera isso. Carla tinha apenas uma memória obstinada de criança. Mas Meredith Blake conhecera bem Caroline. Era a primeira confirmação que Poirot obtinha de que a crença de Carla devia ser levada a sério.

Meredith Blake ergueu os olhos para ele. E disse bem devagar:

— Se... *se* Caroline era inocente... ora, é tudo uma loucura! Não vejo... nenhuma outra solução possível...

Ele se voltou abruptamente para Poirot:

— E o senhor? O que o senhor acha?

Houve um silêncio.

— Até agora — disse por fim Poirot —, não acho nada. Apenas recolho as impressões. Como era Caroline Crale. Como era Amyas Crale. Como eram as outras pessoas que estavam lá na época. O que exatamente aconteceu naqueles dois dias. É *disso* que eu preciso. Examinar laboriosamente os fatos um a um. Seu irmão vai me ajudar nisso. Vai me enviar um relato dos acontecimentos tal como se lembra deles.

Meredith Blake disse bruscamente:

— O senhor não vai conseguir muito com isso. Philip é um homem ocupado. As coisas saem da memória dele uma vez que passam e estão terminadas. Provavelmente ele vai se lembrar de tudo de forma errada.

— Haverá lacunas, é claro. Estou ciente disso.

— Vou lhe dizer uma coisa — Meredith parou de falar abruptamente, depois continuou, corando um pouco enquanto falava. — Se o senhor quiser, eu... eu poderia fazer o mesmo. Isto é, seria uma espécie de verificação, não é?

Hercule Poirot falou de forma afetuosa:

— Seria de grande valor. Uma ideia excelente!

— Certo. Farei isso. Tenho alguns diários antigos em algum lugar. Mas olhe — ele riu sem jeito —, não sou grande coisa em termos de linguagem literária. Mesmo na grafia das palavras não sou muito bom. O senhor... não tem uma grande expectativa?

— Ah, não é o estilo que me interessa. Só uma descrição simples de tudo que o senhor consiga lembrar. O que cada um disse, que aparência tinha... só o que aconteceu. Não se preocupe se não parecer relevante. Tudo ajuda a compor a atmosfera, por assim dizer.

— Sim, posso entender isso. Deve ser difícil visualizar pessoas e lugares que o senhor nunca viu.

Poirot assentiu.

— Há outra coisa que eu queria lhe pedir. Alderbury é a propriedade vizinha a esta, não é? Seria possível ir até lá... para ver com meus próprios olhos onde a tragédia aconteceu?

Meredith Blake disse devagar:

— Posso levá-lo até lá agora mesmo. Mas, é claro, ela está muito mudada.

— Ela foi reconstruída?

— Não, graças a Deus... não é tão ruim assim. Mas agora é uma espécie de hotel... foi comprada por uma sociedade. Hordas de jovens se hospedam lá no verão, e é claro que todos os aposentos foram divididos em cubículos, e os jardins foram bem alterados.

— O senhor poderá reconstruí-la para mim com suas explicações.

— Farei o melhor possível. Eu queria que o senhor a tivesse visto nos velhos tempos. Era uma das propriedades mais adoráveis que conheci.

Ele seguiu na frente, saindo pela porta-balcão e descendo um declive gramado.

— Quem foi responsável pela venda?
— Os testamenteiros, em nome da menina. Tudo que Crale tinha ficou para ela. Ele não havia feito testamento, portanto imagino que haveria uma divisão automática entre a esposa e a filha. O testamento de Caroline também deixava tudo para a filha.
— Nada para a meia-irmã?
— Angela tinha certa quantidade de dinheiro deixada pelo pai.
Poirot assentiu.
— Entendo.
Então ele exclamou:
— Mas para onde o senhor está me levando? Esta é a praia, bem à nossa frente.
— Ah, devo lhe explicar nossa geografia. Há uma enseada, eles a chamam de Camel Creek, que adentra no continente... parece uma foz de rio, mas não é... é só mar. Para chegar a Alderbury por terra é preciso seguir à direita e contornar a enseada, mas o caminho mais curto de uma casa à outra é atravessar a remo essa faixa estreita da enseada. Alderbury fica bem do outro lado... lá, o senhor pode ver a casa através das árvores.

Eles haviam chegado a uma pequena praia. Diante deles havia um promontório, e era possível distinguir uma casa branca no alto, entre as árvores.

Havia dois botes na praia. Meredith Blake, com a ajuda um tanto desajeitada de Poirot, arrastou um deles até a água, e eles remaram até o outro lado.

— Sempre fazíamos este trajeto antigamente — explicou Meredith. — A menos, é claro, que houvesse uma tempestade ou chovesse; nesse caso íamos de carro. Mas são quase cinco quilômetros para dar toda a volta.

Ele estacionou o bote com perícia ao longo de um cais de pedra do outro lado. Olhou com desdém para um conjunto de chalés de madeira e algumas varandas de concreto.

— Isso tudo é novo. Antes havia aqui uma casa de barcos... um lugar antigo em ruínas... e nada mais. Costumávamos andar pela praia e tomar banho de mar ao lado daquelas rochas ali.

Ele ajudou seu hóspede a descer, amarrou o bote e seguiu na frente pelo percurso íngreme.

— Suponho que não vamos encontrar ninguém — ele disse por cima do ombro. — Não há ninguém por aqui em abril... exceto na Páscoa. Se encontrarmos, não tem importância. Eu me dou bem com os vizinhos. O sol está glorioso hoje. Poderia ser verão. Na época fazia um dia maravilhoso. Mais parecido com julho que com setembro. Sol brilhante... mas um ventinho gelado.

O caminho saía das árvores e margeava um afloramento de rocha. Meredith apontou para cima com a mão.

— É isso que chamavam de Battery Garden. Estamos mais ou menos embaixo dele agora... circundando-o.

Eles embrenharam-se outra vez entre as árvores e em seguida, após outra curva fechada, emergiram ao lado de uma porta instalada em um muro alto. O caminho continuava a ziguezaguear, mas Meredith abriu a porta e os dois passaram por ela.

Por um momento Poirot ficou zonzo ao sair da sombra. O Battery Garden era um platô aberto artificialmente com ameias guarnecidas de canhão. Dava a impressão de pairar sobre o mar. Havia árvores acima e abaixo dele, mas do lado do mar não havia nada além do deslumbrante oceano azul.

— Um lugar atraente — disse Meredith. Ele balançou a cabeça com ar de desprezo na direção de uma espécie de pavilhão instalado junto à parede de trás. — Isso não estava lá, é claro... havia só um velho abrigo em ruínas onde Amyas guardava suas tintas, garrafas de cerveja e algumas espreguiçadeiras. Também não era concretado. Havia um banco e uma mesa... de ferro pintado. Isso era tudo. Mesmo assim... não mudou muito.

Sua voz tinha uma nota de vacilação.

— E foi aqui que tudo aconteceu? — disse Poirot.

Meredith balançou a cabeça.

— O banco estava lá... encostado no abrigo. Ele estava esparramado nele. Costumava deitar lá quando estava pintando... jogava-se ali e ficava olhando e olhando... então de repente pulava e começava a aplicar a tinta na tela como um louco.

Ele fez uma pausa.

— É por isso que ele parecia... quase natural... Como se estivesse dormindo... apenas caído. Mas seus olhos estavam abertos... e ele tinha... enrijecido. Uma espécie de paralisia. Não havia nenhuma expressão de dor... eu... eu sempre fiquei contente por isso...

Poirot perguntou algo que já sabia.

— Quem o encontrou?

— Ela. Caroline. Depois do almoço. Elsa e eu, suponho, fomos as últimas pessoas a vê-lo com vida. Devia estar começando então. Ele... parecia esquisito. Prefiro não falar sobre isso. Vou escrever para o senhor. Assim é mais fácil.

Ele se virou abruptamente e saiu do Battery Garden. Poirot o seguiu em silêncio.

Os dois subiram o caminho em zigue-zague. Num nível mais alto que o do Battery Garden havia outro pequeno platô. Era muito sombreado por árvores e nele havia um banco e uma mesa.

— Não mudaram muito isso — disse Meredith. — Mas o banco não era "rústico antigo". Era só uma coisa de ferro pintado. Um pouco duro para sentar, mas proporcionava uma visão adorável.

Poirot concordou. Através de uma moldura de árvores olhava-se para baixo sobre o Battery Garden para a boca da enseada.

— Fiquei aqui sentado parte da manhã — explicou Meredith.

— As árvores não eram tão crescidas então. Era possível ver muito bem as ameias do Battery Garden. Era lá que Elsa estava posando. Sentada sobre uma delas com a cabeça virada para o lado.

Ele contraiu de leve os ombros.

— As árvores crescem mais rápido do que se pensa — ele murmurou. — Ah, bem, suponho que esteja ficando velho. Vamos subir até a casa.

Eles continuaram a seguir o caminho até chegarem perto da casa. Havia sido uma bela casa antiga, em estilo georgiano. Fora aumentada, e em um gramado verde perto dela tinham sido instaladas umas cinquenta cabines de madeira para tomar banho.

— Os rapazes dormem lá, as moças, na casa — explicou Meredith. — Suponho que não há nada que o senhor queira ver aqui. Todos os aposentos foram divididos. Havia um pequeno jardim de inverno anexo. Essas pessoas construíram uma *loggia*. Ah, claro... imagino que elas aproveitem os feriados. Não se pode manter tudo como era antes... infelizmente.

Ele se virou abruptamente.

— Vamos dar meia-volta. Tudo... está me voltando, sabe? Fantasmas. Fantasmas em todos os lugares.

Eles retornaram ao cais por uma rota um pouco mais longa e mais tortuosa. Nenhum deles falou. Poirot respeitou o estado de espírito de seu guia.

Quando chegaram de novo a Handcross Manor, Meredith Blake disse de forma brusca:

— Eu comprei aquele quadro. Aquele que Amyas estava pintando. Não podia suportar a ideia de que ele fosse vendido por... bem... seu valor publicitário... uma porção de grosseirões de mente sórdida embasbacada por ele. Era uma bela obra. Eu não me surpreenderia se ele estivesse certo. Estava praticamente acabada. Ele só queria trabalhar nele mais um dia ou coisa assim. O senhor... o senhor gostaria de vê-lo?

Hercule Poirot apressou-se a dizer:

— Sim, certamente.

Blake o conduziu pelo corredor e pegou uma chave do bolso. Destrancou uma porta, e eles entraram em uma sala de tamanho médio cheirando a pó. Estava totalmente escura. Blake foi até as janelas e abriu as persianas de madeira. Então, com alguma dificuldade, abriu uma janela, e um fragrante ar de primavera soprou pelo quarto.

— Assim está melhor — disse Meredith.

Ele ficou parado ao lado da janela inalando o ar e Poirot se juntou a ele. Não havia necessidade de perguntar o que fora o quarto. As prateleiras estavam vazias mas havia nelas marcas onde ficavam os vidros. Junto a uma parede, havia um aparato químico abandonado e uma pia. A sala estava coberta de pó.

Meredith Blake olhava pela janela. Ele disse:

— Como tudo volta com facilidade. Parado aqui, aspirando o jasmim... e falando... como o maldito tolo que eu era... sobre minhas preciosas poções e destilações.

Distraidamente, Poirot estendeu a mão através da janela. Pegou um ramo de folhas de jasmim que estava quase caindo do galho.

Meredith Blake atravessou a sala, resoluto. Na parede havia um quadro coberto por uma capa de pano. Ele puxou a capa.

Poirot prendeu a respiração. Até então ele vira quatro quadros de Amyas Crale: dois na Tate, um na galeria de um *marchand* em Londres e a natureza-morta de rosas. Mas agora estava olhando para o que o próprio pintor chamara de seu melhor quadro, e Poirot percebeu de imediato que artista soberbo aquele homem fora.

A pintura tinha uma uniformidade superficial antiga. À primeira vista poderia ser um cartaz, tão aparentemente rudes eram os contrastes. Uma jovem, uma jovem de camisa amarelo-canário e calça azul-escura, sentada sobre um muro cinza à plena luz do sol contra um fundo de mar azul violento. Era bem o tipo de tema para um cartaz.

Mas a aparência inicial era enganosa; havia uma distorção sutil, uma radiância e uma claridade deslumbrantes na luz. E a jovem...

Sim, aqui estava a vida. Tudo que havia, tudo que podia haver de vida, de juventude, de pura vitalidade ardente. O rosto era vivo e os olhos...

Tanta vida! Uma juventude tão apaixonada! Era isso, então, que Amyas Crale vira em Elsa Greer, o que o deixara cego e surdo para a gentil criatura que era sua mulher. Elsa *era* a vida. Elsa era a juventude.

Uma criatura ereta, esbelta, soberba, arrogante, a cabeça virada, os olhos insolentes de triunfo. Olhando para você, observando você; esperando...

Hercule Poirot abriu os braços. E disse:

— É grandioso... sim, é grandioso...

Meredith Blake disse, sua voz perturbada pela emoção:
— Ela era tão jovem...
Poirot assentiu. Ele pensava consigo.
"O que a maioria das pessoas quer dizer quando diz isso? *Tão jovem*. Algo inocente, algo atraente, algo indefeso. Mas a juventude não é isso! A juventude é rude, a juventude é forte, a juventude é poderosa... sim, e cruel! E mais uma coisa... a juventude é vulnerável."

Ele seguiu seu anfitrião até a porta. Agora seu interesse estava concentrado em Elsa Greer, que ele visitaria a seguir. O que os anos teriam feito àquela criança rude, triunfante, apaixonada?

Poirot se voltou para olhar o quadro. Aqueles olhos. Observando-o... observando-o... Dizendo-lhe alguma coisa...

E se ele não conseguisse entender o que eles lhe contavam? Seria a mulher real capaz de contar? Ou aqueles olhos diziam algo que a mulher real não sabia?

Tanta arrogância, tanto antegozo triunfante.

E então a Morte chegara e arrancara a presa daquelas mãos jovens que agarravam, ávidas...

E a luz abandonara aqueles olhos que antegozavam apaixonadamente. Como seriam agora os olhos de Elsa Greer?

Ele saiu da sala, dando uma última olhada.

Pensou: "Ela era viva em excesso".

Sentiu-se um pouco amedrontado...

8
UM PORQUINHO COMEU ROSBIFE

A CASA NA BROOK STREET tinha tulipas nas floreiras das janelas. No *hall* de entrada, um grande vaso de lilases brancos exalava ondas de perfume na direção da porta aberta.

Um mordomo de meia-idade recolheu o chapéu e a bengala de Poirot. Um lacaio surgiu para guardá-los e o mordomo murmurou com deferência:

— Poderia me acompanhar, senhor?

Poirot o seguiu pelo *hall*, ao fim do qual eles desceram três degraus. Uma porta foi aberta e o mordomo pronunciou o nome dele com todas as sílabas corretas.

Então a porta se fechou atrás dele e um homem magro e alto levantou de uma cadeira junto à lareira e veio em sua direção.

Lorde Dittisham era um homem de pouco menos de quarenta anos. Não era só um par do reino, também era poeta. Dois de seus dramas poéticos fantásticos haviam sido encenados a um alto custo e conquistado *succès d'estime*. Sua testa era um tanto proeminente, o queixo, impaciente, e os olhos e a boca, inesperadamente belos.

— Sente-se, monsieur Poirot — ele disse.

Poirot sentou e aceitou um cigarro de seu anfitrião. Lorde Dittisham fechou a caixa, riscou um fósforo e o estendeu para que Poirot acendesse o cigarro, depois ele próprio sentou e olhou pensativo para seu visitante.

Então ele disse:

— Sei que é minha esposa que o senhor veio ver.

— Lady Dittisham — respondeu Poirot, — foi muito gentil em me conceder um encontro.

— Sim.

Houve uma pausa. Poirot arriscou:

— Espero que o senhor não se oponha, lorde Dittisham.

O fino rosto sonhador foi transformado por um repentino sorriso rápido.

— As objeções dos maridos, monsieur Poirot, nunca são levadas a sério hoje em dia.

— Então o senhor se opõe?

— Não. Não posso dizer isso. Mas devo confessar que estou um pouco temeroso do efeito sobre a vida de minha esposa. Permita-me ser franco. Há muitos anos, quando minha esposa era apenas uma jovem, ela passou por uma provação terrível. Ela tinha, acredito eu, se recuperado do choque. Cheguei a acreditar que o tivesse esquecido. Agora aparece o senhor, e suas perguntas necessariamente despertarão essas velhas lembranças.

— Isso é lamentável — disse educadamente Hercule Poirot.

— Não sei exatamente qual será o resultado.

— Só posso lhe assegurar, lorde Dittisham, que serei o mais discreto possível, e farei tudo para não afligir lady Dittisham. Ela deve ter, sem dúvida, um temperamento delicado e nervoso.

Então, de repente, e de forma surpreendente, o outro riu. E disse:

— Elsa? Elsa é forte como um cavalo!
— Então... — Poirot fez uma pausa diplomática. A situação o intrigava.
— Minha esposa — disse lorde Dittisham — é capaz de suportar qualquer choque. Eu me pergunto se o senhor conhece as razões dela para recebê-lo.
— Curiosidade? — disse Poirot.
Uma espécie de respeito surgiu nos olhos do outro homem.
— Ah, o senhor percebe isso?
— É inevitável — disse Poirot. — As mulheres *sempre* recebem um detetive particular! Os homens o mandam para o inferno.
— Algumas mulheres também podem mandá-lo para o inferno.
— Depois de o receberem... não antes.
— Talvez. — Lorde Dittisham fez uma pausa. — Qual é a ideia que está por trás desse livro?
Hercule Poirot encolheu os ombros.
— Ressuscitam-se antigas canções, antigas peças de teatro, roupas antigas. E também os assassinatos antigos.
— Pff! — disse lorde Dittisham.
— Pff!, se o senhor quiser. Mas o senhor não vai alterar a natureza humana dizendo isso. O assassinato é um drama. O desejo de drama é muito forte na raça humana.
— Eu sei... eu sei... — murmurou lorde Dittisham.
— Então o senhor entende — disse Poirot — que o livro será escrito. Meu papel é assegurar que não haja erros grosseiros, nenhuma distorção dos fatos conhecidos.
— Eu pensaria que os fatos são de domínio público.

— Sim. Mas não a interpretação deles.

Dittisham disse abruptamente:

— O que o senhor quer dizer exatamente com isso, monsieur Poirot?

— Meu caro lorde Dittisham, há muitas maneiras de considerar, por exemplo, um fato histórico. Tomemos um exemplo: muitos livros foram escritos sobre vossa alteza Mary, rainha da Escócia, representando-a como uma mártir, como uma mulher sem princípios e licenciosa, como uma santa um tanto simplória, como uma assassina e intrigante, ou de novo como vítima das circunstâncias e do destino! Pode-se escolher o que quiser.

— E neste caso? Crale foi morto pela esposa... isso, é claro, não se discute. No julgamento minha esposa foi alvo, em minha opinião, de calúnias imerecidas. Depois ela teve de ser retirada furtivamente do tribunal. A opinião pública foi muito hostil a ela.

— Os ingleses — disse Poirot — são um povo muito moral.

— Confunda-os e eles serão! — disse lorde Dittisham. E acrescentou, olhando para Poirot: — E o senhor?

— Eu — disse Poirot —, eu levo uma vida muito moral. Isso não é exatamente o mesmo que ter ideias morais.

— Eu me perguntava às vezes — disse lorde Dittisham — como era de fato essa mrs. Crale. Toda essa conversa de esposa magoada... tenho a sensação de que havia algo *por trás* disso.

— Sua esposa talvez saiba — disse Poirot.

— Minha esposa — disse lorde Dittisham — nunca mencionou o caso.

Poirot olhou para ele com o interesse avivado:

— Ah, estou começando a entender...

O outro disse bruscamente:

— O que o senhor entende?
Poirot respondeu com uma mesura:
— A imaginação criativa do poeta...
Lorde Dittisham levantou-se e tocou a campainha. Disse abruptamente:
— Minha esposa o espera.
A porta se abriu.
— O senhor chamou, milorde?
— Conduza monsieur Poirot aos aposentos de milady.

Dois lances de escada acima, os pés afundando em tapetes de lanugem macia. Luz atenuada. Dinheiro, dinheiro em todos os lugares. Bom gosto, nem tanto. Havia uma austeridade sombria na sala de lorde Dittisham. Mas aqui, na casa, só havia uma prodigalidade sólida. O melhor. Não necessariamente o mais vistoso nem o mais surpreendente. Meramente o "não poupem gastos", aliado à falta de imaginação.

Poirot disse consigo: "Rosbife? Sim, rosbife!".

A sala à qual ele foi levado não era grande. A sala de visitas maior ficava no primeiro andar. Esta era a sala de estar da senhora da casa, e a senhora da casa estava de pé apoiada no console da lareira quando Poirot foi anunciado e recebeu sinal de entrar.

Uma frase entrara em sua mente sobressaltada e se recusava a ser posta para fora.

Ela morreu jovem...

Foi esse seu pensamento quando ele olhou para Elsa Dittisham, que tinha sido Elsa Greer.

Ele nunca a reconheceria pelo retrato que Meredith Blake lhe mostrara. Aquele era, acima de tudo, um retrato de juventude, um retrato de vitalidade. Aqui não havia juventude, talvez nunca tivesse havido. E no entanto ele percebia, como não percebera no quadro de Crale, que Elsa era bonita. Sim, foi uma mulher muito bonita que se adiantou para encontrá-lo. E certamente não velha. Afinal, que idade teria? Não mais que trinta e seis, se tinha vinte na época da tragédia. O cabelo preto estava arrumado com perfeição em torno da cabeça bem-proporcionada, os traços eram quase clássicos, a maquiagem, primorosa.

Ele sentiu uma angústia estranha. Era talvez culpa do velho mr. Jonathan, que falara em Julieta... Nada de Julieta aqui; a menos, quem sabe, que se pudesse imaginar uma Julieta sobrevivente, continuando a viver, privada de Romeu... Não era uma parte essencial da caracterização de Julieta que ela morresse jovem?

Elsa Greer estava viva...

Ela o saudou com uma voz mais uniforme que monótona.

— Estou muito interessada, monsieur Poirot. Sente-se e me conte, o que o senhor quer que eu faça?

Ele pensou: "Mas ela não está interessada. Nada lhe interessa".

Grandes olhos cinza, como lagos mortos.

Poirot tornou-se, como costumava fazer, um pouco obviamente estrangeiro.

Ele exclamou:

— Estou confuso, madame, estou verdadeiramente confuso.

— Oh, não. Por quê?

— Porque me dou conta de que isso... essa reconstrução de um drama passado... deve ser excessivamente dolorosa para a senhora!

Ela parecia divertida. Sim, era diversão. Uma diversão bastante genuína.

— Suponho — ela disse — que meu marido pôs essa ideia em sua cabeça. Ele viu quando o senhor chegou. É claro que ele não entende. Nunca entendeu. Não sou absolutamente o tipo de pessoa sensível que ele imagina que eu seja.

A diversão permanecia em sua voz. Ela disse:

— Meu pai era um operário de fábrica. Progrediu à custa de muito esforço e construiu uma fortuna. Ninguém faz isso se for muito suscetível. Eu sou como ele.

Poirot pensou consigo: "Sim, é verdade. Uma pessoa suscetível não teria se hospedado na casa de Caroline Crale".

— O que o senhor quer que eu faça? — disse lady Dittisham.

— A senhora está segura, madame, de que falar sobre o passado não será algo doloroso?

Ela refletiu um minuto, e de repente Poirot pensou que lady Dittisham era uma mulher muito franca. Poderia mentir por necessidade, mas nunca por escolha.

Elsa Dittisham falou devagar:

— Não, *doloroso* não. De certa forma, eu desejaria que fosse.

— Por quê?

Ela falou com impaciência:

— É tão estúpido nunca sentir nada...

E Hercule Poirot pensou: "Sim, Elsa Greer está morta...".

Em voz alta ele disse:

— Em todo caso, lady Dittisham, isso torna muito mais fácil minha tarefa.

Alegre, ela disse:

— O que o senhor quer saber?

— Sua memória é boa, madame?

— Razoavelmente boa, acho.

— E a senhora tem certeza de que não será doloroso falar em detalhes sobre aqueles dias?

— Não será nada doloroso. As coisas só são dolorosas no momento em que acontecem.

— Sei que é assim para algumas pessoas.

— É isso que Edward... meu marido... não consegue entender — disse lady Dittisham. — Ele pensa que o julgamento, e tudo o mais, foi uma experiência terrível para mim.

— E não foi?

— Não — disse Elsa Dittisham. Havia em sua voz um tom de satisfação refletida. Ela continuou: — Deus, como aquele velho bruto, Depleach, me atacou. Ele é um demônio, se o senhor preferir. Gostei de lutar com ele. Ele não me abateu.

Ela olhou para Poirot com um sorriso.

— Espero não estar frustrando suas ilusões. Uma garota de vinte anos, imagino que eu devesse ter ficado prostrada... angustiada de vergonha ou algo assim. Não fiquei. Eu não ligava para o que dissessem de mim. Só queria uma coisa.

— O quê?

— Que ela fosse enforcada, é claro — disse Elsa Dittisham.

Ele notou as mãos dela, belas mas com longas unhas encurvadas. Mão predadoras.

— O senhor está pensando — ela disse — que eu sou vingativa? Então sou vingativa... com qualquer pessoa que tenha me ferido. Para mim aquela mulher era o tipo mais baixo de mulher que existe. Ela sabia que Amyas gostava de mim... que ele ia deixá-la, e o matou para que *eu* não o tivesse.

Ela encarou Poirot.

— O senhor não acha que isso é muito mesquinho?
— A senhora não entende nem é condescendente com o ciúme?
— Não, acho que não. Se você perdeu, perdeu. Se não consegue segurar seu marido, deixe-o ir de boa vontade. O que não entendo é a possessividade.
— Talvez a senhora entendesse se tivesse casado com ele.
— Não penso assim. Nós não éramos casados. — De repente ela sorriu para Poirot. O sorriso, ele sentiu, era um pouco ameaçador. Era muito alheio a qualquer sentimento verdadeiro. — Eu gostaria que o senhor entendesse bem isso — ela disse. — Não pense que Amyas Crale seduziu uma garota inocente. Não foi nada disso! De nós dois, *eu* fui a responsável. Eu o conheci em uma festa e me apaixonei por ele... sabia que ele tinha de ser meu...
Uma caricatura — uma caricatura grotesca —, mas...

E a seus pés porei tudo o que é meu,
Para segui-lo, no mundo, meu senhor...

— Mesmo ele sendo casado?
— Quem ultrapassar os limites será executado? É preciso mais que um aviso impresso para impedir alguém de viver a realidade. Se ele estava infeliz com a esposa e podia ser feliz comigo, por que não? Só se vive uma vez.
— Mas foi dito que ele era feliz com a esposa.
Elsa meneou a cabeça.
— Não. Eles brigavam como cão e gato. Ela o irritava. Era... ah, era uma mulher horrível!
Ela se levantou e acendeu um cigarro. Disse, sorrindo um pouco:

— Provavelmente estou sendo injusta com ela. Mas *acho* mesmo que ela era bastante odiosa.

Poirot falou devagar:

— Foi uma grande tragédia.

— Sim, foi uma grande tragédia. — De repente ela se voltou para ele, e na exaustão monótona de seu rosto algo vivo despertou. — Aquilo *me* matou, o senhor entende? Me matou. Desde então não houve nada... absolutamente nada. — Sua voz desceu. — Vazio! — Ela gesticulou com impaciência. — Como um peixe empalhado em uma caixa de vidro!

— Amyas Crale significava tanto para a senhora?

Ela balançou a cabeça. Foi um movimento de confirmação curto e esquisito, estranhamente patético. Ela disse:

— Acho que sempre tive uma mente que só funciona numa direção — ela meditou melancolicamente. — Suponho... na verdade... que o melhor a fazer era enfiar em mim uma faca... como Julieta. Mas... mas para fazer isso é preciso admitir que você está acabada... que a vida a derrotou.

— E em vez disso?

— Mesmo assim... tudo poderia acontecer... uma vez que se superasse a derrota. *Eu* superei. Aquilo não significava mais nada para mim. Pensei que seguiria em frente, até o que viesse depois.

Sim, o que viesse depois. Poirot via claramente que ela se esforçara para cumprir essa determinação simples. Via-a bela e rica, sedutora para os homens, buscando com mãos predadoras e ávidas preencher uma vida que se esvaziara. Idolatria, um casamento com um aviador famoso, depois um explorador, aquele homem gigante, Arnold Stevenson, possivelmente não diferente de Amyas Crale em termos físicos, uma reversão às artes criativas: Dittisham!

Elsa Dittisham disse:

— Eu nunca fui hipócrita! Há um provérbio espanhol de que sempre gostei. "Pegue o que quiser e pague por ele, diz Deus." Bem, eu fiz isso. Peguei o que queria... mas me dispus a pagar o preço.

— O que a senhora não entende — disse Hercule Poirot —, é que há coisas que não podem ser compradas.

Ela o encarou. E disse:

— Eu não falo só de dinheiro.

— Não, não — disse Poirot —, entendo o que a senhora diz. Mas nem tudo na vida tem uma etiqueta. Há coisas que *não estão à venda*.

— Bobagem!

Ele sorriu muito de leve. A voz dela tinha a arrogância do operário de fábrica que conseguira enriquecer.

Hercule Poirot sentiu uma repentina onda de pena. Olhou para o rosto suave, sem idade, os olhos cansados, e se lembrou da garota que Amyas Crale pintara...

— Conte-me sobre esse livro — disse Elsa Dittisham. — Qual é o propósito dele? De quem foi a ideia?

— Oh!, minha cara senhora, que outro propósito há senão o de servir a sensação de ontem com o tempero de hoje?

— Mas *o senhor* é escritor?

— Não, sou especialista em crime.

— O senhor quer dizer que o consultam sobre livros de crime?

— Nem sempre. Neste caso, houve uma encomenda.

— De quem?

— Estou... como é que se diz... avaliando essa publicação em nome de uma parte interessada.

— Qual parte?
— Miss Carla Lemarchant.
— Quem é ela?
— É a filha de Amyas e Caroline Crale.

Elsa o encarou por um minuto. Então disse:
— Oh, é claro, *havia* uma filha. Eu me lembro. Ela deve ser adulta agora?
— Sim, tem vinte e um anos.
— Como ela é?
— É alta, morena e, a meu ver, bonita. E tem coragem e personalidade.

Elsa disse, pensativa:
— Eu gostaria de vê-la.
— Talvez ela não queira vê-la.

Elsa pareceu surpresa.
— Por quê? Ah, entendo. Mas que bobagem! Ela não pode se lembrar de nada que aconteceu. Não podia ter mais que seis anos.
— Ela sabe que a mãe foi julgada pelo assassinato do pai.
— E ela acha que a culpa é minha?
— É uma interpretação possível.

Elsa deu de ombros. E disse:
— Que coisa estúpida! Se Caroline tivesse se comportado como um ser humano razoável...
— Então a senhora não assume nenhuma responsabilidade?
— E por que deveria? *Eu* não tinha nada do que me envergonhar. Eu o amava. Tê-lo-ia feito feliz. — Ela olhou para Poirot. Seu rosto se desfez; de repente, inacreditavelmente, ele viu a garota do quadro. Ela disse: — Se eu pudesse fazê-lo entender.

Se o senhor pudesse enxergar as coisas da minha perspectiva. Se o senhor soubesse...

Poirot se inclinou para a frente.

— Mas é isso que eu quero. Veja, mr. Philip Blake, que estava lá na época, vai escrever para mim um relato meticuloso de tudo que aconteceu. Mr. Meredith Blake fará o mesmo. Se a senhora...

Elsa Dittisham inspirou profundamente. E disse com desdém:

Aqueles dois! Philip sempre foi um estúpido. Meredith costumava rodear Caroline... mas era um amor. Mas o senhor não terá *nenhuma* ideia real dos relatos *deles*.

Ele a observou, viu a animação nos olhos dela, viu uma mulher viva tomar forma a partir de uma morta. Ela disse depressa e quase com ferocidade:

— O senhor gostaria da *verdade*? Oh, não para publicação. Apenas para o senhor mesmo...

— Eu me comprometo a não publicar sem o seu consentimento.

— Eu gostaria de escrever a verdade...

Ela ficou em silêncio por um ou dois minutos, pensando. Ele viu a dureza macia das bochechas dela estremecer e assumir uma curva mais jovem, viu a vida retornar a ela quando o passado a reivindicava outra vez.

— Para voltar... para escrever tudo... Para mostrar ao senhor como ela era...

Seus olhos se acenderam. Sua respiração oscilava apaixonadamente.

— Ela o matou. Ela matou Amyas. Amyas, que adorava viver... que aproveitava a vida. O ódio não devia ser mais forte que

CINCO PORQUINHOS 137

o amor... mas o ódio dela era. E meu ódio por ela é... eu a odeio... eu a odeio... eu a odeio...

Ela caminhou na direção dele. Inclinou-se, sua mão agarrou a manga de Poirot. E disse com urgência:

— O senhor precisa entender... o senhor *precisa*... o que nós sentíamos um pelo outro. Estou falando de Amyas e eu. Há algo... vou lhe mostrar.

Ela foi apressada até o outro lado da sala. Destrancou uma pequena escrivaninha, abriu uma gaveta escondida dentro de um escaninho.

Então voltou. Na mão uma carta engordurada, a tinta apagada. Entregou-a a ele e Poirot teve de repente uma lembrança pungente de uma garota que conhecera, a qual lhe confiara um de seus tesouros, uma concha especial recolhida na praia e guardada com todo o cuidado. A criança recuara um passo e olhara para ele exatamente assim. Orgulhosa, com medo, extremamente crítica do modo como ele receberia seu tesouro.

Ele desdobrou as folhas desbotadas:

Elsa, sua criança maravilhosa! Nunca houve nada tão bonito. E no entanto estou com medo; sou velho demais, um demônio de meia-idade, mal-humorado, sem nenhuma estabilidade. Não confie em mim, não acredite em mim, eu não sou bom, a não ser em meu trabalho. O melhor de mim está nele. Olhe, não diga que não foi avisada.

Dane-se, minha adorada, vou tê-la mesmo assim. Eu falaria até com o diabo por você e você sabe disso. E vou pintar um quadro seu que deixará esse mundo idiota embasbacado! Estou louco por você, não consigo dormir, não consigo comer. Elsa, Elsa, Elsa, sou seu para sempre, seu até a morte. Amyas.

Dezesseis anos atrás. Tinta apagada, papel esfarelado. Mas as palavras ainda vivas, ainda vibrando...
Ele olhou para a mulher a quem a carta fora escrita.
Mas não era mais para uma mulher que ele olhava.
Era para uma jovem apaixonada.
Ele pensou de novo em Julieta...

9

UM PORQUINHO NÃO COMEU NADA

— POSSO LHE PERGUNTAR por quê, monsieur Poirot?

Hercule Poirot refletiu sobre a resposta que daria. Estava ciente do par de olhos cinza muito sagazes que o observavam do rostinho enrugado.

Ele subira até o último andar do edifício simples e batera na porta número 584 dos Gillespie Buildings, que foram construídos para fornecer o que se chamava de "apartamentinhos" para mulheres trabalhadoras.

Aqui, em um pequeno espaço cúbico, estava miss Cecilia Williams, em um aposento que era quarto de dormir, sala de estar, sala de jantar e, por meio do uso judicioso do queimador de gás, cozinha; uma espécie de cubículo anexo a ele continha um banheiro de vinte e cinco centímetros de largura e as instalações de serviço usuais.

Por mais que esses ambientes fossem escassos, miss Williams conseguira imprimir neles a marca de sua personalidade.

As paredes eram pintadas a têmpera num cinza-claro ascético, e nelas estavam penduradas várias reproduções. Dante encontrando Beatriz em uma ponte, e aquele quadro uma vez descrito por uma criança como "menina cega sentada sobre uma laranja e chamado, não sei por quê, *Esperança*". Havia também duas aquarelas de Veneza e uma cópia em sépia da *Primavera* de Botticelli. Em cima do pequeno baú com gavetas havia uma grande quantidade de fotografias desbotadas, a maioria, pelo estilo do penteado usado, datada de vinte ou trinta anos antes.

A trama do tapete quadrado era visível, os móveis eram gastos e de má qualidade. Estava claro para Hercule Poirot que Cecilia Williams levava uma vida muito apertada. Não havia rosbife aqui. Esse era o porquinho que não comera nada.

Clara, incisiva e insistente, a voz de miss Williams repetiu a pergunta.

— O senhor quer minhas recordações do caso Crale. Posso perguntar por quê?

Alguns dos amigos e colegas de Hercule Poirot, nos momentos em que ele mais os enlouqueceu, disseram que ele prefere mentiras à verdade e se desvia de sua conduta normal para atingir seus fins por meio de elaboradas declarações falsas, em vez de confiar na simples verdade.

Mas nesse caso a decisão foi tomada depressa. Hercule Poirot não era dessa classe de crianças belgas ou francesas que tiveram uma governanta inglesa, mas reagia da mesma forma simples e inevitável como faziam garotos pequenos a quem se perguntava em sua época: "Você escovou os dentes esta manhã, Harold (ou Richard ou Anthony)?". Eles consideravam por um átimo a possibilidade de uma mentira e a rejeitavam instantaneamente, respondendo, infelizes: "Não, miss Williams".

Pois miss Williams tinha o que toda educadora bem-sucedida deveria ter, essa qualidade misteriosa: autoridade! Quando miss Williams dizia "Suba e lave as mãos, Joan", ou "Espero que você leia este capítulo sobre os poetas elisabetanos e seja capaz de responder as minhas perguntas sobre eles", era invariavelmente obedecida. Nunca passara pela cabeça de miss Williams que ela não seria obedecida.

Portanto, nesse caso, Hercule Poirot não proferiu nenhuma explicação especiosa sobre um livro a ser escrito sobre crimes passados. Em vez disso ele narrou apenas as circunstâncias em que Carla Lemarchant o procurara.

A senhorinha idosa de vestido asseado e surrado ouvia atentamente.

— Interessa-me muito — disse ela — ter notícias daquela criança... saber como ela está.

— Ela é uma jovem muito charmosa e atraente, com muita coragem e opiniões próprias.

— Bom — disse sucintamente miss Williams.

— E ela é, devo dizer, uma pessoa persistente. Não é alguém a quem seja fácil dizer não ou demover.

A ex-governanta balançou a cabeça, pensativa. E perguntou:

— Ela é ligada à arte?

— Acho que não.

Miss Williams disse secamente:

— Isso é algo que se deve agradecer!

O tom da observação não deixou dúvida sobre a visão que miss Williams tinha dos artistas. Ela acrescentou:

— Pelo seu relato sobre ela, imagino que é mais parecida com a mãe do que com o pai.

— Muito possivelmente. Isso a senhorita pode me dizer depois de vê-la. Gostaria de vê-la?

— Eu gostaria muito de vê-la. É sempre interessante ver como uma criança que conhecemos se desenvolveu.

— Suponho que da última vez que a senhorita a viu ela era muito jovem.
— Tinha cinco anos e meio. Uma criança encantadora... talvez um pouco quieta demais. Pensativa. Dada a fazer seus joguinhos e não querer que ninguém ajudasse. Natural e não estragada por mimos.
— Foi uma felicidade que ela fosse tão jovem — disse Poirot.
— Sim, de fato. Se ela fosse mais velha o choque da tragédia poderia ter tido um efeito muito ruim.
— No entanto — disse Poirot —, sente-se que *houve* uma desvantagem... Por menos que a criança entendesse ou lhe permitissem saber, havia uma atmosfera de mistério e evasão e houve um desenraizamento abrupto. Essas coisas não são boas para uma criança.
Miss Williams respondeu, meditativa:
— Talvez tenham sido menos danosas do que o senhor imagina.
— Antes de deixarmos o assunto de Carla Lemarchant — disse Poirot —, isto é, da pequena Carla Crale, há algo que eu gostaria de lhe perguntar. Se alguém pode explicar isso, creio que é a senhorita.
— Sim?
A voz dela era questionadora, descomprometida.
Poirot fez um gesto com a mão, em um esforço de expressar o que queria dizer.
— Há uma coisa... uma *nuance* que não consigo definir... mas me parece que a criança, sempre que a menciono, não recebe todo o valor representativo que lhe é devido. Quando a menciono, a resposta vem sempre com uma vaga surpresa, como se a

pessoa com quem falo tivesse esquecido inteiramente que *havia* uma criança. Por certo, mademoiselle, isso não é natural. Uma criança, nessas circunstâncias, é uma pessoa importante, não em si mesma, mas como um ponto central. Amyas Crale pode ter tido motivos para abandonar a mulher... ou para não abandonar. Mas no rompimento usual de um casamento a criança constitui um aspecto muito importante. Mas aqui parece contar muito pouco. Isso me parece.... estranho.

Miss William apressou-se a falar:

— O senhor tocou em um aspecto vital, monsieur Poirot. O senhor está bastante correto. E foi isso em parte que acabei de dizer... que o transporte de Carla para um ambiente diferente pode ter sido, em certos aspectos, uma coisa boa para ela. Quando fosse mais velha, ela poderia ter sofrido certa falta em sua vida doméstica.

Ela se inclinou para a frente e falou devagar e com cuidado:

— Naturalmente, no decorrer de meu trabalho, vi muitos aspectos do problema de pais e filhos. Muitas crianças, *a maioria* das crianças, eu diria, sofre de excesso de atenção por parte dos pais. Há amor demais, vigilância demais para a criança. Ela tem uma consciência desconfortável dessa proteção e procura se libertar, fugir e não ser controlada. Quando se trata de filho único, esse é particularmente o caso, e é claro que quem causa mais prejuízo são as mães. O resultado para o casamento é com frequência infeliz. O marido se ressente de ficar em segundo lugar... busca consolo... ou elogios e atenção... em outro lugar, e mais cedo ou mais tarde acontece o divórcio. A melhor coisa para uma criança, estou convencida, é ter o que eu chamaria de negligência saudável por parte de ambos os pais. Isso acontece com bastante naturalidade no caso de uma família com muitos filhos e pouco dinheiro. Eles não são muito notados porque a mãe não tem literalmente nenhum tempo para se ocupar deles. Percebem muito cedo que ela gosta dos filhos, mas não se preocupam em receber muitas manifestações desse fato.

"Mas há ainda outro aspecto. Encontramos ocasionalmente marido e mulher que são tão autossuficientes, tão envolvidos um com o outro, que a criança que é fruto desse casamento quase não parece muito real para nenhum deles. E nessas circunstâncias penso que uma criança passa a se ressentir desse fato, a se sentir lesada e excluída. O senhor deve entender que não estou falando de forma alguma em *negligência*. Mrs. Crale, por exemplo, era o que eu chamaria de uma mãe excelente, sempre preocupada com o bem-estar de Carla, ou com sua saúde... brincava com ela nos momentos certos e era sempre gentil e alegre. Mas, apesar de tudo isso, mrs. Crale estava completamente envolvida com o marido. Ela só existia, pode-se dizer, nele e para ele." Miss Williams parou de falar por um minuto e então disse calmamente: "Essa, acho, foi a justificativa para o que ela acabou fazendo."

— A senhorita quer dizer — disse Hercule Poirot — que eles pareciam mais amantes que marido e mulher?

Miss Williams disse, com um leve franzir do cenho de desdém pela fraseologia estrangeira:

— O senhor certamente poderia dizer isso.

— Ele era devotado a ela como ela a ele?

— Eles eram um casal devotado. Mas é claro que ele era homem.

Miss Williams conseguiu dar a esta última palavra um significado inteiramente vitoriano.

— Homens... — disse miss Williams, e parou. Como um proprietário de terras rico diz "bolcheviques", como um comunista convicto diz "capitalistas!", como uma boa dona de casa diz "baratas", assim miss Williams disse "homens!". De sua vida de governanta, de solteirona, brotava uma explosão de feminismo feroz. Ninguém que a ouvisse falar duvidaria de que para miss Williams os Homens eram o Inimigo!

— A senhorita não tem uma opinião favorável sobre os homens?

— Os homens têm o melhor deste mundo. Espero que nem sempre seja assim.

Hercule Poirot olhou para ela, especulando. Ele podia com muita facilidade visualizar miss Williams se acorrentando metódica e eficazmente a um trilho, e depois fazendo greve de fome com determinação resoluta. Passando do geral para o particular, ele disse:

— A senhorita não gostava de Amyas Crale?

— Eu certamente não gostava de mr. Crale. Nem aprovava seu comportamento. Se fosse mulher dele, eu o teria deixado. Há coisas que nenhuma mulher deve tolerar.

— Mas mrs. Crale as tolerava?

— Sim.

— A senhorita achava que ela estava errada?

— Sim, acho. Uma mulher deve ter algum respeito por si mesma e não se submeter a humilhações.

— A senhorita alguma vez disse qualquer coisa desse tipo à senhora Crale?

— Certamente não. Não me cabia fazer isso. Fui contratada para educar Angela, não para dar conselhos não solicitados à mrs. Crale. Fazer isso teria sido muito impertinente.

— A senhorita gostava da mrs. Crale?
— Eu estimava muito a mrs. Crale. — A voz eficiente se suavizou, ganhou calor e sentimento. — Estimava muito e sentia muita pena dela.
— E sua aluna... Angela Warren?
— Ela era uma garota muito interessante... uma das alunas mais interessantes que tive. Uma cabeça realmente muito boa. Indisciplinada, esquentada, muito difícil de administrar em muitos aspectos, mas realmente um ótimo caráter.

Ela fez uma pausa e depois continuou:
— Eu sempre esperei que ela realizasse algo de valor. E ela fez isso! O senhor leu o livro dela... sobre o Saara? E ela escavou aquelas tumbas muito interessantes no Faium! Sim, tenho orgulho de Angela. Não fiquei muito tempo em Alderbury... dois anos e meio... mas sempre acalentei a crença de que ajudei a estimular a mente dela e encorajar seu gosto por arqueologia.

Poirot murmurou:
— Creio que se decidiu continuar a educação dela mandando-a para a escola. A senhorita deve ter se ressentido dessa decisão.
— De forma alguma, monsieur Poirot. Eu concordei inteiramente com ela.

Depois de uma pausa, ela continuou:
— Deixe-me esclarecer a questão. Angela era uma menina querida... realmente muito querida... gentil e impulsiva... mas era também o que chamo de uma menina difícil. Isto é, ela estava em uma idade difícil. Há sempre um momento em que uma garota se sente insegura de si... nem menina nem mulher. Num minuto Angela era sensata e madura... bastante adulta, de fato...

mas um minuto depois ela voltava a ser uma criança atrevida... fazendo travessuras, sendo rude e descontrolada. As garotas, o senhor sabe, *parecem* difíceis nessa idade... são terrivelmente sensíveis. Tudo que as entristece as deixa ressentidas. Ficam irritadas por ser tratadas como crianças e depois subitamente ficam assustadas por ser tratadas como adultas. Angela se sentia assim. Tinha acessos de raiva, de repente ficava ofendida porque caçoavam dela e perdia a calma... e então ficava aborrecida por vários dias, sem se ocupar com nada e de cara feia... depois se animava outra vez, subia em árvores, corria pelo jardim com garotos, se recusava a acatar qualquer tipo de autoridade.

Miss Williams fez uma pausa e continuou:

— Quando uma garota chega a esse estágio, a escola é muito útil. Ela precisa do estímulo de outras mentes... isso e toda a disciplina de uma comunidade a ajudam a se tornar um membro razoável da sociedade. As condições do lar de Angela não eram o que eu chamaria de ideais. Por um lado, mrs. Crale a mimava. Bastava Angela apelar a ela e mrs. Crale sempre a apoiava. O resultado era que Angela pensava ter prioridade no tempo e na atenção da irmã, e era quando se encontrava nesse estado de espírito que ela costumava entrar em choque com o mr. Crale. Mr. Crale naturalmente achava que *ele* devia estar em primeiro lugar... e pretendia que assim fosse. Ele de fato gostava muito da garota... eles eram bons companheiros e costumavam discutir de forma muito amigável, mas havia momentos em que mr. Crale de repente se ressentia da preocupação de mrs. Crale com Angela. Como todos os homens, ele era uma criança mimada; esperava que todos dessem muita atenção a *ele*. Então ele e Angela tinham uma briga para valer... e com muita frequência mrs. Crale tomava o partido de Angela. Ele ficava furioso. Por outro lado, quando era *ele* quem *ela* apoiava, Angela ficava furiosa. Era nessas ocasiões que Angela costumava recair em modos infantis e fazer brincadeiras maldosas com ele. Ele tinha o hábito de beber seus drinques de um só trago, e uma vez ela pôs muito sal na bebida dele. A coisa, é claro, agiu como um emético, e ele nem conseguia falar, tanta era sua raiva. Mas houve realmente uma crise quando ela pôs muitas lesmas na cama dele. Ele tinha uma estranha aversão a lesmas. Ficou completamente descontrolado e disse que a garota tinha de ser mandada para a escola. Ele não ia mais aguentar todos aqueles absurdos. Angela ficou terrivelmente perturbada... embora na verdade ela mesma tivesse expressado uma ou duas vezes o desejo de ir para um internato... mas preferiu fazer uma enorme queixa daquilo. Mrs. Crale não queria que ela fosse, mas se deixou convencer... principalmente, acho, por causa do que eu disse a ela sobre o assunto. Observei que aquilo seria muito proveitoso para Angela, e que eu achava que traria realmente um grande benefício para a garota. Então ficou estabelecido que ela iria para Helston... uma escola muito boa na costa sul... no período do outono. Mas mrs. Crale estava infeliz com isso durante todo aquele feriado. E Angela ficava ressentida com mr. Crale sempre que se lembrava. Entenda, monsieur Poirot, não era de fato sério, mas criou naquele verão uma espécie de sentimento negativo que... bem... contaminava *qualquer coisa* que acontecesse."

— A senhorita está falando de... Elsa Greer?

A resposta de miss Williams foi abrupta:

— Exatamente. — E ela comprimiu muito os lábios depois de falar.

— Qual era sua opinião sobre Elsa Greer?

— Eu não tinha nenhuma opinião sobre ela. Uma jovem sem princípios.

— Ela era muito jovem.

— Velha o bastante para saber o que não devia fazer. Não consigo encontrar nenhuma desculpa para ela... absolutamente nenhuma.

— Ela se apaixonou por ele, suponho...

Miss Williams o interrompeu com um bufo.

— Apaixonou-se mesmo por ele. Eu esperaria, monsieur Poirot, que, fossem quais fossem nossos sentimentos, pudéssemos controlá-los de forma decente. E certamente somos capazes de controlar nossos atos. Aquela jovem não tinha absolutamente nenhum tipo de moral. O fato de mr. Crale ser casado não significava nada para ela. Ela era absolutamente desavergonhada em relação a tudo... fria e determinada. É possível que tenha sido criada da forma errada... mas essa é a única desculpa que consigo encontrar.

— A morte de mr. Crale deve ter sido um choque terrível para ela.

— Oh, foi. E ela própria era inteiramente culpável pela morte. Não chego ao ponto de tolerar o assassinato, mas ainda assim, monsieur Poirot, se algum dia houve uma mulher que foi levada a esse ponto de ruptura, essa mulher foi Caroline Crale. Eu lhe digo francamente, houve momentos em que eu mesma teria gostado de matar aqueles dois. Ostentar a garota na cara da esposa, vê-la tendo de aguentar a insolência da garota... e ela *era* insolente, monsieur Poirot. Oh, não, Amyas Crale merecia o que recebeu. Nenhum homem deve tratar a esposa como ele tratou e não ser punido por isso. A morte dele foi uma retribuição justa.

— A senhorita tem um forte apreço...

A mulherzinha olhou para ele com aqueles indômitos olhos cinzas. E disse:

— Eu tenho um apreço *muito forte* pelo vínculo matrimonial. A menos que ele seja respeitado e preservado, um país degenera. Mrs. Crale era uma esposa devotada e fiel. Seu marido a desrespeitou deliberadamente e introduziu a amante na casa dela. Como eu lhe disse, ele merecia o que recebeu. Ele a provocou além do tolerável e eu, pelo menos, não a culpo pelo que ela fez.

Poirot disse devagar:

— Ele agiu muito mal... isso eu reconheço... mas lembre-se de que ele era um grande artista.

Miss Williams bufou de forma impressionante.

— Oh, sim, eu sei. A desculpa é sempre essa hoje em dia. Um artista! Uma desculpa para todo tipo de vida desregrada, para bebedeira, para brigas, para infidelidade. E, no fim das contas, que tipo de artista era mr. Crale? Talvez fique em moda por alguns anos admirar os quadros dele. Mas eles não vão durar. Ora, ele não conseguia sequer desenhar! A perspectiva dele era terrível! Mesmo a anatomia era muito incorreta. Sei alguma coisa do que estou falando, monsieur Poirot. Estudei pintura durante algum tempo, quando era garota, em Florença, e, para qualquer pessoa que conheça e aprecie os grandes mestres, esses borrões de mr. Crale são realmente ridículos. Só algumas cores jogadas na tela... nada de construção... nada de desenho cuidadoso. Não — ela meneou a cabeça —, não me peça para admirar a pintura de mr. Crale.

— Duas delas estão na Tate Gallery — Poirot lembrou a ela.

Miss Williams fungou.

— Possivelmente. Assim como uma das estátuas de mr. Epstein, acredito.

Poirot percebeu que, de acordo com miss Williams, fora pronunciada a última palavra. Ele abandonou o tema da arte. E disse:

— A senhorita estava com mrs. Crale quando ela encontrou o corpo?

— Sim. Ela e eu fomos juntas da casa para o jardim depois do almoço. Angela tinha deixado o pulôver na praia depois de tomar banho de mar, ou no barco. Ela era sempre muito descuidada com suas coisas. Eu me separei de mrs. Crale na porta do Battery Garden, mas ela me chamou de volta quase de imediato. Creio que mr. Crale estava morto havia mais de uma hora. Estava esparramado sobre o banco perto de seu cavalete.

— Ela ficou terrivelmente perturbada com a descoberta?

— O que exatamente o senhor quer dizer com isso, monsieur Poirot?

— Estou lhe perguntando quais foram suas impressões na época.

— Oh, entendo. Sim, ela me pareceu bastante atordoada. Me mandou telefonar para o médico. Afinal, não podíamos ter certeza absoluta de que ele estava morto... podia ter sido um ataque de catalepsia.

— Ela sugeriu essa possibilidade?

— Eu não me lembro.

— E a senhorita foi e telefonou?

O tom de miss Willliams foi seco e brusco:

— Eu estava na metade do caminho quando encontrei mr. Meredith Blake. Confiei a ele minha tarefa e voltei para onde estava mrs. Crale. Veja, eu pensei que ela podia ter desmaiado... e os homens são bons em questões como aquela.

— E ela tinha desmaiado?

— Mrs. Crale era bastante senhora de si — disse secamente miss Williams. — Era muito diferente da miss Greer, que fez uma cena histérica e muito desagradável.

— Que tipo de cena?

— Ela tentou atacar mrs. Crale.

— A senhora está dizendo que ela se deu conta de que mrs. Crale era responsável pela morte de mr. Crale?

Miss Williams refletiu por alguns instantes.

— Não, ela dificilmente poderia ter certeza disso. Essa... suspeita terrível ainda não tinha sido levantada. Miss Greer apenas gritou: "Foi você quem causou tudo isso, Caroline. Você o matou. A culpa é toda sua". Ela não disse de fato: "Você o envenenou", mas acho que não há dúvida de que ela pensava isso.

— E mrs. Crale?

Miss Williams se mexeu, inquieta.

— Devemos ser hipócritas, monsieur Poirot? Não posso lhe dizer o que mrs. Crale realmente sentiu ou pensou naquele momento. Se foi horror com o que tinha feito...

— Parecia isso?

— N-não, n-não, não posso dizer que parecia. Atônita, sim... e, acho, horrorizada. Sim, tenho certeza, horrorizada. Mas isso é bastante natural.

Hercule Poirot disse, com um tom de insatisfação:

— Sim, talvez seja bastante natural... Que visão ela adotou oficialmente com relação à morte do marido?

— Suicídio. Ela disse, de forma muito segura desde o início, que devia ser suicídio.

— Ela disse o mesmo quando falou com a senhorita em particular, ou apresentou alguma outra teoria?

— Não. Ela... ela... se esforçou em enfatizar que devia ser suicídio.

Miss Williams parecia constrangida.

— E o que a senhorita disse sobre isso?

— Realmente, monsieur Poirot, importa *o que* eu disse?

— Sim, penso que sim.

— Não vejo por quê...

Mas como se o silêncio expectante dele a hipnotizasse, ela disse com relutância:

— Acho que eu disse: "Certamente, mrs. Crale, deve ter sido suicídio".

— A senhorita acreditava em suas palavras?

Miss Williams ergueu a cabeça. E disse com firmeza:

— Não, não acreditava. Mas entenda, por favor, monsieur Poirot, que eu estava inteiramente do lado de mrs. Crale, se o senhor preferir usar esses termos. Eu era solidária a ela, não à polícia.

— A senhorita gostaria que ela fosse inocentada?

— Sim, gostaria.

— Então — disse Poirot —, a senhorita se solidariza com os sentimentos da filha dela?

— Sou totalmente solidária a Carla.

— A senhorita teria alguma objeção a escrever para mim um relato detalhado da tragédia?

— O senhor quer dizer para ela ler?

— Sim.

Miss Williams disse devagar:

— Não, não tenho nenhuma objeção. Ela está muito determinada a examinar esse assunto, não é?

— Sim. É provável que fosse preferível que a verdade fosse escondida dela...

Miss Williams o interrompeu:

— Não. É sempre melhor encarar a verdade. Não adianta fugir da infelicidade falsificando os fatos. Carla teve um choque ao saber da verdade... agora ela quer saber exatamente como a tragédia ocorreu. Essa me parece a atitude certa para uma jovem corajosa. Uma vez que ela saiba tudo sobre o que aconteceu, conseguirá esquecer de novo e tratar de viver sua vida.

— Talvez a senhorita tenha razão — disse Poirot.

— Estou bastante segura de que tenho razão.

— Mas, veja, há mais do que isso. Ela não quer apenas saber... quer provar que a mãe é inocente.

— Pobre criança — disse miss Williams.

— É isso que a senhorita tem a dizer?

— Entendo agora — disse miss Williams — por que o senhor disse que talvez fosse melhor se ela nunca soubesse. Ainda assim, acho que é melhor como está. Desejar descobrir a inocência da mãe é uma esperança natural... e, por mais dura que a revelação possa ser, acho, pelo que o senhor diz dela, que Carla é corajosa o bastante para saber a verdade e não fugir dela.

— A senhora tem certeza de que essa *é* a verdade?

— Não entendo o senhor.

— A senhorita não vê nenhuma brecha para acreditar que mrs. Crale era inocente?

— Acho que essa possibilidade nunca foi sequer levada a sério.

— E mesmo assim ela se agarrou à teoria de suicídio?

Miss Williams disse secamente:
— A pobrezinha tinha de dizer *alguma coisa*.
— A senhorita sabe que, quando mrs. Crale estava morrendo, ela deixou uma carta para a filha na qual jura solenemente que é inocente?
Miss Williams o encarou.
— Isso foi muito errado da parte dela — ela disse abruptamente.
— A senhorita acha isso?
— Sim, acho. Ah, eu arriscaria dizer que o senhor é um sentimentalista, como a maioria dos homens...
Poirot a interrompeu, indignado:
— Eu *não* sou sentimentalista.
— Mas existe falso sentimento. Por que escrever isso, uma mentira, em um momento tão solene? Para poupar a filha da dor? Sim, muitas mulheres fariam isso. Mas eu nunca pensaria isso de mrs. Crale. Ela era uma mulher valente e uma mulher verdadeira. Eu pensaria que era muito mais do feitio dela ter dito à filha para não julgar.
Poirot disse, levemente exasperado:
— A senhorita nem considera a possibilidade de o que mrs. Crale escreveu ser a verdade?
— Certamente não!
— E no entanto a senhorita afirma tê-la amado?
— Eu a amava. Tinha grande afeição e uma profunda solidariedade por ela.
— Bem, então...
Miss Willimas olhou para ele de um jeito muito estranho.
— O senhor não entende, monsieur Poirot. Não importa eu

dizer isso agora... tanto tempo depois. Acontece que eu *sei* que Caroline Crale era culpada!

— O *quê?*

— É verdade. Não estou certa se fiz bem em esconder o que sabia na época... mas *escondi*. Mas o senhor pode acreditar, definitivamente, que eu *sei* que Caroline Crale era culpada...

10

UM PORQUINHO GRITOU "UÍ-UÍ-UÍ"

O APARTAMENTO DE Angela Warren dava vista para o Regent's Park. Aqui, neste dia de primavera, uma brisa suave entrava pela janela aberta, e podia-se ter a ilusão de estar no campo, não fosse o constante bramido ameaçador do tráfego lá embaixo.

Poirot se virou da janela quando a porta se abriu e Angela Warren entrou na sala.

Não era a primeira vez que a via. Ele havia se valido da oportunidade de assistir a uma palestra que ela dera na Royal Geographic. Fora, ele considerava, uma palestra excelente. Seca, talvez, do ponto de vista do apelo popular. A fala de miss Warren era excelente, ela nem parava nem hesitava diante de qualquer palavra. Não se repetia. O tom de sua voz era claro e não lhe faltava melodia. Ela não fazia concessões ao apelo romântico ou ao amor pela aventura. Havia muito pouco interesse humano na palestra. Era uma narrativa admirável de fatos concisos, ilustrados adequadamente por *slides* excelentes, e com deduções inteligentes dos fatos narrados. Seca, precisa, clara, lúcida, extremamente técnica.

A alma de Hercule Poirot aprovou. Eis aqui, ele considerou, uma mente ordenada.

Agora que a via de perto ele percebia que Angela bem podia ter sido uma mulher muito atraente. Suas feições eram regulares, embora severas. Ela tinha sobrancelhas escuras delineadas com elegância, olhos castanho-claros inteligentes, uma bela pele clara. Os ombros eram bem posicionados e o andar, levemente masculinizado.

Sem dúvida não havia nela nenhuma sugestão do porquinho que grita "uí-uí". Mas na bochecha direita, desfigurando e enrugando a pele, estava a cicatriz. O olho direito era ligeiramente distorcido, o canto puxado para baixo, mas ninguém teria percebido que a visão daquele olho fora destruída. Parecia quase certo a Hercule Poirot que ela vivera com sua deficiência tanto tempo que agora estava completamente inconsciente dela. E ocorreu-lhe que, das cinco pessoas em quem ele estava interessado em consequência de sua investigação, aquelas de quem se poderia dizer que tinham começado com as maiores vantagens não eram as que de fato tinham obtido maior sucesso e felicidade da vida. Elsa, de quem se poderia dizer que começara com todas as vantagens — juventude, beleza, riqueza — era quem se saíra pior. Era como uma flor tomada pela geada intempestiva, ainda em botão, mas sem vida. Cecilia Williams, em termos de aparência exterior, não tinha do que se gabar. No entanto, aos olhos de Poirot, não havia ali desalento nem sensação de fracasso. A vida de miss Williams fora interessante para ela, que se importava com pessoas e acontecimentos. Contava com a enorme vantagem mental e moral de uma criação vitoriana rigorosa, que nos é negada hoje em dia; ela cumprira seu dever na condição de vida para a qual aprouvera a Deus convocá-la, e essa convicção constituía uma armadura inexpugnável às fundas e aos dardos da inveja, da insatisfação e do pesar. Ela tinha suas lembranças, seus pequenos prazeres, possibilitados por economias severas, e saúde e vigor suficientes para capacitá-la a interessar-se pela vida.

Em Angela Warren, essa jovem criatura prejudicada pelo desfiguramento e sua consequente humilhação, Poirot acreditava ver um espírito fortalecido por sua luta necessária para conquistar confiança e firmeza. A escolar indisciplinada dera lugar a uma mulher vigorosa e convincente, uma mulher de considerável força mental e dotada de energia abundante para realizar propósitos ambiciosos. Era uma mulher, Poirot tinha certeza, feliz e bem-sucedida. Sua vida era plena e intensa, e eminentemente prazerosa.

Não era, aliás, o tipo de mulher que Poirot de fato gostava. Embora ele admirasse a precisão nítida de sua mente, ela não tinha mais que uma *nuance* suficiente da *femme formidable* para alarmá-lo com um simples homem. O gosto dele sempre fora o vistoso e extravagante.

No caso de Angela Warren foi fácil chegar ao objetivo de sua visita. Não houve subterfúgio. Ele simplesmente contou a ela a entrevista que tivera com Carla Lemarchant.

O rosto severo de Angela Warren se iluminou de apreciação.

— A pequena Carla? Ela está por aqui? Eu gostaria tanto de vê-la.

— Você ainda não teve contato com ela?

— Muito menos do que deveria. Eu era uma secundarista na época em que ela foi para o Canadá, e percebi, é claro, que em um ou dois anos ela nos esqueceria. Nos últimos anos, um presente de Natal ocasional tem sido o único vínculo entre nós. Imaginei que ela estaria agora completamente imersa em uma atmosfera canadense e que seu futuro estaria lá. O que me parecia o melhor, considerando as circunstâncias.

— Poder-se-ia pensar isso, certamente — disse Poirot. — Uma mudança de nome... uma mudança de cenário. Uma nova vida. Mas não foi tão fácil assim.

E então ele contou do noivado de Carla, da descoberta que ela fizera ao atingir a maioridade e de seus motivos para vir à Inglaterra.

Angela Warren ouvia em silêncio, a bochecha desfigurada apoiada em uma das mãos. Não expressou nenhuma emoção durante a narrativa, mas, quando Poirot terminou, ela disse calmamente:

— Bom para Carla.

Poirot ficou atônito. Era a primeira vez que encontrava essa reação. Ele disse:

— Você aprova, miss Warren?

— Com certeza. Desejo que ela tenha todo o sucesso. O que eu puder fazer para ajudar, farei. Sinto-me culpada, sabe, por eu mesma não ter tentado fazer alguma coisa.

— Então você pensa que há uma possibilidade de ela estar certa no que pensa?

Angela Warren disse abruptamente:

— É claro que ela está certa. Caroline não fez aquilo. Eu sempre soube disso.

Hercule Poirot murmurou:

— Você me deixa mesmo muito surpreso, mademoiselle. Todos os outros com quem falei...

Ela o cortou bruscamente:

— O senhor não deve se guiar por isso. Não tenho dúvida de que as evidências circunstanciais são esmagadoras. Minha convicção se baseia no conhecimento... conhecimento de minha irmã. Sei de forma simples e definitiva que Caro *não seria capaz de matar ninguém.*

— Pode-se dizer isso com certeza de alguma criatura humana?

— Provavelmente não na maioria dos casos. Concordo que o animal humano é cheio de surpresas curiosas. Mas no caso de Caroline havia razões especiais... razões que tenho melhor oportunidade de avaliar que qualquer outra pessoa.

Ela tocou na bochecha desfigurada.

— O senhor está vendo isto? Provavelmente já ouviu alguma coisa a respeito? — Poirot balançou a cabeça, assentindo. — Foi Caroline quem fez. É por isso que tenho certeza... *sei*... que ela não cometeu assassinato.

— Para a maioria das pessoas, esse não seria um argumento convincente.

— Não, seria o oposto. Creio que na verdade foi usado nesse sentido. Como evidência de que Caroline tinha um temperamento violento e ingovernável! Por que ela me ferira quando eu era um bebê, homens instruídos argumentaram que ela seria igualmente capaz de envenenar um marido infiel.

— Eu, pelo menos — disse Poirot —, avaliei a diferença. Um surto repentino de raiva incontrolável não leva a pessoa a primeiro roubar um veneno e depois usá-lo deliberadamente no dia seguinte.

Angela Warren fez com a mão um gesto de impaciência.

— O que quero dizer não é nada disso. Vou tentar esclarecer para o senhor. Imagine uma pessoa que normalmente seja afetuosa e gentil... mas que seja também propensa a sentir um ciúme intenso. E suponha que, durante os anos da vida em que o controle é mais difícil, essa pessoa, em um surto de raiva, chegue perto de cometer o que é, de fato, um assassinato. Pense no choque terrível, no horror, no remorso que se apodera dela. Para uma pessoa sensível, como Caroline, esse horror e esse remorso nunca terminarão. E realmente ela nunca se livrou deles. Imagino que eu não tivesse muita consciência desses sentimentos na época, mas olhando para trás eu os reconheço perfeitamente. Caro era assombrada, continuamente assombrada, pelo fato de ter me ferido. Esse sentimento nunca a deixava em paz. Afetava todos os atos dela. Explicava a atitude dela comigo. Nada era bom demais para mim. Para ela, eu sempre estava em primeiro lugar. Metade das brigas que ela tinha com Amyas era por minha causa. Eu tendia a sentir ciúme e fazia todos os tipos de travessura com ele. Peguei coisa de gato para pôr na bebida dele, e uma vez pus um porco-espinho na cama dele. Mas Caroline ficava sempre do meu lado.

Miss Warren fez uma pausa e então continuou:

— Isso era muito ruim para mim, claro. Fiquei terrivelmente mimada. Mas isso é irrelevante. Estamos discutindo o efeito sobre Caroline. O resultado desse impulso à violência foi que ela passou a vida inteira abominando qualquer outro ato do mesmo tipo. Caro estava sempre se vigiando, sempre com medo de que algo do mesmo tipo acontecesse de novo de repente. E ela tinha modos próprios de se resguardar contra isso. Um deles era uma grande extravagância de linguagem. Ela sentia (e eu penso que, em termos psicológicos, ela tinha toda a razão) que, se fosse suficientemente violenta na fala, não seria tentada a agir com violência. Ela descobriu pela experiência que esse método funcionava. É por isso que eu ouvi Caro dizer coisas como "Eu gostaria de cortar fulano em pedaços e cozinhá-lo bem devagar em óleo". E ela dizia para mim, ou para Amyas, "Se você continuar a me irritar, eu mato você". Do mesmo modo, ela iniciava uma discussão com facilidade e discutia de forma violenta. Acho que reconhecia o impulso à violência que havia em sua natureza, e deliberadamente dava vazão a ele dessa forma. Ela e Amyas costumavam ter as discussões mais fantásticas e sinistras.

Hercule Poirot assentiu com a cabeça.

— Sim, havia evidências disso. Dizia-se que eles brigavam feito cão e gato.

— Exatamente — disse Angela Warren. — Isso é que é tão estúpido e enganoso nas evidências. É claro que Caro e Amyas discutiam! É claro que eles diziam um ao outro coisas amargas, ultrajantes e cruéis! O que ninguém avalia é que eles *gostavam* de discutir. Mas gostavam! Amyas também gostava. Eles eram esse tipo de casal. Os dois gostavam de drama e de cenas emocionais. A maioria dos homens não gosta. Eles gostam de paz. Mas Amyas era artista. Gostava de gritar e ameaçar, e em geral de chocar. Era o jeito dele de extravasar a tensão. Ele era o tipo de homem que quando perdia o botão do colarinho quase punha a casa abaixo de tanto gritar. Sei que parece muito estranho, mas viver daquele jeito, com brigas e reconciliações constantes, era a ideia de diversão de Amyas e Caroline!

Ela fez um gesto de impaciência.

— Se pelo menos não tivessem tido tanta pressa em me afastar e permitissem que eu testemunhasse, eu poderia ter contado isso a eles. — Então ela encolheu os ombros. — Mas suponho que não teriam acreditado em mim. E de qualquer forma na época isso não estava tão claro em minha mente como está agora.

Era o tipo de coisa que eu sabia mas na qual não tinha pensado, e certamente nunca tentara expressar em palavras.

Ela olhou para Poirot.

— O senhor entende o que quero dizer?

Ele assentiu vigorosamente.

— Entendo perfeitamente... e percebo a absoluta correção do que você disse. Há pessoas para quem concordância é monotonia. Elas precisam do estímulo da discordância para criar drama em sua vida.

— Exatamente.

— Posso lhe perguntar, miss Warren, como você se sentiu na época?

Angela Warren suspirou.

— Basicamente desnorteada e desamparada. Parecia um pesadelo fantástico. Caroline foi presa logo... acho que uns três dias depois. Ainda me lembro de minha indignação, minha fúria muda... e, é claro, minha fé infantil de que aquilo era apenas um erro bobo, e que tudo ia ficar bem. Caro estava perturbada principalmente por *minha* causa... queria me manter o mais afastada possível de tudo aquilo. Ela pediu quase de imediato à miss Williams que me levasse para ficar com uns parentes. A polícia não se opôs. E então, quando ficou decidido que meu testemunho não seria necessário, foram tomadas providências para que eu fosse para uma escola no exterior. É claro que eu odiei ir. Mas me explicaram que Caro estava preocupadíssima comigo e que a única maneira de eu ajudá-la era ir.

Depois de uma pausa ela disse:

— Então fui para Munique. Estava lá quando... quando foi dado o veredito. Eles nunca me deixaram visitar Caro. Ela não queria. Acho que essa foi a única vez em que o entendimento dela falhou.

— Você não pode ter certeza disso, miss Warren. Visitar alguém muito querido em uma prisão pode deixar uma impressão terrível em uma jovem sensível.

— É possível.

Angela Warren se levantou. E disse:

— Depois do veredito, quando minha irmã foi condenada, ela me escreveu uma carta. Nunca a mostrei a ninguém. Acho que devo mostrá-la ao senhor agora. Talvez o ajude a entender o tipo de pessoa que Caroline era. Se o senhor quiser, pode levá-la para mostrar a Carla também.

Ela caminhou para a porta, então, virando-se, disse:

— Venha comigo. Há um retrato de Caroline em meu quarto.

Pela segunda vez, Poirot ficou parado olhando para um retrato.

Como pintura, o retrato de Caroline Crale era medíocre. Mas Poirot olhou para ele com interesse, não era o valor artístico que lhe interessava.

Ele viu um rosto oval longo, uma linha do queixo graciosa e uma expressão doce, levemente tímida. Era um rosto inseguro de si, emotivo, com uma beleza recatada, oculta. Faltavam-lhe a força e a vitalidade do rosto da filha, aquela energia e alegria de viver que Carla Lemarchant sem dúvida herdara do pai. Esta era uma criatura menos positiva. Contudo, olhando para o rosto pintado, Hercule Poirot entendeu por que um homem imaginativo como Quentin Fogg não conseguira esquecê-lo.

Angela Warren estava de novo de pé ao lado dele, com uma carta na mão.

Ela disse calmamente:

— Agora que o senhor já viu como ela era... leia a carta.

Ele desdobrou-a com cuidado e leu o que Caroline Crale escrevera dezesseis anos antes.

Minha querida Angelita,

Você vai receber notícias ruins e vai ficar aflita, mas o que quero que você saiba é que está tudo bem. Eu nunca menti para você e não estou mentindo agora quando digo que estou mesmo feliz, que sinto uma integridade essencial e uma paz que nunca conheci. Está tudo bem, querida. Não olhe para trás e não se lamente nem se aflija por mim; siga com sua vida e tenha sucesso. Você pode, eu sei. Está tudo, tudo bem, querida, e eu vou encontrar Amyas. Não tenho a menor dúvida de que ficaremos juntos. Eu não poderia viver sem ele... Faça só uma coisa por mim: seja feliz. Eu lhe disse, estou feliz. Temos de pagar nossas dívidas. É maravilhoso se sentir em paz.

Sua irmã que a adora,
Caro.

Hercule Poirot leu a carta duas vezes. Então a devolveu. E disse:

— É uma carta muito bonita, mademoiselle... e muito notável. *Muito* notável.

— Caroline — disse Angela Warren — era uma pessoa muito notável.

— Sim, uma mente incomum... Você acha que essa carta indica inocência?

— É claro que sim!
— Ela não diz isso explicitamente.
— Porque Caro sabia que eu nunca sequer sonharia que ela era culpada!
— Talvez... talvez... Mas poderia ser entendida no sentido inverso. De que ela era culpada e ao expiar o crime encontraria a paz.
Isso combinava, ele pensou, com a descrição dela no tribunal. E ele teve nesse momento as dúvidas mais fortes que sentira até então no decorrer da tarefa com a qual se comprometera. Até esse momento tudo apontara, sem oscilação alguma, para a culpa de Caroline Crale. Ora, mesmo suas próprias palavras testemunhavam contra ela.
Do outro lado estava a convicção inabalável de Angela Warren. Angela a conhecera bem, sem dúvida, mas não poderia sua certeza ser fruto da lealdade fanática de uma adolescente, disposta a defender com unhas e dentes uma irmã muito amada?
Como se lesse os pensamentos dele, Angela Warren disse:
— Não, monsieur Poirot... eu *sei* que Caroline não era culpada.
Poirot disse energicamente:
— O *bon Dieu* sabe que não quero abalar sua crença a esse respeito. Mas sejamos práticos. Você diz que sua irmã não era culpada. Então muito bem, mas *o que realmente aconteceu*?
Angela balançou a cabeça, pensativa. E disse:
— Concordo que isso é difícil. Suponho que, como Caroline disse, Amyas se suicidou.
— Isso é algo provável pelo que você conhece do caráter dele?
— Muito improvável.

— Mas você não diz, como no primeiro caso, que *sabe* que é impossível?

— Não, porque, como acabo de dizer, a maioria das pessoas *faz* coisas impossíveis... ou seja, coisas que parecem incoerentes com elas. Mas presumo que, se as conhecêssemos intimamente, não encontraríamos incoerência.

— Você conhecia bem seu cunhado?

— Sim, mas não como conhecia Caro. Parece-me muito fantasioso que Amyas se matasse... mas suponho que ele *poderia* ter feito isso. De fato ele *deve* ter feito isso.

— Você não consegue ver nenhuma outra explicação?

Angela recebeu a sugestão com tranquilidade, mas não sem uma pontada de interesse.

— Ah, eu entendo o que o senhor quer dizer... nunca pensei seriamente nessa possibilidade. Sua ideia é que ele possa ter sido morto por outra pessoa? Um assassinato a sangue-frio, deliberado...

— Seria possível, não?

— Sim, acho que seria... Mas certamente parece muito improvável.

— Mais improvável que suicídio?

— É difícil dizer... Em face do ocorrido, não havia nenhuma razão para suspeitar de outra pessoa. Nem há agora, quando olho para trás...

— Ainda assim, consideremos a possibilidade. Quem daqueles intimamente envolvidos você diria que era... vamos dizer... a pessoa mais provável?

— Deixe-me pensar. Bem, eu não o matei. E aquela criatura, Elsa, com certeza não o fez. Ela ficou louca de raiva quando ele morreu. Quem mais estava lá? Meredith Blake? Ele sempre foi muito devotado a Caroline, parecia um gatinho domesticado andando pela casa. Suponho que isso de certa forma *poderia* dar a ele um motivo. Em um livro talvez ele quisesse tirar Amyas do caminho para que ele próprio se casasse com Caroline. Mas poderia muito bem ter conseguido isso deixando Amyas ir embora com Elsa e depois, no devido momento, consolado Caroline. Além disso, não consigo realmente *ver* Meredith como um assassino. Muito brando e muito prudente. Quem mais estava lá?

— Miss Williams? Philip Blake? — sugeriu Poirot.

Por um instante, o rosto grave de Angela relaxou em um sorriso.

— Miss Williams? Ninguém pode realmente acreditar que sua governanta poderia cometer um assassinato! Miss Williams sempre foi muito inflexível e muito correta.

Ela fez uma pequena pausa e continuou:

— Ela era devotada a Caroline, é claro. Teria feito qualquer coisa por ela. E odiava Amyas. Era uma grande feminista e não gostava de homens. Isso é o suficiente para assassinar? Seguramente não.

— Dificilmente seria — concordou Poirot.

Angela continuou:

— Philip Blake? — Ela ficou alguns momentos em silêncio. Então disse calmamente. — Veja, se estamos falando de *probabilidades, ele* é a pessoa mais provável.

— Estou muito interessado, miss Warren. Posso perguntar por que você diz isso?

— Não é nada definido. Mas, pelo que me lembro dele, eu diria que ele era uma pessoa de imaginação bastante limitada.

— E uma imaginação limitada predispõe a pessoa ao assassinato?

— Pode levá-la a adotar um modo tosco de resolver suas dificuldades. Homens desse tipo têm certa satisfação com algum tipo de ação. O assassinato é algo muito tosco, o senhor não acha?

— Sim... acho que você está certa... Esse é definitivamente um ponto de vista. Mas ainda assim, miss Warren, é preciso haver mais. Que motivo teria Philip Blake?

Angela Warren não respondeu de imediato. Ficou olhando para o chão, a testa franzida.

— Ele era o melhor amigo de Amyas Crale, não era? — disse Hercule Poirot.

Ela balançou a cabeça.

— Mas há algo em sua mente, miss Warren. Algo que você ainda não me contou. Os dois eram rivais, talvez, com relação à garota... Elsa?

Angela Warren sacudiu a cabeça.

— Ah, não, Philip não.

— O que há, então?

Angela Warren falou devagar:

— O senhor sabe como as coisas voltam de repente... talvez depois de anos. Vou lhe explicar do que estou falando. Uma vez alguém me contou uma história, quando eu tinha onze anos. Eu não vi nenhum sentido na história. Ela não me preocupou... não lhe dei atenção. Acho que nunca mais voltei a pensar nela. Mas, há cerca de dois anos, quando eu estava sentada numa das fileiras da frente assistindo a um teatro de revista, essa história me voltou, e fiquei tão surpresa que disse em voz alta: "Oh, *agora* entendo o objetivo daquela história boba sobre o pudim de arroz".

E no entanto não houvera nenhuma alusão direta com o mesmo sentido... só uma gracinha beirando a indecência.

— Entendo o que você quer dizer, mademoiselle — disse Poirot.

— Então o senhor vai entender o que vou lhe contar. Uma vez me hospedei em um hotel. Quando caminhava por um corredor, a porta de um dos quartos se abriu e uma mulher que eu conhecia saiu. Não era o quarto dela... e ela transpareceu o fato claramente em seu rosto quando me viu.

"E eu soube então o significado da expressão que vira uma vez no rosto de Caroline quando, em Alderbury, ela saiu do quarto de Philip Blake uma noite."

Ela se inclinou para a frente, interrompendo as palavras de Poirot.

— Eu não tinha ideia *na época*, o senhor entende? Eu sabia *coisas*... garotas da idade que eu tinha normalmente sabem... mas não as liguei com a realidade. Para mim, Caroline saindo do quarto de Philip Blake era só Caroline saindo do quarto de Philip Blake. Podia ter sido do quarto de miss Williams ou do meu quarto. Mas o que eu de fato notei foi a expressão no rosto dela... uma expressão esquisita que eu não conhecia e não conseguia entender. Não entendi, como lhe disse, até a noite em Paris quando vi a mesma expressão no rosto de outra mulher.

Poirot falou devagar:

— Mas o que você está me contando, miss Warren, é bastante assombroso. Do próprio Philip Blake eu colhi a impressão de que ele não gostava de sua irmã e jamais gostara.

— Eu sei — disse Angela. — Não posso explicar isso, mas foi assim.

Poirot balançou lentamente a cabeça. Em sua entrevista com Philip Blake ele já sentira vagamente que algo não parecia verdadeiro. Aquela animosidade exagerada contra Caroline, de algum modo, não fora natural.

E as palavras e frases de sua conversa com Meredith Blake lhe voltaram à mente. "Ficou muito incomodado quando Amyas casou com ela. Afastou-se deles por mais de um ano..."

Então Philip sempre estivera apaixonado por Caroline? E seu amor, quando ela escolheu Amyas, tinha se transformado em amargura e ódio?

Sim, Philip fora veemente demais... tendencioso demais. Poirot o visualizou, meditando, o alegre homem próspero com seu golfe e sua casa confortável. O que sentira realmente Philip Blake dezesseis anos atrás?

Angela Warren falava:

— Não consigo entender. Veja, eu não tenho experiência em casos de amor... nunca tive nenhum. Contei isso ao senhor pelo valor que possa ter caso... caso tenha alguma relação com o que aconteceu.

LIVRO 2

NARRATIVA
DE PHILIP BLAKE

(Carta de esclarecimento recebida com o manuscrito)

Caro m. Poirot,

Estou cumprindo minha promessa e anexo o senhor encontrará um relato dos acontecimentos relacionados à morte de Amyas Crale. Depois de um lapso de tempo tão grande, vejo-me obrigado a observar que minhas lembranças talvez não sejam rigorosamente precisas, mas escrevi o que ocorreu da melhor maneira que minhas recordações permitiram.

Atenciosamente,
Philip Blake

Notas sobre o progresso dos acontecimentos que levaram ao assassinato de Amyas Crale em 18 de setembro de 19...

Minha amizade com o falecido data de um período muito anterior. A casa dele e a minha eram vizinhas no campo, e nossas famílias eram amigas. Amyas Crale era um pouco mais de dois anos mais velho que eu. Brincávamos juntos quando garotos, nas férias, embora não estivéssemos na mesma escola.

Do ponto de vista de meu longo conhecimento da vítima, sinto-me particularmente qualificado a dar um testemunho sobre seu caráter e sua perspectiva geral de vida. E direi desde já, para qualquer pessoa que conhecesse bem Amyas Crale, que a ideia de ele cometer suicídio é bastante ridícula. Crale *nunca* teria tirado a própria vida. Ele gostava demais de viver! A alegação da defesa no julgamento de que Crale estava atormentado pela consciência, e que tomou veneno em um surto de remorso, é inteiramente absurda para qualquer pessoa que o conhecia. Eu diria que Crale tinha pouca consciência, e certamente não uma consciência mórbida. Além disso, ele e a mulher se davam mal, e não acho que ele teria algum escrúpulo com relação a romper o que, para ele, era uma vida de casado muito insatisfatória. Ele estava disposto a cuidar do bem-estar financeiro dela e da filha, e estou certo de que teria feito isso benevolentemente. Ele era um homem muito generoso e uma pessoa totalmente afetuosa e cativante. Não apenas era um grande pintor, mas um homem cujos amigos eram dedicados. Até onde eu sei Amyas não tinha inimigos.

Eu também conhecia Caroline Crale havia muitos anos. Conheci-a antes de seu casamento, quando ela costumava vir e ficar em Alderbury. Na época ela era uma garota um tanto neurótica, sujeita a explosões incontroláveis de raiva, não desprovida de atrativos, mas inquestionavelmente uma pessoa de convivência difícil.

Ela mostrou sua devoção a Amyas quase de imediato. Quanto a ele, não acho que estava realmente muito apaixonado por ela. Mas eles acabavam se encontrando com frequência; ela era, como eu disse, atraente, e eles por fim ficaram noivos. Os melhores amigos de Amyas Crale ficaram muito apreensivos com o casamento, pois sentiam que Caroline era inadequada para ele. Isso causou certa tensão nos primeiros anos entre a mulher e os amigos de Crale, mas Amyas era um amigo leal e não estava disposto a abrir mão dos amigos por causa da mulher. Depois de alguns anos, ele e eu voltamos aos mesmos velhos termos e eu visitava Alderbury com frequência. Posso acrescentar que fui padrinho da garotinha, Carla. Isso prova, penso, que Amyas me considerava seu melhor amigo, e me dá autoridade para falar de um homem que não pode mais falar por si.

Passando aos acontecimentos sobre os quais me pediram que escrevesse, cheguei a Alderbury (é o que vejo em um velho diário) cinco dias antes do crime. Ou seja, em 13 de setembro. Percebi de imediato certa tensão no ambiente. Também estava na casa miss Elsa Greer, a quem na época Amyas estava pintando.

Era a primeira vez que eu via miss Greer em carne e osso, mas já sabia de sua existência fazia algum tempo. Amyas a elogiara muito para mim um mês antes. Ele conhecera, dizia, uma garota maravilhosa. Falava dela com tanto entusiasmo que eu disse a ele, brincando: "Tome cuidado, meu velho, senão você vai perder a cabeça outra vez". Ele me disse para deixar de ser bobo. Estava pintando a garota; não tinha interesse pessoal nela. Eu disse: "Conte essa para outro! Já ouvi você dizer isso antes". Ele disse: "Desta vez é diferente"; ao que respondi um tanto cinicamente: "Sempre é!". Amyas então pareceu muito preocupado e ansioso. Ele disse: "Você não entende. Ela é apenas uma garota. Pouco mais que uma criança". E acrescentou que ela tinha visões muito modernas e era absolutamente livre de preconceitos antiquados. Ele disse: "Ela é honesta e natural e absolutamente destemida!".

Eu pensei comigo, embora não dissesse isso, que dessa vez Amyas com certeza se dera mal. Algumas semanas depois ouvi comentários de que "aquela garota, a Greer, está absolutamente apaixonada". Outra pessoa disse que era um pouco estúpido da parte de Amyas, considerando que a garota era muito jovem, ao que mais alguém deu um risinho e disse que Elsa Greer certamente sabia onde estava pisando. Outras observações eram que a garota nadava em dinheiro e sempre conseguia tudo que queria, e também que "é ela que está apressando as coisas". Houve uma pergunta sobre o que a mulher de Crale pensava disso, e a resposta significativa de que agora ela devia estar acostumada a esse tipo de coisa, que alguém contestou dizendo que ouvira dizer que ela era ciumenta como o diabo e impunha a Crale uma vida impossível, que qualquer homem no lugar dele estaria justificado se tivesse um casinho de vez em quando.

Menciono tudo isso porque acho importante que esse estado de coisas anterior a minha chegada seja plenamente percebido.

Eu estava interessado em ver a garota, ela era notoriamente bonita e muito atraente, e fiquei, devo admitir, maldosamente contente de notar que Caroline estava mesmo muito irritada.

Amyas Crale estava menos alegre que o normal. Embora para quem não o conhecesse bem seu jeito parecesse o de sempre, eu, que o conhecia tão intimamente, notei de imediato vários sinais de tensão, variação de humor, surtos de alheamento melancólico, irritabilidade geral.

Embora ele sempre tendesse a ficar mal-humorado quando pintava, o quadro em que estava trabalhando não explicava inteiramente a tensão que ele mostrava. Ele ficou contente de me ver, e assim que ficamos sozinhos disse: "Graças a Deus você veio, Phil. Viver em uma casa com quatro mulheres é o bastante para ensandecer qualquer homem. Elas todas vão acabar me mandando para um asilo de loucos".

Era sem dúvida um ambiente desconfortável. Caroline, como eu disse, estava obviamente muito irritada com tudo. De forma polida, educada, ela era mais rude com Elsa do que qualquer pessoa acreditaria ser possível; sem uma única palavra realmente ofensiva. Elsa, por sua vez, era aberta e flagrantemente ofensiva com Caroline. Ela era boa de briga e sabia disso, e nenhum escrúpulo de boa educação a impediria de ter maus modos. O resultado era que Crale, quando não estava pintando, passava a maior parte do tempo brigando com a menina Angela. Eles em geral se tratavam de forma afetuosa, embora se provocassem e brigassem muito. Mas nessa ocasião havia uma irritação em tudo que Amyas dizia ou fazia, e eles dois realmente perdiam a paciência um com o outro. O quarto membro do grupo era a governanta. Amyas a chamava de "bruxa mal-humorada". "Ela me odeia furiosamente. Fica lá sentada com os lábios apertados, me desaprovando o tempo todo."

Foi então que ele disse:

"Que se danem todas as mulheres! Se um homem quiser ter paz, tem de ficar longe das mulheres!"

"Você não devia ter casado", eu disse. "Você é o tipo de homem que devia permanecer livre de vínculos domésticos."

Ele respondeu que agora era tarde demais para dizer isso. E acrescentou que sem dúvida Caroline ficaria muito contente de se livrar dele. Essa foi a primeira indicação que tive de que havia algo estranho no ar.

Eu disse:

"O que significa isso? Quer dizer que esse assunto com Elsa é sério?"

Ele disse, com uma espécie de gemido:

"Ela *é* adorável, não é? Às vezes eu desejaria nunca tê-la visto."

Eu disse:

"Escute, meu velho, você precisa se controlar. Não precisa se amarrar a mais nenhuma mulher". Ele olhou para mim e riu. E disse: "Para você é muito fácil falar. Eu não posso abandonar as mulheres, simplesmente não posso, e, se pudesse, elas não me deixariam em paz!". Então ele encolheu aqueles ombros enormes, riu para mim e disse: "Ah, mas no fim tudo vai dar certo, espero. E você tem de admitir que o quadro é bom".

Ele se referia ao retrato que estava fazendo de Elsa, e, embora eu tivesse pouco conhecimento técnico de pintura, até eu podia ver que ia ser uma obra com uma força especial.

Quando pintava, Amyas era um homem diferente. Embora resmungasse, gemesse, fizesse cara feia, praguejasse de forma exagerada e às vezes jogasse fora os pincéis, ele era de fato muito feliz.

Era só quando ele voltava à casa para as refeições que o clima hostil entre as mulheres o deprimia. Essa hostilidade chegou a um ponto crítico no dia 17 de setembro. Tivéramos um almoço constrangedor. Elsa tinha sido particularmente, na verdade, acho que *insolente* é a única palavra para aquilo! Tinha ignorado de propósito Caroline, conversando o tempo todo com Amyas, como se estivesse sozinha com ele na sala. Caroline falara de forma leve e alegre com o restante de nós, conseguindo assim, de forma engenhosa, tornar mordazes várias observações que soavam perfeitamente inocentes. Ela não tinha a honestidade desdenhosa de Elsa Greer, Caroline era oblíqua, mais sugeria do que dizia.

As coisas culminaram depois do almoço na sala de estar quando estávamos terminando de tomar café. Eu comentara sobre uma cabeça entalhada em madeira de faia muito lustrosa, uma coisa muito curiosa, e Caroline disse: "É obra de um jovem escultor norueguês. Amyas e eu admiramos muito o trabalho dele. Esperamos visitá-lo no próximo verão". Essa calma assunção de posse foi demais para Elsa. Ela não era de deixar um desafio sem resposta. Esperou um ou dois minutos e então falou com sua voz clara, um tanto enfática demais. Ela disse: "Esta sala seria adorável se fosse decorada da forma correta. Tem móveis demais. Quando eu morar aqui vou tirar todo esse lixo e deixar só uma ou duas peças boas. E vou ter cortinas cor de cobre, acho... para que o sol bata nelas passando por aquela grande janela a oeste". Ela se virou para mim e disse: "Você não acha que seria adorável?".

Eu não tive tempo de responder. Caroline falou, e sua voz era macia e sedosa, o que só é possível descrever também como perigosa. Ela disse:

"Você está pensando em comprar este lugar, Elsa?"

Elsa disse: "Não vai ser necessário comprá-lo".

Caroline disse: "O que você quer dizer?". E agora não havia nenhuma suavidade em sua voz. Ela era dura e metálica. Elsa riu. E disse: "Devemos fingir? Ora, Caroline, você sabe muito bem o que quero dizer!".

Caroline disse: "Não tenho a menor ideia".

A isso, Elsa respondeu: "Não banque o avestruz. Não adianta fingir que você não vê nem sabe tudo. Amyas e eu nos gostamos. Esta casa não é sua. É dele. E depois que nos casarmos eu vou viver aqui com ele!".

Caroline disse: "Acho que você está louca".

Elsa continuou: "Oh, não, não estou, minha cara, e você sabe disso. Seria muito mais simples se fôssemos honestas uma com a outra. Amyas e eu nos amamos... você viu isso de forma bastante clara. Só há uma coisa decente para você fazer. Dar a ele sua liberdade".

Caroline disse: "Eu não acredito em uma palavra do que você está dizendo".

Mas a voz dela não era convincente. Elsa com certeza a atingira.

Nesse momento Amyas Crale entrou na sala e Elsa disse, rindo:

"Se você não acredita em mim, pergunte a ele."

E Caroline disse: "Vou perguntar".

Ela não parou de falar. Disse:

"Amyas, Elsa está dizendo que você quer casar com ela. Isso é verdade?"

Pobre Amyas. Eu senti pena dele. Enfrentar uma cena daquelas faz um homem se sentir um tolo. Ele ficou roxo e se descontrolou. Virou-se para Elsa e perguntou por que ela não conseguia ficar de bico calado.

Caroline disse: "Então é verdade?".

Ele não disse nada, só ficou lá passando o dedo em volta do colarinho da camisa. Costumava fazer isso quando criança, quando estava metido em alguma confusão. Ele tentou fazer as palavras soarem dignas e autoritárias, e é claro que não conseguiu isso, pobre-diabo:

"Não quero discutir isso."

Caroline disse: "Mas nós vamos discutir!".

Elsa se intrometeu e disse:
"Acho que é muito justo Caroline ser informada."
Caroline disse, muito calma:
"É verdade, Amyas?"
Ele parecia um pouco envergonhado. Os homens ficam assim quando as mulheres os encurralam.
Ela disse:
"Responda, por favor. Eu preciso saber."
Então ele levantou a cabeça, exatamente como um touro faz na arena. E disse com impaciência:
"É verdade, mas eu não quero discutir isso agora."
Ele se virou e saiu da sala. Fui atrás dele. Não queria ficar com as mulheres. Alcancei-o no terraço. Ele estava praguejando. Nunca vi um homem praguejar de forma mais sentida. Então ele vociferou:
"Por que ela não podia ficar de bico calado? Por que diabos ela não podia ficar de bico calado? Agora a coisa pegou fogo. E eu tenho de terminar aquele quadro, está ouvindo, Phil? É a melhor coisa que já fiz. A melhor coisa que já fiz *na vida*. E duas malditas mulheres tolas querem estragá-la!"
Então ele se acalmou um pouco e disse que as mulheres não tinham nenhum senso de medida.
Eu não pude evitar de rir um pouco. E disse:
"Bem, dane-se, meu velho, foi você quem provocou isso."
"E eu não sei?", ele disse, e gemeu. Então acrescentou: "Mas você tem de admitir, Phil, que um homem não pode ser culpado por perder a cabeça por ela. Até Caroline deve entender isso".
Perguntei a ele o que aconteceria se Caroline ficasse irritada e se recusasse a lhe dar o divórcio.

Mas agora ele tinha entrado em um surto de abstração. Repeti a observação e ele disse, ausente:

"Caroline nunca seria vingativa. Você não entende, meu velho."

"Há a criança", observei.

Ele me pegou pelo braço.

"Phil, meu velho, você tem boas intenções, mas pare de ficar grasnando como um corvo. Eu sou capaz de lidar com meus problemas. Tudo vai acabar dando certo. Você vai ver."

Esse era Amyas, um otimista absolutamente injustificado. Então ele disse, alegre:

"Que se danem elas todas!"

Não sei se ele disse mais alguma coisa, mas alguns minutos depois Caroline saiu no terraço. Usava um chapéu, um chapéu esquisito, mole, marrom-escuro, muito atraente.

Ela disse num tom absolutamente corriqueiro:

"Tire esse guarda-pó sujo de tinta, Amyas. Nós vamos para a casa de Meredith tomar chá — está lembrado?"

"Oh, eu tinha esquecido. Sim, c-c-claro que vamos."

Ela disse:

"Então vá tentar ficar menos parecido com um maltrapilho."

Embora falasse com bastante naturalidade, ela não olhou para ele. Caminhou até um canteiro de dálias e começou a arrancar algumas flores murchas.

Amyas se virou devagar e entrou na casa.

Caroline conversou comigo. Conversou muito. Sobre as chances de o clima firmar. E de haver cavalinhas, e se nesse caso Amyas, Angela e eu gostaríamos de ir pescar. Ela era mesmo surpreendente. Tenho de lhe conceder isso.

Mas penso que aquilo mostrava o tipo de mulher que ela era. Caroline tinha uma enorme força de vontade e completo autocontrole. Não sei se naquele momento ela já decidira matá-lo, mas isso não me surpreenderia. Ela era capaz de fazer seus planos com todo o cuidado e sem emoção, com a mente absolutamente clara e impiedosa.

Caroline Crale era uma mulher muito perigosa. Eu devia ter percebido então que ela não estava disposta a aceitar a situação sem reagir. Mas fui um tolo e pensei que ela decidira aceitar o inevitável, ou então é possível que pensasse que se agisse exatamente como era de costume Amyas talvez mudasse de ideia.

Agora os outros tinham saído. Elsa parecia desafiadora, mas ao mesmo tempo triunfante. Caroline nem a notou. Angela de fato salvou a situação. Ela saiu argumentando com miss Williams que não ia trocar a saia por causa de ninguém. Estava tudo ótimo, pelo menos bom o suficiente para o queridinho do Meredith, *ele* nunca percebia nada.

Finalmente saímos. Caroline caminhava ao lado de Angela. Eu caminhava ao lado de Amyas. E Elsa caminhava sozinha, sorrindo.

Eu não a admirava, era um tipo muito violento, mas tenho de reconhecer que estava incrivelmente bonita naquela tarde. As mulheres ficam assim quando conseguem o que querem.

Não consigo me lembrar com nenhuma clareza dos acontecimentos daquela tarde. Está tudo turvado. Lembro do velho Meredith saindo para nos encontrar. Acho que primeiro demos uma volta no jardim. Lembro de ter tido uma longa discussão com Angela sobre o treinamento de *terriers* para caçar ratos. Ela comeu uma quantidade incrível de maçãs e tentou me convencer a fazer o mesmo.

Quando voltamos para casa, o chá estava sendo servido debaixo do grande cedro. Lembro que Merry parecia muito aborrecido. Suponho que Caroline ou Amyas tenha dito alguma coisa a ele. Ele olhava em dúvida para Caroline, depois encarava Elsa. Parecia extremamente preocupado. É claro que Caroline gostava de ter Meredith mais ou menos preso numa corda, o amigo platônico, devotado, que nunca, nunca passaria dos limites. Ela era esse tipo de mulher.

Depois do chá, Meredith falou às pressas comigo. Ele disse: "Escute, Philip, Amyas *não pode* fazer isso!"

Eu disse:

"Não se engane, ele vai fazer."

"Ele não pode deixar a mulher e a filha e ir embora com essa garota. Ele é anos mais velho que ela. Ela não deve ter mais que dezoito anos."

Eu disse a ele que miss Greer era uma jovem de vinte anos muito sofisticada.

Ele disse: "Seja como for, ela é menor de idade. Não é capaz de saber o que está fazendo".

Pobre Meredith. Sempre o cavalheiro cortês. Eu disse:

"Não se preocupe, meu velho. *Ela* sabe o que está fazendo, *e* gosta!"

Foi só isso que tivemos chance de dizer. Pensei comigo que provavelmente Merry ficara perturbado ao imaginar Caroline como uma esposa abandonada. Uma vez que o divórcio se concluísse ela poderia esperar que seu fiel Dobbin* casasse com ela.

* Referência a William Dobbin, personagem do romance *A feira das vaidades* [*The Vanity Fair*], de William Makepeace Thackeray (1811-1863), que tem uma devoção canina pela personagem Amelia Sedley. [N.T.]

Eu tinha a ideia de que a devoção desesperançada era mais do feitio dele. Devo confessar que esse lado da situação me divertia.

Curiosamente, lembro muito bem de nossa visita à sala malcheirosa de Meredith. Ele gostava de exibir seu passatempo às pessoas. Pessoalmente, sempre achei aquilo muito enfadonho. Suponho que eu estivesse lá com o restante deles quando ele fez uma dissertação sobre a eficácia da coniina, mas não me lembro do que ele disse. E não vi Caroline pegar a substância. Como disse, ela era uma mulher muito hábil. Lembro de Meredith ler em voz alta uma passagem de Platão descrevendo a morte de Sócrates. Achei muito maçante. Os clássicos sempre me entediaram.

Não há muito mais que eu consiga lembrar sobre aquele dia. Sei que Amyas e Angela tiveram uma senhora briga, e todos nós ficamos bastante contentes. A briga evitava outras dificuldades. Angela saiu correndo para dormir, tendo um último acesso de afrontas. Disse que A ia se vingar dele, B queria que ele morresse, C esperava que ele morresse de lepra, seria benfeito para ele, D desejava que uma salsicha ficasse grudada no nariz dele, como em um conto de fadas, e nunca fosse removida. Depois que ela saiu todos nós rimos, não conseguimos evitar, era uma mistura muito engraçada.

Caroline logo subiu para dormir. Miss Williams desapareceu atrás de sua pupila. Amyas e Elsa saíram juntos para o jardim. Estava claro que minha presença não era desejada. Saí para dar uma caminhada sozinho. Era uma noite adorável.

Desci tarde na manhã seguinte. Não havia ninguém na sala de jantar. É engraçado como nos lembramos de certas coisas. Lembro muito bem do gosto dos rins com bacon. Eram rins ótimos. Apimentados.

Depois andei à procura de todos. Saí, não vi ninguém, fumei um cigarro e encontrei miss Williams correndo à procura de Angela, que, como de costume, cabulara aula quando devia remendar um camisolão rasgado. Voltei ao corredor e percebi que Amyas e Caroline estavam discutindo na biblioteca. Falavam muito alto. Eu a ouvi dizer:

"Você e suas mulheres! Eu queria matar você. Um dia eu ainda mato você." Amyas disse: "Não seja tola, Caroline". E ela disse: "Estou falando sério, Amyas".

Bem, eu não queria ficar lá ouvindo. Saí outra vez. Caminhei pelo terraço e encontrei Elsa.

Ela estava sentada em um dos bancos compridos. O banco estava bem embaixo da janela da biblioteca, e a janela estava aberta. Imagino que ela não perdera muito do que estava acontecendo lá dentro. Quando me viu, ela se levantou muito tranquila e veio em minha direção. Estava sorrindo. Pegou meu braço e disse:

"Não é uma manhã adorável?"

Com certeza era uma manhã adorável para ela! Uma garota bastante cruel. Não acho que era simplesmente honesta e sem imaginação. A única coisa que ela enxergava era o que queria.

Fazia uns cinco minutos que estávamos no terraço quando ouvi a porta da biblioteca bater, e Amyas Crale saiu. Seu rosto estava vermelho.

Ele agarrou Elsa pelo ombro, sem-cerimônia.

E disse: "Venha, é hora de você posar. Quero continuar aquele quadro".

Ela disse: "Tudo bem. Vou só subir para pegar um pulôver. Há um vento frio".

Ela entrou na casa.

Imaginei que Amyas me contaria alguma coisa, mas ele não disse muito. Apenas: "Essas mulheres!".

Eu disse: "Anime-se, meu velho".

Então ficamos calados até Elsa sair de novo da casa. Eles desceram juntos para o Battery Garden. Eu entrei na casa. Caroline estava no corredor. Acho que não me notou. Ela era assim às vezes. Parecia se alhear de repente, entrar dentro de si, por assim dizer. Apenas murmurava algo. Não para mim, para ela mesma. Só captei as palavras:

"É cruel demais..."

Foi isso que ela disse. Então passou por mim e subiu a escada, ainda sem parecer me ver, como uma pessoa atenta a uma visão interior. Penso (entenda, não tenho nenhuma autoridade para dizer isto) que ela subiu para pegar a substância, e que foi então que ela decidiu fazer o que fez.

E bem nesse momento o telefone tocou. Em algumas casas se esperaria que os criados atendessem, mas eu visitava com tanta frequência Alderbury que agi mais ou menos como alguém da família. Peguei o fone.

Ouvi a voz de meu irmão, Meredith. Ele parecia muito aflito. Explicou que estivera no laboratório e que o vidro de coniina estava semiesvaziado.

Não preciso repassar de novo todas as coisas que agora sei que devia ter feito. A situação era tão assombrosa e eu fui tolo o suficiente para ficar confuso. Meredith estava muito excitado. Ouvi alguém na escada, e apenas disse a ele bruscamente para vir de imediato.

Desci para encontrá-lo. Caso o senhor não conheça a configuração do terreno, o caminho mais curto de uma propriedade a outra é atravessar de bote uma pequena enseada. Desci o caminho até onde os botes eram mantidos, ao lado de um pequeno cais. Para fazer isso passei pelo muro do Battery Garden. Pude ouvir Elsa e Amyas conversando enquanto ele pintava. Eles pareciam muito alegres e despreocupados; Amyas disse que o dia estava surpreendentemente quente (e estava mesmo, muito quente para setembro), e Elsa disse que onde ela estava sentada, em cima das ameias, havia um vento frio soprando do mar. E então disse: "Estou terrivelmente rígida de ficar posando. Não posso descansar um pouco, querido?". E eu ouvi Amyas gritar: "De jeito nenhum. Aguente firme. Você é uma garota rija. E eu garanto que isso está indo bem". Ouvi Elsa dizer "Bruto" e rir, depois não pude ouvir mais nada.

Meredith vinha do outro lado da enseada, remando ele mesmo. Esperei por ele. Ele amarrou o bote e subiu os degraus. Estava muito pálido e preocupado. Ele me disse:

"Sua cabeça é melhor que a minha, Philip. O que devo fazer? Aquela substância é perigosa."

Eu disse: "Você está absolutamente seguro disso?". Meredith, o senhor sabe, era sempre um sujeito um pouco vago. Talvez seja por isso que eu não tenha levado aquilo a sério como deveria. Ele disse que estava muito seguro. O vidro estava cheio na tarde anterior.

Eu disse: "E você não tem nenhuma ideia de quem pegou a substância?".

Ele disse que não e me perguntou o que *eu* achava. Poderia ter sido um dos empregados? Eu disse que supunha que podia ter sido, mas me parecia improvável. Ele sempre mantinha a porta trancada, não era? Sempre, ele disse, e então começou uma história sem nexo sobre ter encontrado a janela aberta alguns centímetros na parte de baixo. Alguém podia ter entrado assim.

"Um ladrão de ocasião?", perguntei com ceticismo. "Parece-me, Meredith, que há algumas possibilidades muito ruins."

Ele perguntou o que eu realmente pensava. E eu disse, se ele estava seguro de não ter cometido um erro, que provavelmente Caroline tinha pegado a substância para envenenar Elsa; ou que, alternativamente, Elsa tinha pegado a substância para tirar Caroline do caminho e seguir rumo ao amor eterno.

Meredith ficou um pouco alvoroçado. Disse que aquilo era absurdo e melodramático e não podia ser verdade. Eu disse: "Bem, a substância sumiu. Qual é a *sua* explicação?". É claro que ele não tinha nenhuma. Na verdade pensava exatamente como eu, mas não queria encarar o fato.

Ele repetiu: "O que devemos fazer?".

Eu disse, como fui tolo: "Devemos pensar nisso com todo o cuidado. É melhor você anunciar sua perda sem hesitação quando todos estiverem lá, ou então falar com Caroline a sós e acusá-la. Se ficar convencido de que *ela* não tem nada a ver com isso, adote a mesma tática com Elsa". Ele disse: "Uma garota como aquela! Ela não poderia pegar a substância". Eu disse que não poria a mão no fogo por ela.

Caminhávamos na direção da casa enquanto falávamos. Depois dessa minha última observação ficamos em silêncio por alguns segundos. Estávamos rodeando o Battery Garden de novo, e eu ouvi a voz de Caroline.

Pensei que talvez estivesse ocorrendo uma briga a três, mas na verdade era com Angela que eles estavam discutindo. Caroline protestava. Ela disse: "É muito duro para a menina". E Amyas replicou com impaciência. Então a porta do jardim se abriu bem quando chegamos diante dele. Amyas pareceu um pouco surpreso de nos ver. Caroline estava saindo. Ela disse: "Olá, Meredith. Estávamos discutindo a questão da ida de Angela para a escola. Eu não estou nada segura de que é a coisa certa para ela". Amyas disse: "Não se preocupe tanto com a menina. Ela vai ficar bem. Bons ventos a levem".

Justo nesse momento Elsa veio correndo da casa pelo caminho. Segurava uma espécie de blusão roxo. Amyas resmungou:

"Vamos. Volte àquela pose. Não quero perder tempo."

Ele voltou para onde estava o cavalete. Percebi que ele cambaleava um pouco e me perguntei se ele estivera bebendo. Era fácil desculpar um homem por ele fazer isso, com todas aquelas confusões e cenas.

Ele grunhiu.

"A cerveja aqui está quentíssima. Por que não podemos manter algum gelo aqui?"

E Caroline Crale disse:

"Vou lhe mandar algumas cervejas bem geladas."

Amyas resmungou:

"Obrigado."

Então Caroline fechou a porta do Battery Garden e subiu conosco até a casa. Nós sentamos no terraço e ela entrou. Cerca de cinco minutos depois Angela apareceu com um par de garrafas de cerveja e alguns copos. Era um dia quente e ficamos contentes de ver as cervejas. Enquanto bebíamos, Caroline passou por nós. Segurava outra garrafa de cerveja e disse que ia levá-la para Amyas. Meredith se ofereceu para levar, mas ela disse com firmeza que ela mesma faria isso. Eu pensei, como fui tolo, que ela estava apenas com ciúme. Não podia suportar aqueles dois sozinhos lá. Era isso que a havia levado até lá uma vez com o frágil pretexto de discutir a partida de Angela. Ela desceu aquele caminho ziguezagueante, e Meredith e eu a observamos. Ainda não tínhamos decidido nada, e agora Angela insistia para que eu fosse tomar banho de mar com ela. Parecia impossível ficar sozinho com Meredith. Eu disse a ele apenas: "Depois do almoço". E ele balançou a cabeça.

Então desci para a praia com Angela. Nadamos bastante, até o outro lado da enseada e de volta, e depois deitamos nas pedras para tomar sol. Angela estava um pouco taciturna e isso me convinha. Resolvi que logo depois do almoço chamaria Caroline de lado e a acusaria sem rodeios de ter roubado a substância. Não adiantava deixar Meredith fazer isso, ele seria fraco demais. Não, eu a acusaria francamente. Depois disso ela teria de devolver a coniina, ou, mesmo que não fizesse isso, não ousaria usá-la. Ao refletir sobre o problema, eu estava muito seguro de que devia ter sido ela. Elsa era uma jovem prudente e fria demais para arriscar se meter com veneno. Era determinada e cuidava da própria pele. Caroline era feita de matéria mais perigosa; desequilibrada, levada pelos impulsos e definitivamente neurótica. E, contudo, no fundo de minha mente, eu sentia que Meredith *podia* ter cometido um erro. Ou algum empregado poderia ter entrado lá e derramado a substância e depois ficado com medo de confessar. Entenda, o veneno parece uma coisa muito melodramática, difícil de acreditar.

Até que aconteça.

Era muito tarde quando olhei para meu relógio, e Angela e eu subimos correndo para almoçar. Eles estavam se sentando, todos menos Amyas, que permanecera no Battery Garden pintando. Era uma coisa bastante normal para ele, e pensei comigo que era muito sábio da parte dele fazer isso naquele dia. O almoço provavelmente teria sido uma refeição constrangedora.

Tomamos café no terraço. Eu queria poder me lembrar melhor da aparência e dos atos de Caroline. Ela não parecia nada excitada. Quieta e bastante triste, essa é minha impressão. Que demônio era aquela mulher!

Pois é uma coisa demoníaca, envenenar um homem a sangue-frio. Se houvesse um revólver à mão e ela o pegasse e atirasse nele, bem, isso poderia ser compreensível. Mas um envenenamento vingativo, deliberado, frio... E ela tão calma e senhora de si.

Ela se levantou e disse que ia levar café para ele, do jeito mais natural possível. E no entanto ela sabia, devia saber, que a essa altura o encontraria morto. Miss Williams ia com ela. Não lembro se foi ou não por sugestão de Caroline. Mas acho que foi.

As duas saíram juntas. Meredith saiu logo depois. Eu estava justamente dando uma desculpa para ir atrás dele quando voltou correndo pelo caminho. Seu rosto estava cinza. Ele falou, ofegante:

"Precisamos de um médico, depressa, Amyas..."

Eu me levantei de chofre.

"Ele está doente, morrendo?"

Meredith disse:

"Temo que ele esteja morto..."

Tínhamos esquecido Elsa por um minuto. Mas ela de repente deu um grito. Parecia o lamento de um espírito agourento.

Ela gritou:

"Morto? Morto?..." E então correu. Eu não sabia que alguém era capaz de correr daquele jeito, como um cervo, como uma coisa possuída por algo sobrenatural. E também como uma Fúria vingativa.

Meredith disse, com a voz ainda ofegante: "Vá atrás dela. Eu vou telefonar. Vá atrás dela. Você não sabe o que ela vai fazer."

Saí atrás dela, e ainda bem que fiz isso. Ela podia ter matado Caroline. Nunca vi tanta tristeza e tanto ódio arrebatado. Toda a camada de refinamento e educação fora arrancada. Era possível ver que o pai e os avós paternos dela tinham sido operários de fábrica. Privada de seu amor, ela era apenas uma mulher elementar. Se pudesse, teria dilacerado o rosto de Caroline, arrancado o cabelo dela e a atirado por cima do parapeito. Pensava que por alguma razão Caroline o havia esfaqueado. Ela entendera tudo errado, naturalmente.

Eu a segurei, e então miss Willimas se encarregou dela. Devo dizer que ela era boa. Em menos de um minuto conseguiu que Elsa se controlasse, disse a ela que tinha de se acalmar e que nós não podíamos continuar com toda aquela confusão e violência. Aquela mulher era intratável. Mas resolveu o problema. Elsa se acalmou, apenas ficou arfando e tremendo.

Quanto a Caroline, pelo que sei, a máscara caiu. Ela ficou lá completamente tranquila, poder-se-ia dizer atordoada. Mas não estava atordoada. Seus olhos a entregavam. Estavam atentos, plenamente conscientes e tranquilamente atentos. Suponho que ela começara a ficar com medo...

Subi para a casa com ela e falei com ela. Falei muito baixo. Acho que nenhuma das duas mulheres ouviu.

Eu disse:
"Sua assassina maldita, você matou meu melhor amigo."
Ela recuou. E disse:
"Não, oh, não, ele, foi ele mesmo que..."
Olhei bem nos olhos dela. E disse:
"Você pode contar essa história à polícia."
Ela contou, e eles não acreditaram nela.

Fim da declaração de Philip Blake.

NARRATIVA
DE MEREDITH BLAKE

CARO M. POIROT,

Como lhe prometi, redigi um relato de tudo que consigo lembrar relacionado aos trágicos acontecimentos de dezesseis anos atrás. Antes de mais nada, gostaria de dizer que refleti cuidadosamente sobre tudo o que o senhor me disse em nosso recente encontro. E depois de refletir estou mais convencido do que estava antes de que é extremamente improvável que Caroline Crale tenha envenenado o marido. Isso sempre me pareceu incongruente, mas a ausência de qualquer outra explicação e a atitude dela própria me levaram a seguir, sem pensar, a opinião de outras pessoas e dizer com elas: se não foi ela, que explicação poderia haver?

Desde que o vi, refleti com muito cuidado sobre a solução alternativa apresentada pela defesa no julgamento. Ou seja, que Amyas Crale tirou a própria vida. Embora pelo que eu conhecia dele essa solução parecesse bastante fantasiosa na época, considero agora correto modificar minha opinião. Para começar, o que é muito significativo, há o fato de que Caroline acreditava nisso. Se supusermos agora que aquela encantadora e gentil senhora foi condenada injustamente, sua crença reiterada muitas vezes deve ter um grande peso. Ela conhecia Amyas melhor que qualquer outra pessoa. Se *ela* julgava possível o suicídio, então o suicídio *devia* ter sido possível, a despeito do ceticismo dos amigos dele. Apresentarei, portanto, a teoria de que havia em Amyas Crale algum núcleo de consciência, algum sentimento recôndito de remorso e até de desespero com relação aos excessos a que seu temperamento o levou, dos quais só sua esposa tinha consciência. Esta, penso, não é uma suposição impossível. Talvez ele só tenha mostrado esse seu lado a ela. Embora isso seja incoerente com qualquer coisa que jamais o ouvi dizer, é no entanto verdade que na maioria dos homens há um traço insuspeitado e incoerente que muitas vezes vem à tona como uma surpresa para pessoas que os conhecem intimamente. Descobre-se que um homem respeitado e austero teve um lado mais grosseiro de sua vida ocultado. Um ganhador de dinheiro vulgar tem, talvez, uma apreciação secreta por alguma obra de arte delicada. Pessoas duras e cruéis que foram condenadas podem revelar uma bondade insuspeitada. Mostrou-se que homens generosos e joviais tinham um lado mesquinho e cruel.

Pode ser portanto que em Amyas Crale houvesse um traço de autoacusação mórbida, e que, quanto mais ele ostentasse seu egoísmo e seu direito a fazer o que quisesse, mais fortemente operasse essa sua consciência secreta. Não é possível provar isso, mas agora acredito que deve ter sido assim. E, repito outra vez, a própria Caroline sustentou inabalavelmente essa visão. Isso, repito, é significativo!

Passo agora ao exame dos *fatos*, ou antes de minha lembrança dos fatos, à luz dessa nova crença.

Penso que posso com relevância incluir aqui uma conversa que tive com Caroline algumas semanas antes da tragédia. Foi durante a primeira visita de Elsa Greer a Alderbury.

Caroline, como lhe contei, estava ciente de minha profunda afeição e amizade por ela. Eu era, portanto, a pessoa em quem ela podia mais facilmente confiar. Ela não andava com a aparência muito feliz. Não obstante, fiquei surpreso quando um dia ela me perguntou de repente se eu achava que Amyas de fato gostava muito da garota que trouxera.

Eu disse: "Ele está interessado em pintá-la. Você sabe como Amyas é".

Ela meneou a cabeça e disse:

"Não, ele está apaixonado por ela."

"Bem, talvez um pouco."

"Muito, eu acho."

Eu disse: "Admito que ela é incomumente atraente. E nós dois sabemos que Amyas é suscetível. Mas a essa altura você deve saber, minha cara, que Amyas só gosta mesmo de uma pessoa, e essa pessoa é você. Ele tem essas paixões, mas elas não duram. Para ele você é a única pessoa, e, embora se comporte mal, isso realmente não afeta os sentimentos dele por você".

Caroline disse: "Isso é o que eu sempre pensei".

"Acredite em mim, Caro", eu disse. "É assim."

Ela disse: "Mas desta vez, Merry, estou com medo. Essa garota é tão... tão terrivelmente sincera. Ela é tão jovem, e tão intensa. Tenho a sensação de que desta vez é sério".

Eu disse: "Mas o próprio fato de ela ser tão jovem e, como você diz, tão sincera vai protegê-la. Em geral as mulheres são alvos fáceis para Amyas, mas no caso de uma garota como essa vai ser diferente".

Ela disse: "Sim, é disso que tenho medo, vai ser diferente".

E continuou: "Eu tenho trinta e quatro anos, você sabe, Merry. E estamos casados há dez anos. Em termos de aparência eu não sou páreo para essa menina Elsa, e sei disso".

Eu disse: "Mas você sabe, Caroline, você *sabe* que Amyas é de fato devotado a você?".

A isso ela disse: "E é possível saber quando se trata de homens?". Então riu um pouco e disse: "Eu sou uma mulher muito primitiva, Merry. Gostaria de enfiar uma machadinha naquela garota".

Eu disse a ela que aquela criança provavelmente não entendia nada do que estava fazendo. Ela tinha grande admiração e idolatria por Amyas, e provavelmente nem percebia que Amyas estava se apaixonando por ela.

Caroline me disse apenas:

"Merry, querido!", e começou a falar sobre o jardim. Eu esperava que ela não fosse mais se preocupar com a questão.

Logo depois, Elsa voltou para Londres. Amyas se ausentou por várias semanas. Eu tinha de fato esquecido tudo sobre aquele assunto. E então soube que Elsa estava de volta a Alderbury para que Amyas pudesse terminar o quadro.

A notícia me deixou um pouco perturbado. Mas Caroline, quando a vi, não estava muito falante. Sua aparência era bastante normal, nem preocupada nem incomodada com nada. Imaginei que tudo estava bem.

É por isso que tive um grande choque quando soube como a coisa tinha ido longe.

Contei ao senhor de minhas conversas com Crale e com Elsa. Não tive oportunidade de falar com Caroline. Só conseguimos trocar aquelas poucas palavras das quais já lhe falei.

Posso ver o rosto dela agora, os grandes olhos escuros e a emoção contida. Ainda ouço sua voz quando ela disse:

"*Está tudo terminado...*"

Não sou capaz de lhe descrever a infinita desolação que ela transmitiu nessas palavras. Eram uma expressão literal da verdade. Com a deserção de Amyas, tudo estava terminado para ela. Foi por isso, estou convencido, que ela pegou a coniina. Era uma saída. Um caminho sugerido a ela por minha estúpida dissertação sobre a droga. E a passagem que li do *Fédon* apresenta um retrato gracioso da morte.

Eis minha crença atual. Ela pegou a coniina, resolvida a pôr fim à própria vida quando Amyas a deixasse. Ele talvez a tenha visto pegando a substância, ou pode ter descoberto mais tarde que estava com ela.

Essa descoberta agiu sobre ele com uma força terrível. Ele ficou horrorizado com o que seus atos a tinham levado a contemplar. Mas, apesar do horror e do remorso, ele ainda se sentia incapaz de desistir de Elsa. Posso entender isso. Qualquer pessoa que se apaixonasse por Elsa acharia quase impossível se afastar dela.

Ele não podia imaginar a vida sem Elsa. Percebia que Caroline não podia viver sem *ele*. E decidiu que só havia uma saída, usar ele mesmo a coniina.

E penso que a maneira como o fez talvez seja característica dele. Sua pintura era a coisa mais cara que ele tinha na vida. E a última coisa que seus olhos veriam seria o rosto da garota que ele amava tão desesperadamente. Ele também pode ter pensado que sua morte seria a melhor coisa para ela...

Admito que essa teoria deixa sem explicação certos fatos curiosos. Por que, por exemplo, só as impressões digitais de

Caroline foram encontradas no vidro de coniina vazio. Sugiro que, depois de Amyas o ter manuseado, todas as impressões foram borradas ou apagadas pelas lanugens macias ou outras coisas que estavam sobre o vidro e que, depois da morte dele, Caroline o manuseou para ver se alguém tocara nele. Isso certamente é possível e plausível, não? Quanto às evidências das impressões digitais na garrafa de cerveja, as testemunhas da defesa foram da opinião de que a mão de um homem poderia ser distorcida depois de ele tomar veneno, e portanto poderia conseguir segurar uma garrafa de cerveja de uma forma totalmente anormal.

Resta outra coisa a ser explicada. A atitude da própria Caroline no julgamento. Mas penso que agora entendi o motivo dela. Foi ela *quem de fato pegou o veneno de meu laboratório*. Foi a determinação *dela* de se matar que impeliu o marido a tirar a própria vida. Não é razoável supor que em um excesso de responsabilidade mórbida ela se considerasse responsável pela morte dele, que ela se convencesse de que *era* culpada de assassinato, embora não com o tipo de assassinato do qual estava sendo acusada?

Penso que tudo pode ter se passado assim. E que, se for esse o caso, seguramente será fácil para o senhor convencer a pequena Carla do fato. E ela pode se casar com seu noivo e ficar contente de saber que a única coisa da qual a mãe é culpada é de ter tido um impulso (não mais que isso) para tirar a própria vida.

Tudo isso, lamento, não é o que o senhor me pediu, que foi um relato dos acontecimentos tal como me lembro deles. Permita-me agora reparar essa omissão. Já lhe contei o que aconteceu no dia anterior ao da morte de Amyas. Passemos agora ao dia em si.

Eu dormira muito mal, preocupado com a desastrosa reviravolta na situação de meus amigos. Depois de ficar muito tempo acordado enquanto tentava pensar em algo útil que pudesse fazer para impedir a catástrofe, caí num sono profundo por volta das seis da manhã. O chá que me trouxeram cedo não me despertou, e acabei levantando um pouco depois das nove, com a cabeça pesada e me sentindo cansado. Foi logo depois disso que pensei ouvir um movimento no aposento abaixo do meu, que era usado como laboratório.

Posso dizer na verdade que os sons provavelmente eram causados pela entrada de um gato. Encontrei a folha da janela um pouco levantada, como tinha sido cuidadosamente deixada no dia anterior. Era uma abertura suficiente para permitir a passagem de um gato. Menciono os sons apenas para explicar por que entrei no laboratório.

Fui para lá assim que terminei de trocar de roupa, e ao olhar para as prateleiras notei que o vidro que continha o preparado de coniina estava um pouco desalinhado em relação aos outros. Tendo tido o olhar atraído para o vidro, fiquei surpreso ao ver que uma quantidade considerável da substância havia desaparecido. O vidro que estava quase cheio no dia anterior, agora estava quase vazio.

Fechei e tranquei a janela e saí, trancando também a porta. Eu estava bastante perturbado e também desnorteado. Quando fico sobressaltado, meus processos mentais se tornam um pouco lentos.

Primeiro fiquei perturbado, depois apreensivo, e por fim definitivamente alarmado. Questionei os empregados, e todos eles negaram ter entrado no laboratório. Refleti mais um pouco e decidi telefonar para meu irmão e me aconselhar com ele.

Philip era mais rápido do que eu. Ele entendeu a gravidade de minha descoberta e insistiu para que eu fosse de imediato falar com ele.

Saí, encontrando miss Williams, que tinha vindo em busca de sua aluna gazeteira. Assegurei a ela que não vira Angela e que ela não estivera na casa.

Acho que miss Williams percebeu que havia algo errado. Ela me olhou com muita curiosidade. Mas eu não tinha intenção de lhe contar o que acontecera. Sugeri que ela tentasse o pomar, Angela tinha uma macieira favorita lá, e desci depressa para a praia e remei até o lado de Alderbury.

Meu irmão já estava lá à minha espera.

Subimos para a casa pelo caminho que o senhor e eu percorremos outro dia. Tendo visto a topografia, o senhor pode entender que ao passar pelo muro do Battery Garden era provável que ouvíssemos o que fosse dito lá dentro. Além do fato de notar Caroline e Amyas envolvidos em algum tipo de desacordo, não dei muita atenção ao que era dito.

Com certeza não ouvi nenhum tipo de ameaça proferida por Caroline. O assunto da discussão era Angela, e presumo que Caroline estava tentando obter um adiamento na decisão de mandar Angela para a escola. Mas Amyas estava inflexível, gritando irritado que estava tudo resolvido, que ia cuidar das malas.

A porta do Battery Garden se abriu quando estávamos bem em frente a ela, e Caroline saiu. Parecia perturbada, mas não exageradamente. Ela sorriu para mim um tanto alheada e disse que eles tinham discutido a situação de Angela. Nesse momento Elsa apareceu descendo o caminho, e, como Amyas evidentemente queria continuar a pintar sem ser interrompido, seguimos para a casa.

Philip se culpou muito depois pelo fato de não termos agido de imediato. Mas não consigo pensar da mesma forma. Não tínhamos nenhum direito de supor que estava sendo considerada a possibilidade de um assassinato. (Além do mais, agora acredito que ela *não foi* considerada.) É claro que devíamos ter adotado *algum* curso de ação, mas ainda sustento que estávamos certos em primeiro refletir cuidadosamente. Era necessário encontrar a coisa certa a fazer, e uma ou duas vezes me peguei me perguntando se não tinha cometido um erro. O vidro estava mesmo cheio no dia anterior, como eu pensava? Não sou dessas pessoas (como meu irmão Philip) que conseguem ter certeza absoluta de tudo. Nossa memória nos prega peças. Com que frequência, por exemplo, nos convencemos de ter posto um objeto em certo lugar, e depois descobrimos que o pusemos em outro muito diferente? Quanto mais tentava recordar o estado do vidro na tarde anterior, mais incerto e em dúvida eu ficava. Isso irritou muito Philip, que começou a perder completamente a paciência comigo.

Não conseguimos continuar nossa discussão naquele momento, e concordamos tacitamente em adiá-la até depois do almoço. (Devo dizer que eu tinha a liberdade de almoçar em Alderbury sempre que quisesse.)

Mais tarde, Angela e Caroline nos trouxeram cerveja. Perguntei a Angela o que ela pretendia cabulando a aula e disse-lhe que miss Williams estava brava com ela, ao que ela respondeu que estivera tomando banho de mar, e acrescentou que não via por que tinha de consertar sua horrível saia velha quando ia ter todas as roupas novas para ir à escola.

Como não parecia haver nenhuma outra oportunidade de falar a sós com Philip, e como eu estava de fato ansioso para refletir sozinho, desci o caminho na direção do Battery Garden. Logo acima dele, como lhe mostrei, há uma clareira sombreada de árvores onde eu costumava sentar em um velho banco. Fiquei lá fumando e pensando, e observando Elsa posar para Amyas.

Sempre vou me lembrar dela como ela estava naquele dia. Numa posição rígida, com uma camisa amarela e uma calça azul-escura, e um pulôver vermelho jogado sobre os ombros para se aquecer.

Seu rosto estava muito iluminado de vida, saúde e contentamento. E aquela voz alegre dela recitava planos para o futuro.

Isso soa como se eu estivesse tentando escutar às escondidas, mas não era assim. Eu era perfeitamente visível para Elsa. Tanto ela quanto Amyas sabiam que eu estava lá. Ela acenou para mim e gritou que Amyas estava sendo muito rude aquela manhã, não a deixava descansar. Ela estava enrijecida e toda dolorida.

Amyas resmungou que ela não estava tão enrijecida quanto ele. Ele estava totalmente enrijecido, reumatismo muscular. Elsa disse, zombando: "Pobre velhinho!". E disse que ia ficar com um inválido desconjuntado.

Fiquei chocado com a aquiescência despreocupada deles com relação a seu futuro juntos ao mesmo tempo que causavam tanto sofrimento. E no entanto eu não podia acusá-la disso. Ela era tão jovem, tão confiante, tão apaixonada. E não sabia realmente o que estava fazendo. Não entendia o sofrimento. Apenas supunha, com a confiança ingênua de uma criança, que Caroline ficaria "bem", que "ela logo superaria aquilo". Não via nada além de si mesma e Amyas, felizes juntos. Ela já me dissera que meu ponto de vista era antiquado. Não tinha nenhuma dúvida, nenhum escrúpulo nem pena. Mas pode-se esperar pena de uma jovem radiante? Essa é uma emoção mais velha, mais sábia.

Eles não falaram muito, é claro. Nenhum pintor fica tagarelando enquanto pinta. Talvez a cada dez minutos mais ou menos Elsa fazia uma observação e Amyas grunhia uma resposta. Uma vez ela disse:

"Acho que você tem razão sobre a Espanha. É o primeiro lugar para onde iremos. E você tem de me levar para ver uma tourada. Deve ser maravilhoso. Só que eu queria que o touro matasse o homem, não o contrário. Entendo como as mulheres romanas se sentiam quando viam um homem morrer. Os homens não são muita coisa, mas os animais são esplêndidos."

Suponho que ela própria fosse muito semelhante a um animal, jovem e primitiva, e ainda sem nada da experiência triste e da sabedoria duvidosa do homem. Não acredito que Elsa já havia começado a *pensar*, ela só *sentia*. Mas era muito viva, mais viva que qualquer pessoa que conheci...

Essa foi a última vez em que a vi radiante e segura de si, exultante. Arrebatada é a palavra para isso, não é?

O sino para o almoço tocou, e eu me levantei, desci o caminho e entrei pela porta do Battery Garden, e Elsa se juntou a mim. Havia um brilho deslumbrante lá, saindo de entre as árvores. Eu mal podia enxergar. Amyas estava esparramado no banco, os braços abertos. Olhava fixamente para o quadro. Eu o vi muitas vezes daquele jeito. Como poderia saber que o veneno já estava agindo, enrijecendo-o quando ele sentou?

Ele odiava e sofria muito com a doença. Nunca admitiria que estava doente. É provável que pensasse que estava com um pouco de insolação, os sintomas são muito semelhantes, mas ele seria a última pessoa a se queixar disso.

Elsa disse:

"Ele não vai almoçar."
Pensei comigo que ele era sábio. Eu disse:
"Até logo, então."
Ele moveu o olhar do quadro e olhou para mim. Havia algo esquisito, como posso descrevê-lo? Parecia algo maléfico. Uma espécie de brilho maléfico.

Naturalmente, naquele momento não entendi, se um quadro não saía como ele queria, ele muitas vezes exibia um aspecto bastante mortífero. Pensei que era *isso* que eu via. Ele emitiu uma espécie de grunhido.

Nem Elsa nem eu vimos nada de anormal nele, só temperamento artístico.

Então o deixamos lá e ela e eu subimos até a casa rindo e conversando. Se ela soubesse, pobre criança, que nunca mais o veria vivo... Ah, bem, graças a Deus não sabia. Assim pôde permanecer feliz por mais algum tempo.

Caroline estava bastante normal no almoço, um pouco preocupada; nada mais. E isso não mostra que ela não tinha nada a ver com aquilo? Ela *não poderia* ser uma atriz tão consumada.

Ela e a governanta desceram depois e o encontraram. Eu encontrei miss Williams quando ela subia para a casa. Ela me disse que telefonasse para um médico e voltou para Caroline.

Aquela pobre criança, falo de Elsa! Ela caiu numa tristeza frenética, como uma criança. As crianças não conseguem acreditar que a vida pode fazer-lhes essas coisas. Caroline estava bastante tranquila. Sim, bastante tranquila. É claro que ela conseguia se controlar mais que Elsa. Não parecia sentir remorso, naquele momento. Apenas disse que ele mesmo devia ter feito aquilo. E nós não podíamos acreditar nisso. Elsa explodiu e a acusou diretamente.

É claro que ela talvez já tivesse percebido que seria suspeita. Sim, isso provavelmente explica o modo como ela agiu.

Philip estava bastante convencido de que ela *tinha* feito aquilo.

A governanta foi de grande ajuda e muito prestativa. Fez com que Elsa deitasse e deu a ela um sedativo, e manteve Angela afastada quando a polícia chegou. Sim, aquela mulher era uma fortaleza.

Tudo se tornou um pesadelo. A polícia vasculhando a casa e fazendo perguntas, e depois os repórteres, espalhados pelo lugar como moscas, disparando câmeras e querendo entrevistas com membros da família.

Tudo um pesadelo...

E ainda é um pesadelo, depois de todos esses anos. Queira Deus, depois que o senhor tiver convencido Carla do que realmente aconteceu, que possamos esquecer tudo e nunca mais lembrar.

Amyas *deve* ter cometido suicídio, por mais improvável que isso pareça.

Fim da narrativa de Meredith Blake.

NARRATIVA
DE LADY DITTISHAM

REGISTREI AQUI TODA a história de minha ligação com Amyas Crale, até o momento de sua trágica morte.

Eu o encontrei pela primeira vez em uma festa num ateliê. Ele estava, me lembro, de pé ao lado de uma janela, e eu o vi assim que entrei, ainda à porta. Perguntei quem era ele. Alguém disse: "É Crale, o pintor". Eu disse de imediato que gostaria de conhecê-lo.

Naquela ocasião nós conversamos por uns dez minutos. Quando alguém deixa na gente a impressão que Amyas Crale deixou em mim, é inútil tentar descrevê-la. Se eu disser que quando vi Amyas Crale todos os outros pareceram ficar muito pequenos e sumir, isso expressa muito bem o que senti.

Imediatamente depois desse encontro fui olhar todos os quadros dele que consegui. Havia uma exposição de suas obras na Bond Street naquela época, e havia um de seus quadros em Manchester, um em Londres e dois em galerias públicas também em Londres. Fui ver todos. Então o encontrei de novo. Eu disse: "Fui ver todos os seus quadros. Acho que eles são maravilhosos".

Ele apenas pareceu achar engraçado. E disse:

"Quem disse que você é crítica de arte? Não creio que você saiba nada sobre isso."

Eu disse: "Talvez não. Mas mesmo assim elas são maravilhosas".
Ele riu de mim e disse: "Não seja uma tolinha tão exagerada".
Eu disse: "Eu não sou. Quero que você me pinte".
Crale disse: "Se você tiver o mínimo de bom senso, vai perceber que não pinto retratos de mulheres bonitas".
Eu disse: "Não precisa ser um retrato, e eu não sou uma mulher bonita".
Ele olhou para mim como se começasse a me ver. E disse: "Não, talvez você não seja".
Eu disse: "Então você vai me pintar?".
Ele me estudou por algum tempo com a cabeça inclinada para um lado. Então disse: "Você é uma criança estranha, não é?".
Eu disse: "Eu sou muito rica, sabe? Posso lhe pagar bem pelo quadro".
Ele disse: "Por que você está tão ansiosa para que eu a pinte?".
Eu disse: "Porque eu quero!".
Ele disse: "Isso é um motivo?".
E eu disse: "Sim, eu sempre consigo o que quero".
Então ele disse: "Oh, pobre criança, como você é jovem!".
Eu disse: "Você vai me pintar?".
Ele me pegou pelos ombros, me virou na direção da luz e me examinou. Então se afastou um pouco. Eu fiquei parada, esperando.
Ele disse: "Eu quis algumas vezes pintar um bando de araras australianas de cores impossíveis pousando na catedral de St. Paul. Se eu pintasse você contra uma bela paisagem ao ar livre tradicional, acredito que obteria exatamente o mesmo resultado".

Eu disse: "Então você vai me pintar?".

Ele disse: "Você é um dos exemplos mais adoráveis, mais crus, mais vistosos de cor exótica que eu já vi. Vou pintar você!".

Eu disse: "Então está combinado".

Ele continuou: "Mas vou lhe avisando, Elsa Greer. Se eu pintá-la, provavelmente vou dormir com você".

Eu disse: "Espero que isso aconteça...".

Disse isso de modo muito firme e muito tranquilo. Eu o ouvi prender a respiração, e vi o olhar que surgiu em seus olhos.

Entenda, foi tudo assim de repente.

Um ou dois dias depois, nos encontramos de novo. Ele me disse que queria que eu fosse a Devonshire, ele tinha lá exatamente o lugar que queria usar como fundo. Ele disse:

"Sabe, eu sou casado. E gosto muito de minha mulher."

Eu disse que, se ele gostava dela, ela devia ser muito atraente.

Ele disse que ela era extremamente atraente. "De fato", disse ele, "ela é bastante adorável, e eu a adoro. Então, jovem Elsa, nunca se esqueça disso."

Eu disse a ele que tinha entendido bem.

Uma semana depois ele começou o quadro. Caroline Crale me recebeu com muita gentileza. Ela não gostava muito de mim, mas afinal, por que deveria? Amyas era muito circunspecto. Nunca me dizia uma palavra que sua mulher não pudesse ter ouvido, e eu era muito educada e formal com ele. No fundo, porém, nós dois sabíamos.

Depois de dez dias ele me disse que eu devia voltar a Londres.

Eu disse: "O quadro não está terminado".

Ele disse: "Ele mal está começado. A verdade é que não posso pintar você, Elsa".

Eu disse: "Por quê?".

Ele disse: "Você sabe muito bem, Elsa. E é por isso que você tem de ir embora. Eu não consigo pensar no quadro, não consigo pensar em nada além de você".

Nós estávamos no Battery Garden. Era um dia quente e ensolarado. Havia pássaros e abelhas zumbindo. Devia ser um dia muito feliz e pacífico. Mas não parecia assim. Parecia, de alguma forma, trágico. Como se... como se o que acabou acontecendo já estivesse espelhado ali.

Eu sabia que não adiantaria nada voltar a Londres, mas disse: "Muito bem, se você quer eu vou".

Amyas disse: "Boa menina".

Então eu fui. Não escrevi para ele.

Ele resistiu por dez dias e então apareceu. Estava tão magro, abatido e infeliz que eu fiquei chocada.

Ele disse: "Eu avisei, Elsa. Não diga que eu não avisei".

Eu disse: "Eu estava esperando você. Sabia que você viria".

Ele deu uma espécie de gemido e disse: "Há coisas que são fortes demais para qualquer homem. Eu não consigo comer, nem dormir, nem descansar porque sinto sua falta".

Eu disse que sabia disso e que acontecia o mesmo comigo, e tinha sido assim desde o primeiro momento em que eu o vira. Era o Destino e não adiantava lutar contra ele.

Ele disse: "Você não lutou muito, não foi, Elsa?". E eu disse que não tinha lutado nada.

Ele disse que queria que eu não fosse tão jovem, e eu disse que isso não importava. Suponho que devo dizer que nas semanas seguintes fomos muito felizes. Mas felicidade não é bem a palavra. Era algo mais profundo e mais assustador que isso.

Nós éramos feitos um para o outro e tínhamos nos encontrado; e nós dois sabíamos que tínhamos de ficar sempre juntos.

Mas também aconteceu outra coisa. O quadro inacabado começou a assombrar Amyas. Ele me disse: "É muito engraçado, eu não conseguia pintar você antes, você mesma atrapalhava. Mas eu *quero* pintar você, Elsa. Quero pintá-la de forma que o quadro seja a melhor coisa que já fiz. Estou ardendo e doendo de vontade de pegar meus pincéis para ver você sentada lá no venerável castanho daquela ameia com o mar azul convencional e as árvores inglesas decorosas, e você — você — sentada lá como um discordante guincho de triunfo".

Ele disse: "E tenho de pintar você assim! E não posso ser importunado nem incomodado enquanto fizer isso. Quando o quadro estiver terminado vou contar a verdade a Caroline e esclarecer toda essa confusão".

Eu disse: "Caroline vai fazer um estardalhaço porque você vai se divorciar dela?".

Ele disse que achava que não. Mas que nunca se sabia ao certo quando se tratava de mulheres.

Eu disse que sentia muito se ela ficasse perturbada, mas, afinal, essas coisas aconteciam.

Ele disse: "Muito gentil e razoável, Elsa. Mas Caroline não é razoável, nunca foi razoável, e certamente não vai achar razoável. Ela me ama, você sabe".

Eu disse que entendia isso, mas, se ela o amava, poria a felicidade dele em primeiro lugar, e de qualquer forma ela não ia querer ficar com ele se ele quisesse estar livre.

Ele disse: "A vida não pode realmente ser resolvida por máximas admiráveis tiradas da literatura moderna. Lembre-se de que a natureza tem os dentes e as garras rubros".*

Eu disse: "Mas hoje certamente nós somos pessoas civilizadas", e Amyas riu. Ele disse: "Pessoas civilizadas coisa nenhuma! Caroline provavelmente gostaria de enfiar uma machadinha em você. E ela é capaz de fazer isso. Você não percebe, Elsa, que ela vai sofrer — *sofrer*? Você não sabe o que significa sofrimento?".

Eu disse: "Então não conte a ela".

Ele disse: "Não. O rompimento tem de acontecer. Você tem de me pertencer da forma adequada, Elsa. Diante do mundo. Abertamente minha".

Eu disse: "E se ela não se divorciar de você?".

Ele disse: "Eu não tenho medo disso".

Eu disse: "Então do que você tem medo?".

E então ele disse lentamente: "Eu não sei...".

Como o senhor vê, ele conhecia Caroline. Eu não.

Se eu tivesse alguma noção...

Nós voltamos de novo a Alderbury. Dessa vez as coisas foram difíceis. Caroline tinha começado a suspeitar. Eu não gostava disso; não gostava nem um pouco. Sempre odiei o engano e a ocultação. Pensava que devíamos contar a ela. Amyas não queria nem ouvir falar nisso.

O engraçado era que ele na verdade não dava a mínima importância. Apesar de gostar de Caroline e de não querer magoá-la, ele simplesmente não se preocupava com a honestida-

---

* No original: *nature is red in tooth and claw* — trecho do poema "in memoriam A. H. H." (1850), do poeta inglês Alfred Tennyson (1809-1892). [N.T.]

de ou desonestidade de tudo aquilo. Estava pintando com uma espécie de frenesi, e nada mais importava. Eu nunca o vira em um de seus acessos de trabalho. Agora eu percebia como ele era realmente um grande gênio. Para ele, era natural ficar tão arrebatado que todas as decências comuns perdiam a importância. Mas para mim era diferente. Eu estava em uma posição horrível. Caroline estava ressentida comigo — e com razão. A única coisa que acertaria a situação era ser honesta com ela e lhe contar a verdade.

Mas a única coisa que Amyas dizia era que não queria ser incomodado com cenas e intromissões até terminar o quadro. Eu dizia que provavelmente não haveria uma cena. Caroline teria dignidade e orgulho demais para isso.

Eu disse: "Quero ser honesta com relação a tudo. Nós *temos* de ser honestos".

Amyas disse: "Que se dane a honestidade, estou pintando um quadro, caramba".

Eu entendia o ponto de vista dele, mas ele não entendia o meu.

E no fim eu estourei. Caroline tinha falado de um plano que ela e Amyas iam realizar no outono seguinte. Falava sobre ele com muita confiança. E eu de repente senti que era abominável demais o que estávamos fazendo, deixá-la continuar pensando daquela forma, e talvez também eu tenha ficado irritada porque ela estava sendo realmente muito desagradável comigo, de um jeito inteligente que as pessoas não percebiam.

Então eu disse a verdade. De certa forma, ainda acho que agi certo. Embora, é claro, eu não teria dito nada se tivesse a menor ideia do que resultaria isso.

O choque foi imediato. Amyas ficou furioso comigo, mas teve de admitir que o que eu dizia era verdade.

Eu não conseguia entender Caroline. Nós todos fomos tomar chá na casa de Meredith Blake, e Caroline se comportou maravilhosamente, conversando e rindo. Eu, como uma tola, pensei que ela estava recebendo bem o que acontecera. Era constrangedor eu não conseguir deixar a casa, mas Amyas teria ficado irritado se eu fizesse isso. Eu pensava que talvez Caroline saísse. Isso teria tornado a situação muito mais fácil para nós.

Não a vi pegar a coniina. Quero ser honesta, então acho que é bem possível que ela a tenha pegado como disse que fez, com a ideia de suicídio.

Mas não acredito *realmente* nisso. Acho que ela era uma dessas mulheres muito ciumentas e possessivas, que não abrem mão de nada que acham que lhes pertence. Amyas era propriedade dela. Acho que ela estava bastante disposta a matá-lo para não permitir que ele ficasse, completa e definitivamente, com outra mulher. Acho que ela decidiu, de imediato, matá-lo. E acho que o fato de Meredith ter discutido a coniina de forma tão aberta deu a ela o meio de fazer o que já decidira fazer. Ela era uma mulher muito amarga e vingativa; Amyas sabia o tempo todo que ela era perigosa. Eu não sabia.

Na manhã seguinte ela teve um último enfrentamento com Amyas. Eu ouvi a maior parte do que eles disseram do lado de fora, no terraço. Ele foi esplêndido, muito paciente e calmo. Implorou a ela que fosse razoável. Disse que gostava dela e da criança e sempre gostaria. E que faria tudo que pudesse para garantir o futuro delas. Então ele endureceu e disse: "Mas entenda isto. Eu vou definitivamente me casar com Elsa, e nada vai me impedir. Você e eu sempre concordamos em deixar um ao outro livres. Essas coisas acontecem".

Caroline disse a ele: "Faça o que quiser. Eu o avisei".

A voz dela era muito tranquila, mas tinha uma nota esquisita.

Amyas disse: "O que você quer dizer, Caroline?".

Ela disse: "Você é meu e *eu não pretendo abrir mão*. Antes de deixá-lo ir com aquela garota, *eu mato você*...".

Bem nesse momento, Philip Blake apareceu no terraço. Eu me levantei e fui encontrá-lo. Não queria que ele ouvisse o que eles falavam.

Depois Amyas saiu e disse que era hora de continuar o quadro. Nós descemos juntos para o Battery Garden. Ele não falou muito. Disse apenas que Caroline estava zangada, mas que pelo amor de Deus eu não falasse sobre isso. Ele queria se concentrar no que estava fazendo. Mais um dia, ele disse, e o quadro estaria quase terminado.

Ele disse: "E ele vai ser a melhor coisa que já fiz, Elsa, mesmo que seja pago com sangue e lágrimas".

Um pouco depois subi para a casa para pegar um pulôver. Estava soprando um vento frio. Quando voltei Caroline estava lá. Suponho que ela tenha ido fazer um último apelo. Philip e Meredith Blake também estavam lá.

Foi então que Amyas disse que estava com sede e queria uma bebida. Disse que tinha cerveja, mas ela não estava gelada.

Caroline disse que mandaria cerveja gelada para ele. Falou com muita naturalidade e num tom quase amistoso. Aquela mulher era uma atriz. Ela já devia saber o que pretendia fazer.

Uns dez minutos depois ela trouxe a cerveja. Serviu-a e pôs o copo ao lado dele. Nenhum de nós a observou. Amyas estava atento ao que fazia e eu tinha de manter a pose.

Amyas bebeu do modo como costumava beber cerveja, de um gole só. Então fez cara de quem não gostou e disse que o gosto da cerveja estava ruim, mas de qualquer forma estava gelada.

E mesmo naquele momento, quando ele disse isso, não passou por minha cabeça nenhuma suspeita. Eu só disse: "Fígado".

Quando viu que ele tinha bebido, Caroline foi embora.

Deve ter sido uns quarenta minutos depois que Amyas se queixou de rigidez e dores. Disse que achava que devia estar com um pouco de reumatismo muscular. Amyas era sempre intolerante a qualquer tipo de enfermidade e não gostava de receber muitas atenções. Depois de dizer isso ele descartou a ideia com um alegre: "Imagino que seja a velhice. Você arranjou um velho rangente, Elsa". Eu correspondi à brincadeira. Mas percebi que as pernas dele se moviam com rigidez e de um jeito esquisito e que ele fez uma ou duas caretas. Nunca imaginei que pudesse não ser reumatismo. Então ele puxou o banco e se sentou esparramado nele, ocasionalmente se esticando para pôr um pouco de tinta num ou noutro lugar da tela. Às vezes ele fazia isso quando pintava. Ficava sentado olhando para mim e depois para a tela. Às vezes fazia isso por meia hora de cada vez. Então eu não achei aquilo especialmente esquisito.

Nós ouvimos o sino para o almoço, e ele disse que não ia subir. Ficaria lá onde estava e não queria nada. Isso também não era incomum, e seria mais fácil para ele do que encarar Caroline à mesa.

Amyas falava de um jeito bastante estranho, resmungando as palavras. Mas às vezes ele fazia isso quando estava insatisfeito com o progresso do quadro.

Meredith Blake veio me buscar. Falou com Amyas, mas este só grunhiu para ele.

Nós subimos para a casa juntos e o deixamos lá. Nós o deixamos lá; para morrer só. Eu nunca vira muita doença, não sabia muito sobre doenças, e pensava que Amyas estava apenas com humor de pintor. Se eu soubesse, se eu tivesse percebido, talvez um médico pudesse tê-lo salvado... Oh, Deus, por que eu não, não adianta pensar nisso agora. Fui uma tola cega. Uma tola estúpida e cega.

Não há muito mais a contar.

Caroline e a governanta desceram depois do almoço. Meredith as seguiu. Depois ele voltou correndo. Contou que Amyas estava morto.

Então eu soube! Quer dizer, eu soube que fora Caroline. Eu ainda não pensava em veneno. Pensava que ela tinha descido naquele minuto e atirado nele ou o esfaqueado.

Eu queria ir até onde ela estava, para matá-la...

Como ela *podia* ter feito isso? Como ela *podia*? Ele era tão alegre, tão cheio de vida e energia. Jogar tudo aquilo fora, torná-lo flácido e frio. Só para eu não poder tê-lo.

Que mulher horrível...

Que mulher horrível, desdenhosa, cruel, vingativa...

Eu a odeio. Ainda a odeio.

Eles nem a enforcaram.

Deviam tê-la enforcado...

Mesmo o enforcamento era bom demais para ela...

Eu a odeio... eu a odeio... eu a odeio...

Fim da narrativa de lady Dittisham.

NARRATIVA DE CECILIA WILLIAMS

Caro monsieur *Poirot,*
    Envio ao senhor um relato dos acontecimentos de setembro de 19... que de fato testemunhei.
    Fui absolutamente franca e não omiti nada. O senhor deve mostrá-lo a Carla Crale. Pode ser doloroso para ela, mas eu sempre acreditei na verdade. Paliativos são danosos. Deve-se ter a coragem de enfrentar a realidade. Sem essa coragem, a vida não tem sentido. As pessoas que causam mais danos são as que nos protegem da realidade.

                    Acredite em mim, atenciosamente,
                                  Cecilia Williams.

    Meu nome é Cecilia Williams. Fui contratada por mrs. Crale como governanta de sua meia-irmã, Angela Warren, em 19... Eu tinha então quarenta e oito anos.
    Assumi minhas obrigações em Alderbury, uma propriedade muito bonita no sul de Devon que pertencia à família de mr. Crale havia várias gerações. Eu sabia que mr. Crale era um pintor de renome, mas só o conheci quando passei a residir em Alderbury.

Os moradores da casa eram mr. e mrs. Crale, Angela Warren (na época uma garota de treze anos) e três empregados, que estavam com a família havia muitos anos.

Descobri que minha pupila era uma pessoa muito interessante e promissora. Tinha capacidades muito marcadas e era um prazer ensiná-la. Era também um tanto rebelde e indisciplinada, mas essas falhas surgiam principalmente quando estava animada, e sempre preferi que minhas meninas mostrassem vivacidade. Um excesso de vitalidade pode ser treinado e guiado para caminhos de verdadeira utilidade e realização.

Em geral, eu julgava Angela receptiva à disciplina. Ela fora um tanto mimada, principalmente por mrs. Crale, que era indulgente demais com a menina. A influência de mr. Crale era, eu considerava, insensata. Ele era absurdamente condescendente com ela num dia e em outra ocasião era desnecessariamente peremptório. Era um homem de humor muito instável, possivelmente devido ao que é chamado de temperamento artístico.

Eu mesma nunca entendi por que a posse de capacidade artística deveria supostamente escusar um homem do exercício decente do autocontrole. Eu não admirava as pinturas de mr. Crale. O desenho me parecia falho e o colorimento exagerado, mas naturalmente eu não era convocada a expressar nenhuma opinião sobre esses assuntos.

Logo formei uma ligação profunda com mrs. Crale. Eu admirava seu caráter e a firmeza com que enfrentava as dificuldades de sua vida. Mr. Crale não era um marido fiel, e penso que esse fato era fonte de muita dor para ela. Uma mulher mais determinada o teria deixado, mas mrs. Crale nunca pareceu contemplar esse caminho. Ela aturava as infidelidades dele e o perdoava, mas posso dizer que não se resignava. Ela reclamava, e de forma enérgica!

Foi dito no julgamento que eles levavam uma vida de cão e gato. Eu não chegaria a tanto, mrs. Crale tinha dignidade demais para que esse termo pudesse ser aplicado, mas eles *de fato* brigavam. E considero que isso era mais do que natural nas circunstâncias.

Eu estava com mrs. Crale havia pouco mais de dois anos quando miss Elsa Greer apareceu no cenário. Ela chegou a Alderbury no verão de 19... Mrs. Crale não a conhecera anteriormente. Ela era amiga de mr. Crale, e dizia-se que estava lá com o propósito de ter seu retrato pintado.

Ficou aparente de imediato que mr. Crale estava apaixonado por essa garota e que esta não fazia nada para desencorajá-lo. Ela se comportava, em minha opinião, de forma bastante ultrajante, sendo abominavelmente rude com mrs. Crale e flertando abertamente com mr. Crale.

Naturalmente mrs. Crale não me dizia nada, mas eu podia ver que ela estava perturbada e infeliz, e fiz tudo o que estava ao meu alcance para distrair sua mente e aliviar sua carga. Miss Greer posava todos os dias para mr. Crale, mas eu percebia que o quadro não avançava muito depressa. Eles tinham, sem dúvida, outras coisas para conversar!

Minha pupila, sou grata em dizer, percebia muito pouco o que acontecia. Angela era em certos aspectos jovem para sua idade. Embora seu intelecto fosse bem desenvolvido, ela não era nada do que eu poderia chamar de precoce. Parecia não ter nenhum desejo de ler livros indesejáveis, e não mostrava nenhum sinal de curiosidade mórbida, como garotas da idade dela normalmente costumam ter.

Portanto, ela não via nada de indesejável na amizade entre mr. Crale e miss Greer. Não obstante, ela não gostava de miss Greer e a considerava estúpida. Nisso ela estava muito certa. Miss Greer tivera, presumo, uma educação apropriada, mas nunca abria um livro e era muito pouco familiarizada com alusões literárias correntes. Ademais, ela não era capaz de sustentar uma discussão sobre nenhum tema intelectual.

Ela era inteiramente tomada pela preocupação com sua aparência pessoal, suas roupas, e homens.

Angela, penso, nem sequer percebia que sua irmã estava infeliz. Naquela época ela não era uma pessoa muito perceptiva. Passava muito tempo em passatempos turbulentos, como subir em árvores e fazer movimentos extravagantes de ciclismo. Era sempre uma leitora apaixonada e mostrava um gosto excelente no que lhe agradava ou desagradava.

Mrs. Crale tomava sempre muito cuidado para esconder de Angela qualquer sinal de infelicidade, e se empenhava em parecer animada e alegre na presença da garota.

Miss Greer voltou para Londres, o que, posso lhe dizer, deixou todos muito contentes! Os empregados antipatizavam com ela tanto quanto eu. Ela era o tipo de pessoa que criava muitos problemas desnecessários e se esquecia de dizer obrigada.

Mr. Crale partiu pouco tempo depois, e é claro que eu sabia que ele fora atrás da garota. Fiquei com muita pena de mrs. Crale. Ela sentia essas coisas com muita intensidade. Fiquei extremamente irritada com mr. Crale. Quando um homem tem uma esposa inteligente, graciosa, atraente, ele não tem o direito de tratá-la mal.

Contudo, tanto ela quanto eu esperávamos que o caso logo estivesse terminado. Não que nós mencionássemos o assunto uma à outra — não fazíamos isso —, mas ela sabia muito bem como eu me sentia em relação a ele.

Infelizmente, depois de algumas semanas, eles dois reapareceram. Parecia que as sessões de pose iam ser retomadas.

Mr. Crale agora pintava com um frenesi absoluto. Parecia menos preocupado com a garota que com o quadro que fazia dela. No entanto, percebi que aquele não era o tipo de coisa usual pelo qual tínhamos passado antes. Essa garota tinha conseguido agarrá-lo e as intenções dela eram sérias. Ele era como cera nas mãos dela.

A situação chegou ao ápice no dia anterior ao da morte dele, ou seja, em 17 de setembro. Os modos de miss Greer tinham sido intoleravelmente insolentes nos últimos dias. Ela se sentia segura de si e queria afirmar sua importância. Mrs. Crale se comportava como uma verdadeira dama. Era friamente educada, mas mostrava à outra de forma clara o que pensava dela.

Nesse dia, 17 de setembro, quando estávamos sentados na sala de estar após o almoço, miss Greer se saiu com uma observação surpreendente sobre como ia redecorar a sala quando estivesse morando em Alderbury.

Naturalmente mrs. Crale não podia deixar isso passar em branco. Ela a contestou, e miss Greer teve o despudor de dizer, diante de todos nós, que ia se casar com mr. Crale. Ela realmente falou em se casar com um homem casado, e disse isso na frente da esposa dele!

Eu fiquei muito, muito zangada com mr. Crale. Como ele ousava deixar essa garota insultar sua esposa em sua própria sala de estar? Se ele quisesse fugir com a garota, devia ter ficado com ela, não tê-la trazido para a casa de sua esposa e apoiado a insolência dela.

A despeito do que devia ter sentido, mrs. Crale não perdeu a dignidade. Nesse momento seu marido entrou, e ela exigiu de imediato uma confirmação dele.

Agora ele estava, o que era natural, irritado com miss Greer por ela ter impensadamente forçado a situação. À parte qualquer outra coisa, aquilo fazia com que *ele* parecesse estar em desvantagem, e homens não gostam de parecer estar em desvantagem. Isso incomoda a vaidade deles.

Ele ficou lá, um homem gigante, parecendo tão acanhado e tolo quanto um escolar travesso. Foi a esposa dele quem ganhou as honras da situação. Ele teve de murmurar tolamente que era verdade, mas que não queria que ela soubesse daquela forma.

Nunca vi nada como o olhar de desprezo que ela lançou para ele. Ela saiu da sala com a cabeça bem erguida. Era uma bela mulher, muito mais bonita do que aquela garota vistosa, e caminhava como uma imperatriz.

Eu esperava, de coração, que Amyas Crale fosse punido pela crueldade que demonstrara e pela indignidade a que submetera uma mulher nobre e que sofria havia tanto tempo.

Pela primeira vez, tentei dizer algo do que sentia à mrs. Crale, mas ela me interrompeu.

Ela disse:

"Devemos tentar nos comportar normalmente. É a melhor coisa a fazer. Vamos todos tomar chá na casa de Meredith."

Então eu disse a ela:

"A senhora é uma pessoa maravilhosa, mrs. Crale."

Ela disse:

"Você não sabe..."

Então, quando ia sair da sala, ela voltou e me beijou. E disse:

"Você é um grande conforto para mim."

Então ela foi para seu quarto e acho que chorou. Eu a vi quando eles todos saíram. Estava usando um chapéu de aba larga que lhe cobria o rosto, um chapéu que raramente usava.

Mr. Crale estava inquieto, mas tentava agir como se nada tivesse acontecido. Mr. Philip Blake tentava se comportar da forma usual. Aquela miss Greer parecia um gato que conseguira alcançar o pote de creme. Era só satisfação e ron-rons!

Todos eles se foram. Voltaram por volta das seis. Naquela noite, não vi mais mrs. Crale sozinha. Ela estava muito calma e composta no jantar, e foi dormir cedo. Acho que ninguém sabia como ela estava sofrendo.

A noite foi tomada por uma espécie de briga contínua entre mr. Crale e Angela. Eles trouxeram à tona de novo a velha questão da escola. Ele estava irritado e impaciente, e ela estava incomumente exasperante. A questão toda estava resolvida e o uniforme dela havia sido comprado, e não havia nenhum sentido em começar uma discussão outra vez, mas ela de repente decidiu se queixar da situação. Não tenho dúvida de que ela sentia a tensão no ar e que isso agia sobre ela tanto quanto sobre todos os outros. Temo que eu estivesse preocupada demais com meus próprios pensamentos para tentar controlá-la como deveria ter feito. Tudo terminou com ela jogando um peso de papel em mr. Crale e saindo correndo da sala.

Fui atrás dela e disse claramente que estava envergonhada por ela ter se comportado como uma neném, mas ela ainda estava muito descontrolada, e achei melhor deixá-la em paz.

Pensei em ir ao quarto de mrs. Crale, mas no fim decidi que talvez fosse incomodá-la. Depois desejei ter superado minha timidez e insistido que ela conversasse comigo. Se ela tivesse feito isso, possivelmente a situação seria diferente. Veja, ela não tinha ninguém com quem pudesse se abrir. Embora eu admire o autocontrole, devo reconhecer com tristeza que às vezes ele pode ser excessivo. É melhor que haja um escoadouro natural para os sentimentos.

Encontrei mr. Crale quando fui para meu quarto. Ele me deu boa-noite, mas eu não respondi.

A manhã seguinte foi, me lembro, um belo dia. Ao acordar, sentia-se que com toda aquela paz até um homem devia recobrar o juízo.

Fui para o quarto de Angela antes de descer para o café da manhã, mas ela já acordara e saíra. Peguei uma saia rasgada que ela deixara no chão e a levei comigo para que ela a consertasse depois do café.

Mas ela havia pegado pão e marmelada da cozinha e saíra. Depois de tomar meu café fui procurá-la. Menciono isso porque não estive mais com mrs. Crale naquela manhã, como talvez devesse ter estado. No momento, no entanto, eu sentia que meu dever era procurar Angela. Ela era muito travessa e obstinada quanto a consertar suas roupas, e eu não tinha intenção de permitir que ela me desafiasse nessa questão.

Não encontrei a roupa de banho dela e portanto desci para a praia. Não havia sinal de Angela na água nem nas pedras, então imaginei que possivelmente tinha ido à casa de mr. Meredith Blake. Ela e ele eram grandes amigos. Assim, remei até o outro lado e retomei minha busca. Não a encontrei e por fim voltei. Mrs. Crale, mr. Blake e mr. Philip Blake estavam no terraço.

Fazia muito calor naquela manhã, se se ficasse fora do vento, e a casa e o terraço eram protegidos. Mrs. Crale sugeriu que eles tomassem cerveja gelada.

Havia uma pequena estufa que fora construída na casa na época vitoriana. Mrs. Crale não gostava dela, e ela não era usada para plantas, mas tinha sido transformada em uma espécie de bar, com várias garrafas de gim, vermute, limonada, refrigerantes de gengibre etc., em prateleiras, e havia uma pequena geladeira que estava cheia de gelo todas as manhãs e na qual eram guardados algumas cervejas e refrigerantes de gengibre.

Mrs. Crale foi lá pegar a cerveja e eu fui com ela. Angela estava ao lado da geladeira, acabando de tirar uma garrafa de cerveja.

Mrs. Crale entrou na minha frente. E disse: "Quero uma garrafa de cerveja para levar para Amyas".

É muito difícil saber agora se eu devia ter suspeitado de alguma coisa. A voz dela, estou quase convencida, era perfeitamente normal. Mas devo admitir que naquele momento eu estava voltada não para ela, mas para Angela. Angela estava ao lado da geladeira, e eu fiquei contente de ver que ela parecia vermelha e bastante culpada.

Fui muito contundente com ela, e para minha surpresa ela foi bastante dócil. Perguntei onde ela estivera, e ela disse que tomara banho de mar. Eu disse: "Eu não a vi na praia". E ela riu. Então perguntei onde estava seu agasalho e ela disse que devia tê-lo deixado na praia.

Menciono esses detalhes para explicar por que deixei mrs. Crale levar a cerveja para o Battery Garden.

O resto da manhã é bastante vazio em minha mente. Angela pegou seu estojo de costura e consertou a saia sem mais objeções. Acho que consertei algumas roupas brancas da casa. Mr. Crale não subiu para almoçar. Fiquei contente por ele ter ao menos *essa* decência.

Depois do almoço, mrs. Crale disse que ia até o Battery Garden. Eu queria pegar o agasalho de Angela na praia. Começamos a descer juntas. Ela entrou no jardim, eu ia continuar quando seu grito me chamou de volta. Como lhe contei quando o senhor veio me ver, ela pediu que subisse e telefonasse. No caminho encontrei mr. Meredith Blake, e então voltei para mrs. Crale.

Essa foi minha história tal como a contei no inquérito e depois no julgamento.

O que estou prestes a escrever nunca contei a ninguém. Não me fizeram nenhuma pergunta à qual eu tenha dado uma resposta falsa. Não obstante, *fui* culpada de omitir certos fatos, não me arrependo disso. Eu o faria de novo. Estou plenamente consciente de que ao revelar isto posso estar me expondo à censura, mas não acho que depois desse lapso de tempo alguém leve a questão muito a sério, especialmente porque Caroline Crale foi condenada sem meu testemunho.

Eis, então, o que aconteceu.

Encontrei mr. Meredith Blake, como disse, e desci outra vez o caminho, correndo o mais depressa que pude. Eu estava usando tênis de ginástica e sempre andei rápido. Cheguei à porta do Battery Garden e eis o que eu vi.

Mrs. Crale estava apressada limpando a garrafa de cerveja sobre a mesa com seu lenço. Depois de ter feito isso, ela pegou a mão do marido morto e pressionou os dedos dele na garrafa de cerveja. O tempo todo ela estava escutando e alerta. Foi o medo que vi no rosto dela que me contou a verdade.

Eu soube então, além de qualquer dúvida possível, que Caroline Crale tinha envenenado o marido. E eu, pelo menos, não a culpo. Ele a levou a um ponto além da capacidade humana de suportar, e foi responsável pelo destino que teve.

Nunca mencionei o incidente à mrs. Crale e ela nunca soube que eu o vira.

A filha de Caroline Crale não deve reforçar sua vida com uma mentira. Por mais que lhe doa saber a verdade, a verdade é a única coisa que importa.

Diga a ela, de minha parte, que a mãe dela não deve ser julgada. Ela foi levada além do que uma mulher que ama pode suportar. Cabe a sua filha entender e perdoar.

Fim da narrativa de Cecilia Williams.

NARRATIVA DE ANGELA WARREN

CARO MONSIEUR Poirot,

Estou cumprindo a promessa que lhe fiz e redigi tudo de que consigo me lembrar daquele momento terrível de dezesseis anos atrás. Mas foi só quando comecei que percebi quão pouco eu *de fato* lembrava. Até o momento em que a coisa realmente aconteceu, sabe, não há nada pelo que eu possa me guiar.

Tenho só uma vaga lembrança de dias de verão e incidentes isolados, mas não poderia dizer ao certo nem sequer em qual verão eles aconteceram! A morte de Amyas foi só como um trovão inesperado. Eu não tive nenhum sinal dela, e parece que tudo que levou a ela me escapou.

Tentei pensar se isso seria algo esperado ou não. A maioria das garotas de quinze anos é tão cega, surda e obtusa como aparentemente eu era? Talvez seja. Acho que eu era rápida para avaliar o humor das pessoas, mas nunca me preocupava em saber o que *causava* esses humores.

Além disso, justamente naquele momento, eu de repente comecei a descobrir a capacidade que as palavras têm de embriagar. Coisas que eu lia, trechos de poesia, de Shakespeare, ecoavam em minha cabeça. Agora me lembro de caminhar pela trilha do pomar repetindo para mim, em uma espécie de delírio extático, "sob a onda vítrea verde translúcida"...* A frase era tão adorável que eu tinha de repeti-la indefinidamente.

E, misturadas com essas novas descobertas, havia todas as coisas que eu gostava de fazer desde quando consigo me lembrar. Nadar e subir em árvores, comer frutas, pregar peças no empregado que cuidava da estrebaria e alimentar os cavalos.

Para mim, Caroline e Amyas eram algo dado. Eram as figuras centrais em meu mundo, mas eu nunca pensava sobre eles ou sobre seus assuntos, nem no que eles pensavam e sentiam.

Não dei nenhuma atenção particular à chegada de Elsa Greer. Eu pensava que ela era estúpida e nem mesmo a achava bonita. Aceitava-a como uma pessoa rica mas aborrecida, a quem Amyas estava pintando.

Na verdade, a primeira insinuação que tive de toda a história foi o que ouvi um dia do terraço, para onde eu tinha fugido depois do almoço; Elsa disse que ia se casar com Amyas! Aquilo me pareceu simplesmente ridículo. Eu me lembro de ter questionado Amyas sobre isso. Foi no jardim em Handcross. Eu disse a ele:

"Por que Elsa diz que vai se casar com você? Ela não poderia. As pessoas não podem ter duas esposas, isso é bigamia e elas vão para a prisão."

Amyas ficou muito zangado e disse: "Como diabos você ouviu isso?".

* No original: *under the glassy green, translucent wave...* – citação do livro *Wet magic*, da autora inglesa E. Nesbit (1858-1924). [N.T.]

Eu disse que tinha ouvido através da janela da biblioteca.

Então ele ficou ainda mais zangado, e disse que já estava mais do que na hora de eu ir para uma escola e parar com o hábito de ficar ouvindo às escondidas.

Ainda me lembro de como fiquei magoada quando ele disse isso. Porque era muito *injusto*. Absoluta e completamente injusto.

Eu gaguejei irritada que não tinha ficado ouvindo escondida, e de qualquer jeito, eu disse, por que Elsa dizia uma coisa tola como aquela?

Amyas disse que era só uma brincadeira.

Isso devia ter me satisfeito. E satisfez, quase. Mas não inteiramente.

Quando estávamos voltando para casa eu disse a Elsa: "Eu perguntei a Amyas o que você queria dizer quando falou que ia se casar com ele, e ele disse que era só uma brincadeira".

Senti que aquilo a afrontou. Mas ela apenas sorriu.

Eu não gostei daquele sorriso. Subi para o quarto de Caroline. Ela estava se vestindo para o jantar. Então perguntei a ela diretamente se era possível Amyas se casar com Elsa.

Eu me lembro da resposta de Caroline como se a ouvisse agora. Ela deve ter falado com grande ênfase.

"Amyas só vai se casar com Elsa depois que eu estiver morta", ela disse.

Isso me deixou completamente tranquila. A morte parecia estar a eras de distância de nós. No entanto, eu ainda estava muito sentida com Amyas pelo que ele tinha dito à tarde e o ataquei violentamente durante todo o jantar. Lembro-me de termos tido uma briga realmente exaltada e de eu sair correndo da sala e subir para o quarto, e ficar gemendo até dormir.

Não me lembro de muita coisa da tarde na casa de Meredith Blake, embora *me lembre* de ele ler em voz alta uma passagem do *Fédon* descrevendo a morte de Sócrates. Eu nunca a tinha ouvido. Pensei que era a coisa mais bela, mais adorável que já ouvira. Lembro disso, mas não de quando aconteceu. Pelo que consigo recordar agora, poderia ter sido em qualquer momento daquele verão.

Também não me lembro de nada que aconteceu na manhã seguinte, embora tenha pensado muito sobre isso. Tenho a vaga sensação de que devo ter tomado banho de mar, e acho que me lembro de me obrigarem a consertar alguma coisa.

Mas é tudo muito vago e confuso até o momento em que Meredith veio arfando pelo caminho até o terraço, e seu rosto estava todo cinzento e esquisito. Lembro de uma xícara de café caindo da mesa e se quebrando, foi Elsa quem fez isso. E lembro de ela correr, correr de repente o mais rápido que podia pelo caminho, e da fisionomia medonha que havia em seu rosto.

Eu repetia para mim mesma: "Amyas está morto". Mas não parecia real.

Lembro-me do doutor Faussett chegando e de seu rosto grave. Miss Williams estava ocupada cuidando de Caroline. Eu perambulava bastante desamparada, atrapalhando as pessoas. Tinha uma sensação de enjoo asquerosa. Eles não me deixavam descer para ver Amyas. Mas logo os policiais chegaram e anotaram coisas em cadernos, e depois trouxeram o corpo dele em uma maca coberta por um lençol.

Mais tarde miss Williams me levou para o quarto de Caroline. Caroline estava no sofá. Parecia muito pálida e doente.

Ela me beijou e disse que queria que eu fosse embora assim que pudesse, e que tudo aquilo era horrível, mas eu não devia me preocupar mais do que não conseguisse evitar. Eu devia me juntar a Carla na casa de lady Tressillian porque nossa casa tinha de ficar o mais vazia possível.

Eu me agarrei a Caroline e disse que não queria ir embora. Queria ficar com ela. Ela disse que sabia, mas que era melhor para mim ir embora e que isso tiraria muitas preocupações de sua mente. E miss Williams tentou ajudar e disse:

"A melhor maneira de você ajudar sua irmã, Angela, é fazer o que ela quer que você faça sem reclamar."

Então eu disse que faria tudo que Caroline quisesse. E Caroline disse: "Essa é minha Angela querida". E me abraçou e disse que não havia nada com que me preocupar, e que eu devia falar e pensar sobre aquilo o menos possível.

Eu tive de descer e falar com um superintendente de polícia. Ele foi muito gentil, me perguntou quando fora a última vez que eu vira Amyas e fez muitas outras perguntas que na época me pareciam sem sentido, mas cujo objetivo agora entendo. Ele se satisfez em saber que não havia nada que eu pudesse lhe contar que ele já não soubesse pelos outros. Então disse à miss Williams que não tinha objeção a minha ida para Ferriby Grange, para a casa de lady Tressillian.

Fui para lá, e lady Tressillian foi muito gentil comigo. Mas é claro que eu logo tive de saber a verdade. Eles prenderam Caroline quase de imediato. Eu estava tão horrorizada e chocada que fiquei bem doente.

Depois eu soube que Caroline estava terrivelmente preocupada comigo. Foi por insistência dela que fui mandada para fora da Inglaterra antes do julgamento. Mas isso eu já lhe contei.

Como o senhor vê, o que tenho a escrever é lamentavelmente escasso. Desde quando conversei com o senhor, examinei exaustivamente o pouco que consigo lembrar, forçando minha memória em busca de detalhes da expressão ou da reação desta ou daquela pessoa. Não consigo me lembrar de nada coerente com culpa. O frenesi de Elsa. O rosto cinzento preocupado de Meredith. A tristeza e a fúria de Philip, todos eles parecem bastante naturais. Suponho, no entanto, que alguém *poderia* estar fingindo.

Só sei isto, *Caroline não o matou.*

Estou bastante segura disso, e sempre estarei, mas não tenho nenhuma evidência a oferecer exceto meu conhecimento íntimo do caráter dela.

Fim da narrativa de Angela Warren.

LIVRO 3

1
CONCLUSÕES

CARLA LEMARCHANT levantou a vista. Seus olhos estavam cheios de fadiga e dor. Ela empurrou para trás o cabelo da fronte em um gesto de cansaço.

E disse:

— Tudo isso é tão desconcertante. — Ela tocou na pilha de manuscritos. — Porque a cada vez o ângulo é diferente! Cada um deles vê minha mãe de uma maneira diferente. Mas os fatos são os mesmos. Todos concordam quanto aos fatos.

— A leitura deles a desestimulou?

— Sim. Não desestimulou o senhor?

— Não, achei esses documentos muito valiosos... muito informativos.

Poirot falava devagar e de modo reflexivo.

— Eu queria nunca tê-los lido! — disse Carla.

Poirot olhou para ela.

— Ah... então eles a fazem se sentir assim?

Carla disse, amarga:

— Todos eles pensam que ela fez aquilo... todos exceto tia Angela, e o que ela pensa não conta. Ela não tem nenhuma razão para pensar assim. É só uma dessas pessoas leais que se aferram a uma coisa mesmo diante de todas as dificuldades. Ela fica só repetindo: "Caroline não poderia ter feito aquilo".

— Você vê dessa forma?

— De que outra forma eu poderia ver? Sabe, eu percebi que, se não foi minha mãe, teria de ser uma dessas pessoas. Até elaborei teorias sobre o motivo.

— Ah! Isso é interessante. Me conte.

— Oh, eram só teorias. Philip Blake, por exemplo. Ele é corretor da Bolsa, era o melhor amigo de meu pai... provavelmente meu pai confiava nele. E os artistas são normalmente descuidados com questões de dinheiro. Talvez Philip Blake estivesse com problemas e usasse o dinheiro de meu pai. Ele poderia ter convencido meu pai a assinar alguma coisa. Então a coisa toda poderia estar prestes a ser descoberta... e só a morte de meu pai poderia salvá-lo. Essa foi uma das coisas em que pensei.

— Não é nada mal imaginada. E o que mais?

— Bem, há Elsa. Philip Blake diz que ela era sensata demais para mexer com veneno, mas eu não acho que isso seja verdade. Supondo que minha mãe tivesse ido falar com ela e dito que não se divorciaria de meu pai... que nada a induziria a se divorciar dele. Pode-se dizer o que se quiser, mas acho que Elsa tinha uma mente burguesa... ela queria estar casada de forma respeitável. Acho então que Elsa teria sido perfeitamente capaz de pegar a substância... ela também teve uma boa chance naquela tarde... e poderia ter tentado tirar minha mãe do caminho envenenando-a. Acho que isso seria bem *do feitio* de Elsa. E depois, possivelmente, por algum acidente horrível, Amyas ingeriu a substância no lugar de Caroline.

— Isso também não é mal imaginado. O que mais?

— Bem — disse Carla lentamente —, eu pensei... quem sabe... *Meredith*.
— Ah... Meredith Blake?
— Sim. Sabe, ele me parece bem o tipo de pessoa que cometeria um assassinato. Quer dizer, ele era o atrapalhado de quem as pessoas riam, e no fundo talvez ele se ressentisse disso. Então meu pai casou com a garota com quem ele queria casar. E meu pai era bem-sucedido e rico. E ele preparava todos aqueles venenos! Talvez ele realmente os tenha preparado porque gostava da ideia de ser capaz de matar alguém um dia. Ele tinha de chamar a atenção para o desaparecimento da substância, para desviar a suspeita dele próprio. Mas era de longe a pessoa com maior probabilidade de ter pegado o veneno. Poderia até ter gostado de ver Caroline enforcada... porque ela o havia recusado muito tempo atrás. Sabe, acho que é muito suspeito o relato que ele fez de tudo... como as pessoas fazem coisas que não são características delas. E se ele estivesse pensando *nele mesmo* quando escreveu isso?

— Você está certa pelo menos nisso — disse Poirot —, não tomar o que foi escrito como necessariamente uma narrativa verdadeira. O que foi escrito pode ter sido feito deliberadamente para desorientar.

— Oh, eu sei. Tive isso sempre em mente.
— Alguma outra ideia?
Carla falou bem devagar:
— Eu me perguntei... antes de ler isso... sobre miss Williams. Ela perdeu o emprego quando Angela foi para a escola. E, se Amyas morresse de repente, Angela provavelmente não teria mais ido. Quer dizer, se a morte fosse vista como natural... o que

facilmente aconteceria, suponho, se Meredith não tivesse dado falta da coniina. Eu li sobre coniina, e ela não provoca nenhuma aparência característica após a morte. Podia-se pensar que tinha sido insolação. Sei que apenas o fato de perder um emprego não é um motivo muito adequado para assassinato. Mas muitos assassinatos têm sido cometidos por motivos ridiculamente inadequados. Às vezes somas de dinheiro minúsculas. E uma governanta de meia-idade, talvez incompetente, poderia ter ficado apavorada e não ver nenhum futuro diante de si.

"Como eu disse, isso foi o que pensei antes de ler os manuscritos. Mas miss Williams não parece absolutamente ser assim. E não parece nada incompetente..."

— De forma alguma. Ela ainda é uma mulher muito eficiente e inteligente.

— Eu sei. É possível ver isso. E ela parece também absolutamente confiável. Foi isso de fato o que me deixou perturbada. Ah, *o senhor* sabe... *o senhor* entende. O senhor não se importa, é claro. O tempo todo o senhor deixou claro que o que queria era a verdade. Suponho que agora *temos* a verdade! Miss Williams tem toda a razão. Deve-se aceitar a verdade. Não adianta basear sua vida em uma mentira porque é nisso que você quer acreditar. Então está bem... eu sou capaz de aguentar! Minha mãe não era inocente! Ela me escreveu aquela carta porque estava fraca e infeliz e queria me poupar. Eu não a julgo. Talvez eu também devesse me sentir assim. Não sei o que a prisão faz às pessoas. E também não a culpo... se ela se sentia tão desesperada com relação a meu pai, imagino que não tenha conseguido se controlar. Mas também não culpo inteiramente meu pai. Entendo... só um pouco... como *ele* se sentia. Tão vivo... e tão cheio de vontade de fazer tudo... Ele não era capaz de evitar... aquele era o jeito dele. E ele era um grande pintor. Acho que isso desculpa muita coisa.

Ela virou para Poirot, o rosto congestionado de excitação, o queixo erguido de forma desafiadora.

— Então — disse Poirot —, você está satisfeita?

— Satisfeita? — disse Carla Lemarchant. Sua voz amorteceu a palavra.

Poirot se inclinou na direção dela e bateu paternalmente em seu ombro.

— Escute — ele disse. — Você está desistindo da luta no momento em que vale mais a pena lutar. No momento em que eu, Hercule Poirot, tenho uma ótima ideia do que realmente aconteceu.

Carla olhou fixamente para ele. E disse:

— Miss Williams amava minha mãe. Ela a viu... com os próprios olhos... forjando evidências de suicídio. Se o senhor acredita no que ela diz...

Hercule Poirot se levantou. E disse:

— Mademoiselle, porque Cecilia Williams diz que viu sua mãe forjando impressões digitais de Amyas Crale na garrafa de cerveja... na *garrafa* de cerveja, veja bem... essa é a única coisa de que preciso para me dizer definitivamente, de uma vez por todas, que sua mãe não matou seu pai.

Ele balançou a cabeça várias vezes e saiu da sala, deixando Carla a olhar para ele.

2

POIROT FAZ CINCO PERGUNTAS

— E ENTÃO, monsieur Poirot?

O tom de Philip Blake era de impaciência.

— Tenho de agradecer ao senhor — disse Poirot — por seu admirável e lúcido relato da tragédia Crale.

Philip Blake pareceu muito constrangido.

— É muito gentil de sua parte — ele murmurou. — É realmente surpreendente a quantidade de coisas que consegui lembrar quando comecei a pensar no assunto.

— Foi uma narrativa admiravelmente clara — disse Poirot —, mas houve certas omissões, não é?

— Omissões? — Philip Blake franziu o cenho.

— Sua narrativa, devo dizer, não foi inteiramente franca. — O tom de Poirot se endureceu. — Fui informado, mr. Blake, de que em pelo menos uma noite naquele verão mrs. Crale foi vista saindo de seu quarto numa hora um tanto comprometedora.

Houve um silêncio, quebrado apenas pela respiração pesada de Philip Blake. Por fim ele disse:

— Quem lhe contou isso?

Hercule Poirot negou com um movimento da cabeça.

— Não interessa quem me contou. A questão é que eu *sei*.

Mais uma vez houve um silêncio; então Philip Blake se decidiu. E disse:

— Por acidente, ao que parece, o senhor tropeçou em um assunto puramente privado. Admito que ele não é coerente com o que escrevi. No entanto, é mais coerente do que o senhor talvez pense. Sou obrigado a lhe contar a verdade.

"Eu *tinha* um sentimento de animosidade com relação a Caroline Crale. Ao mesmo tempo, sempre senti uma forte atração por ela. Talvez este último fato tenha induzido o primeiro. Eu me ressentia do poder que ela tinha sobre mim e tentava abafar a atração que sentia por ela me apegando aos seus piores aspectos. Jamais *gostei* dela, se o senhor me entende. Mas teria sido fácil para mim, a qualquer momento, dormir com ela. Eu fora apaixonado por ela quando jovem e ela nem me notara. Eu não achava fácil perdoar isso.

"Minha oportunidade surgiu quando Amyas perdeu a cabeça tão completamente pela garota Greer. Sem nenhuma premeditação, eu me vi dizendo a Caroline que a amava. Ela disse muito calma: 'Sim, eu sempre soube disso'. Que mulher insolente!

"É claro que eu sabia que ela não me amava, mas vi que estava perturbada e desiludida com a paixão de Amyas. Esse é um estado de espírito em que uma mulher pode facilmente ser conquistada. Ela concordou em ir me encontrar aquela noite. E foi."

Blake fez uma pausa. Agora ele tinha dificuldade de falar.

— Ela foi ao meu quarto. E então, envolvida por meus braços, me disse com muita frieza que não conseguia! Afinal, ela disse, ela era mulher de um homem só. Era de Amyas Crale, para o bem ou para o mal. Ela concordou que me tratara muito mal, mas disse que não conseguia evitar. Pediu que eu a esquecesse.

"E me deixou. *Ela me deixou!* O senhor se admira, monsieur Poirot, de meu ódio por ela ter sido multiplicado por cem? O senhor se admira de eu nunca tê-la perdoado? Pelo insulto que ela me fez... e também pelo fato de ela ter matado o amigo que eu amava mais que qualquer outra pessoa no mundo!"

Tremendo violentamente, Philip Blake exclamou:

— *Eu não quero falar disso*, o senhor está ouvindo? O senhor já tem sua resposta. Agora vá! E nunca mais fale desse assunto comigo!"

II

— Eu quero saber, mr. Blake, em que ordem seus convidados deixaram o laboratório naquele dia.

Meredith Blake protestou.

— Mas meu caro monsieur Poirot. Depois de dezesseis anos! Como eu poderia me lembrar? Eu lhe contei que a última a sair foi Caroline.

— O senhor tem *certeza* disso?

— Sim... pelo menos... acho que sim...

— Vamos até lá agora. Creio que o senhor entende que devemos ter *toda* a certeza.

Ainda protestando, Meredith Blake seguiu na frente. Destrancou a porta e abriu as persianas. Poirot falou a ele em tom autoritário.

— Agora, meu amigo. O senhor mostrou a seus visitantes seus interessantes preparados de ervas. Feche os olhos agora e pense...

Meredith Blake fez isso, obediente. Poirot tirou um lenço do bolso e gentilmente o passou para um lado e para outro. Blake murmurou, com as narinas levemente abertas:

— Sim, sim... é extraordinário como as coisas voltam a nós. Eu me lembro, Caroline usava um vestido claro da cor de café. Phil parecia entediado... Ele sempre achou meu passatempo bastante idiota.

— Reflita agora — disse Poirot —, o senhor está prestes a sair da sala. Vai para a biblioteca, onde lerá a passagem sobre a morte de Sócrates. Quem sai da sala primeiro... o senhor?

— Elsa e eu... sim. Ela passou pela porta primeiro. Eu estava bem atrás dela. Nós conversávamos. Eu fiquei lá esperando que os outros viessem para que eu pudesse trancar a porta de novo. Philip... sim, Philip foi o próximo a sair. E Angela... ela perguntava a ele o que eram touros e ursos.* Eles seguiram pelo corredor. Amyas foi atrás deles. Eu continuei esperando... por Caroline, é claro.

— Então o senhor tem bastante certeza de que Caroline ficou para trás. O senhor viu o que ela estava fazendo?

Blake sacudiu a cabeça.

— Não, veja, eu estava de costas para a sala. Conversando com Elsa... amolando-a, suponho... contando a ela como certas plantas devem ser colhidas na lua cheia de acordo com uma antiga superstição. E então Caroline saiu... um pouco apressada... e eu tranquei a porta.

---

* No original, *bulls and bears*: no jargão do mercado de ações, os *bulls* (touros) são aqueles que esperam que o preço das ações suba a prazo, e portanto compram agora esperando ter mais lucros no futuro. Os *bears* (ursos) acham o contrário, e vendem agora para evitar perdas maiores no futuro. [N.T.]

Ele parou de falar e olhou para Poirot, que estava guardando o lenço no bolso. Meredith Blake fungou enojado e pensou: "Ora, o camarada na verdade usa *o faro!*".

Em voz alta, ele disse:

— Estou muito seguro. Foi essa a ordem. Elsa, eu mesmo, Philip, Angela e Caroline. Isso o ajuda em alguma coisa?

— Tudo se encaixa — disse Poirot. — Escute. Quero fazer uma reunião aqui. Acho que não vai ser difícil...

III

— E então?

Elsa Dittisham disse isso quase ansiosa, como uma criança.

— Quero lhe fazer uma pergunta, madame.

— Sim?

— Depois que tudo terminou — disse Poirot — ... falo do julgamento... Meredith Blake pediu à senhora que se casasse com ele?

Elsa o olhou fixamente. Parecia insolente, quase entediada.

— Sim... pediu. Por quê?

— A senhora ficou surpresa?

— Fiquei? Não me lembro.

— O que a senhora disse?

Ela riu. E disse:

— O que o senhor acha que eu disse? Depois de *Amyas*... Meredith? Teria sido ridículo! Foi estúpido da parte dele. Ele sempre foi bem estúpido.

De repente ela sorriu.

— Sabe, ele queria me proteger... "cuidar de mim...", foi isso que ele disse! Como todos os outros, ele pensava que o julgamento tinha sido uma provação terrível para mim. E os repórteres! E a multidão vaiando! E toda a lama que foi jogada em mim.

Ela ruminou por um minuto.

— Coitadinho do Meredith! Tão burro!

E riu de novo.

IV

Mais uma vez Hercule Poirot encontrou o olhar penetrante e sagaz de miss Williams, e mais uma vez teve a sensação de voltar no tempo e ele ser um garotinho tímido e apreensivo.

Havia, ele explicou, uma pergunta que queria lhe fazer.

Miss Williams buscou disposição para ouvir qual era a pergunta.

Poirot falou devagar, escolhendo cuidadosamente as palavras:

— Angela Warren foi ferida quando era uma criança muito novinha. Em minhas anotações encontrei duas referências a esse fato. Em uma delas declara-se que mrs. Crale jogou um peso de papel na criança. Na outra, que ela atacou a neném com um pé de cabra. Qual dessas versões é a correta?

A resposta de miss Williams foi enérgica:

— Eu nunca ouvi nada sobre um pé de cabra. A história correta é a do peso de papel.

— Quem lhe informou isso?

— A própria Angela. Ela me contou isso muito cedo.
— O que exatamente ela disse?
— Ela tocou na bochecha e disse: "Caroline fez isto quando eu era neném. Ela jogou um peso de papel em mim. Nunca mencione isso, viu, porque ela fica terrivelmente perturbada".
— Mrs. Crale alguma vez mencionou esse assunto à senhorita?
— Só de forma oblíqua. Ela supunha que eu conhecia a história. Lembro de uma vez ela dizer: "Sei que você acha que eu mimo Angela, mas, entenda, eu sempre sinto que não há nada que eu possa fazer para compensá-la pelo que fiz". E em outra ocasião ela disse: "Saber que feriu permanentemente outro ser humano é a carga mais pesada que alguém poderia ter de suportar".
— Obrigado, miss Williams. É só isso que eu queria saber.
Cecilia Williams disse abruptamente:
— Não entendo o senhor, monsieur Poirot. O senhor mostrou a Carla meu relato da tragédia?
Poirot balançou a cabeça, assentindo.
— E contudo o senhor ainda... — e ela parou de falar.
— Reflita um pouco — disse Poirot. — Se a senhorita passasse por um peixeiro e visse doze peixes sobre a prancha dele, pensaria que todos eles eram peixes de verdade, não? Mas um deles poderia ser um peixe empalhado.
Miss Williams respondeu com determinação:
— Muito improvável, e de qualquer maneira...
— Ah, muito improvável, sim, mas não impossível... porque um amigo meu uma vez levou um peixe empalhado (a senhorita compreende, era a atividade dele) para compará-lo com o peixe

verdadeiro! E se a senhorita visse um vaso de zínias em uma sala de estar em dezembro, diria que elas eram falsas... mas elas poderiam ser verdadeiras, trazidas de Bagdá.

— Qual é o significado de todo esse absurdo? — exigiu miss Williams.

— É para lhe mostrar que é com os olhos da mente que realmente vemos...

V

Poirot reduziu um pouco o passo ao se aproximar do grande bloco de apartamentos que dava para o Regent's Park.

Na verdade, quando pensou nisso, ele não queria fazer nenhuma pergunta a Angela Warren. A única pergunta que queria fazer a ela podia esperar...

Não, era realmente só sua paixão insaciável por simetria que o trazia até ali. Cinco pessoas, devia haver cinco perguntas! Assim ficava mais bem-proporcionado. Concluía melhor a questão.

Ah, bem... ele ia pensar em alguma coisa.

Angela Warren o saudou com algo muito próximo da ansiedade. Ela disse:

— O senhor descobriu alguma coisa? Chegou a algum lugar?

Poirot balançou lentamente a cabeça em seu melhor estilo mandarim. E disse:

— Finalmente estou progredindo.

— Philip Blake? A frase estava a meio caminho entre uma declaração e uma pergunta.

— Mademoiselle, não quero dizer nada agora. Ainda não é o momento. O que vou lhe pedir é que faça a gentileza de ir a Handcross Manor. Os outros consentiram.

Ela disse, com um leve franzir da testa:

— O que o senhor propõe fazer? Reconstruir algo que aconteceu há dezesseis anos?

— Ver o que aconteceu, talvez, de um outro ângulo. A senhorita irá?

Angela Warren falou devagar:

— Oh, sim, irei. Será interessante ver de novo todas aquelas pessoas. Vou *vê-las* agora, talvez, de um ângulo mais claro (como o senhor diz) que o que vi na época.

— E você pode levar a carta que me mostrou?

Angela Warren franziu o cenho.

— Aquela carta é minha. Eu a mostrei ao senhor por uma razão boa e suficiente, mas não tenho intenção de permitir que ela seja lida por pessoas estranhas e insensíveis.

— Mas você se permitirá ser orientada por mim nessa questão?

— Não farei nada disso. Levarei a carta comigo, mas farei meu próprio julgamento, que arrisco pensar que é tão bom quanto o seu.

Poirot espalmou as mãos em um gesto de resignação. Levantou-se para sair. E disse:

— Você permite que eu lhe faça uma perguntinha?

— O que é?

— No momento da tragédia, você tinha lido recentemente *Um gosto e seis vinténs*, de Somerset Maugham, não tinha?

Angela olhou fixamente para ele. Então disse:

— Creio... ora, sim, isso é bem verdade. — Ela olhou para ele com franca curiosidade. — Como é que o senhor soube?

— Eu quero lhe mostrar, mademoiselle, que mesmo em uma questão pouco importante eu sou uma espécie de mágico. Há coisas que sei sem precisar que me contem.

3

RECONSTRUÇÃO

O SOL DA TARDE brilhava no laboratório em Handcross Manor. Algumas espreguiçadeiras e um canapé tinham sido trazidos para a sala, mas serviam mais para enfatizar seu aspecto de abandono do que para mobiliá-la.

Levemente constrangido, puxando o bigode, Meredith Blake conversava com Carla de modo desconexo. A certa altura ele parou de falar abruptamente e disse:

— Minha querida, você é muito parecida com sua mãe... e no entanto também é muito diferente dela.

— Como eu me pareço com ela e como sou diferente? — perguntou Carla.

— Você tem a cor e o modo de se mover dela, mas é... como posso dizer... mais *positiva*.

Philip Blake, com uma ruga de preocupação na testa, olhava para fora pela janela e tamborilava impaciente no batente. Ele disse:

— Qual é o sentido de tudo isso? Uma linda tarde de sábado...

Hercule Poirot apressou-se a acalmar os ânimos.

— Ah, eu peço desculpas... sei que é imperdoável atrapalhar o golfe. *Mais voyons*, monsieur Blake, esta é a filha de seu melhor amigo. O senhor vai abrir uma exceção para ela, não vai?

O mordomo anunciou:

— Miss Warren.

Meredith foi recebê-la. E disse:

— Que bondade sua arranjar tempo, Angela. Sei que você é ocupada.

Ele a levou até a janela.

— Olá, tia Angela — disse Carla. — Eu li seu artigo no *Times* esta manhã. É ótimo ter um parente de renome. — Ela indicou o jovem alto, de queixo quadrado e olhos cinza tranquilos. — Este é John Rattery. Ele e eu... espero... vamos nos casar.

— Oh! — disse Angela Warren —, eu não sabia...

Meredith foi receber a próxima a chegar.

— Ora, miss Williams, faz muitos anos que não nos vemos.

Magra, frágil e indômita, a idosa governanta avançou pela sala. Seus olhos pousaram pensativos em Poirot por um minuto, então se dirigiram à figura alta, de ombros retos, vestida em um elegante *tweed*.

Angela Warren se adiantou para cumprimentá-la e disse sorrindo:

— Eu me sinto de novo uma secundarista.

— Tenho muito orgulho de você, minha querida — disse miss Williams. — Você me honra. Imagino que essa seja Carla. Ela não vai se lembrar de mim. Era tão pequena...

Philip Blake disse irritado:

— O que é tudo isso? Ninguém me disse.

— Eu chamo... eu... de excursão ao passado — disse Poirot. — Que tal sentarmos? Estaremos prontos quando a última convidada chegar. E quando ela estiver aqui poderemos dar andamento a nossa atividade... invocar os fantasmas.

Philip Blake exclamou:

— Que bobagem é essa? O senhor não vai fazer uma *sessão espírita*, vai?

— Não, não. Vamos apenas discutir alguns fatos que ocorreram há muito tempo... discuti-los e, talvez, ver mais claramente como eles aconteceram. Quanto aos fantasmas, eles não vão se materializar, mas quem pode dizer que eles não estão aqui, nesta sala, embora não possamos vê-los? Quem pode dizer que Amyas Crale e Caroline Crale não estão aqui... ouvindo?

— Que disparate absurdo — disse Philip Blake, e parou de falar quando a porta se abriu mais uma vez e o mordomo anunciou lady Dittisham.

Elsa Dittisham entrou com aquela tênue insolência entediada que era sua característica. Sorriu de leve para Meredith Blake, olhou friamente para Angela e Philip e foi até uma cadeira ao lado da janela e um pouco afastada dos outros. Ela afrouxou a rica estola de peles clara que tinha em volta do pescoço e a deixou cair. Olhou por um ou dois minutos pela sala, depois para Carla, e a garota a encarou, avaliando pensativa a mulher que causara o estrago na vida de seus pais. Não havia nenhuma animosidade em seu rosto jovem e grave, só curiosidade.

— Desculpe se estou atrasada, monsieur Poirot — disse Elsa.

— Foi muito bom a senhora ter vindo, madame.

Cecilia Williams bufava levemente. Elsa enfrentou a animosidade em seus olhos com uma completa falta de interesse. E disse:

— Eu não teria reconhecido *você*, Angela. Quanto tempo faz? Dezesseis anos?

Hercule Poirot aproveitou a oportunidade.

— Sim, faz dezesseis anos desde os acontecimentos dos quais falaremos, mas permitam-me primeiro lhes contar por que estamos aqui.

E em poucas palavras simples ele esboçou o apelo de Carla a ele e sua aceitação da tarefa.

Então continuou depressa, ignorando a agitação crescente que era visível no rosto de Philip, e a aversão chocada no de Meredith.

— Eu aceitei essa incumbência... comecei a trabalhar para descobrir... a verdade.

Carla Lemarchant, na grande cadeira do vovô, ouvia fracamente a voz de Poirot, à distância.

Com a mão cobrindo os olhos ela estudava os cinco rostos, sub-repticiamente. Conseguia ver alguma dessas pessoas cometendo assassinato? A exótica Elsa, o ruborizado Philip, o querido, agradável e gentil senhor Meredith Blake, aquela governanta autoritária e soturna, a fria e competente Angela Warren?

Poderia ela, se tentasse com empenho, visualizar um de- les matando alguém? Sim, talvez, mas não seria o tipo certo de assassinato. Ela podia imaginar Philip Blake, em um acesso de fúria, estrangulando uma mulher; sim, ela *podia* imaginar isso... E podia imaginar Meredith Blake ameaçando um ladrão com um revólver e disparando por acidente... E podia imaginar Angela Warren também disparando um revólver, mas não por acidente. Sem nenhum sentimento pessoal envolvido, a segurança da expedição dependia disso! E Elsa, em algum castelo fantástico dizendo de seu sofá de seda oriental: "Joguem o infeliz pelas ameias!".

Todas fantasias extravagantes, e nem mesmo na fantasia mais

extravagante ela podia imaginar miss Williams matando alguém! Outra cena fantástica: "Você matou alguém, miss Williams?". "Continue com sua aritmética, Carla, e não faça perguntas bobas. Matar alguém é muito feio."

Carla pensou: "Eu devo estar doente... e tenho de parar com isso. Escute, sua tola, escute aquele homenzinho que diz que sabe".

Hercule Poirot estava falando.

— Foi essa a minha tarefa: me colocar em marcha a ré, por assim dizer, e voltar através dos anos para descobrir o que realmente aconteceu.

Philip Blake disse:

— Todos nós sabemos o que aconteceu. Fingir qualquer outra coisa é um embuste... é isso que é, um embuste descarado. O senhor está tirando dinheiro dessa garota com base em alegações falsas.

Poirot não se permitiu ficar irritado. E disse:

— O senhor diz *todos nós sabemos o que aconteceu*. Mas fala sem refletir. A versão aceita de certos fatos não é necessariamente a verdadeira. Por exemplo, à primeira vista, o senhor, mr. Blake, não gostava de Caroline Crale. Essa é a versão aceita de sua atitude. Mas qualquer pessoa com o menor pendor para a psicologia pode perceber de imediato que a verdade era o oposto exato disso. O senhor foi sempre violentamente atraído por Caroline Crale. O senhor se ressentia desse fato, e tentava vencê-lo afirmando para si os defeitos dela e reiterando sua antipatia. Da mesma forma, mr. Meredith Blake tinha uma tradição de devoção a Caroline Crale que durava muitos anos. Em sua história da tragédia, ele se representa como magoado pela conduta de

Amyas Crale por causa *dela*, mas basta ler com cuidado nas entrelinhas e se verá que a devoção de uma vida inteira havia se dissipado e que era a jovem e bela Elsa quem ocupava a mente e os pensamentos *dele*.

Meredith tossiu soltando perdigotos, e lady Dittisham sorriu. Poirot continuou.

— Menciono essas questões só como ilustrações, embora elas tenham seu peso no que aconteceu. Muito bem então, começo minha viagem ao passado... para saber tudo que consegui sobre a tragédia. Vou lhes contar como a iniciei. Conversei com o advogado que defendeu Caroline Crale, com o advogado de acusação, com o velho advogado que conhecera intimamente a família Crale, com o secretário do advogado que estivera no tribunal durante o julgamento, com o oficial de polícia encarregado do caso... e cheguei finalmente às cinco testemunhas oculares que estavam na cena. E do que obtive de todas essas pessoas eu montei um quadro... um quadro composto de uma mulher. E fiquei sabendo destes fatos:

"*Que em nenhum momento Caroline Crale afirmou sua inocência* (exceto na carta escrita a sua filha).

"Que Caroline Crale não demonstrou nenhum medo no banco dos réus, que não demonstrou, de fato, quase nenhum interesse, que adotou uma atitude inteiramente derrotista. Que na prisão estava tranquila e serena. Que em uma carta que escreveu à irmã imediatamente depois do veredito ela expressou sua aquiescência com o destino que a surpreendera. E na opinião de todos com quem falei (com uma única e notável exceção) *Caroline Crale era culpada*.

Philip Blake balançou a cabeça.

— É claro que ela era!

Hercule Poirot disse:

— Mas não era meu papel aceitar o veredito de *outros*. Eu tinha de examinar as evidências *eu mesmo*. Examinar os fatos e me convencer de que a psicologia do caso concordava com eles. Para fazer isso estudei cuidadosamente os arquivos policiais, e também consegui que cinco pessoas que estavam no local escrevessem para mim seus relatos da tragédia. Esses relatos foram muito valiosos porque continham matérias que os arquivos policiais não podiam me dar... ou seja: A, certas conversas e incidentes que do ponto de vista da polícia não eram relevantes; B, as opiniões das próprias pessoas quanto ao que Caroline Crale pensava e sentia (não admissíveis em termos legais como provas); C, certos fatos que tinham sido deliberadamente omitidos da polícia.

"Agora eu tinha condições de julgar o caso *eu mesmo*. Não parece haver nenhuma dúvida de que Caroline Crale tinha amplos motivos para cometer o crime. Ela amava o marido, ele admitira publicamente que estava prestes a deixá-la por outra mulher, e, como ela própria reconhecia, ela era uma mulher ciumenta.

"Passando dos motivos aos meios, um vidro de perfume vazio que contivera coniina foi encontrado na gaveta da escrivaninha dela. Não havia nenhuma impressão digital nele a não ser as dela. Quando perguntada sobre a substância pela polícia, ela admitiu tê-la tirado desta sala em que estamos. O vidro de coniina aqui também tinha impressões digitais dela. Questionei mr. Meredith Blake sobre a ordem em que as cinco pessoas deixaram esta sala naquele dia... pois me parecia dificilmente concebível que *qualquer um* conseguisse se servir do veneno enquanto cinco pessoas estavam na sala. As pessoas deixaram a sala nesta ordem: Elsa Greer, Meredith Blake, Angela Warren e Philip Blake, Amyas Crale e, por último, Caroline Crale. Além disso, mr. Meredith Blake estava de costas para a sala enquanto esperava que mrs. Crale saísse, de modo que era impossível para ele ver o que ela estava fazendo. Isso quer dizer que ela teve a oportunidade. Estou portanto convencido de que ela pegou a coniina. Há uma confirmação indireta disso. Mr. Meredith Blake me disse outro dia: 'Eu consigo me lembrar de estar lá sentindo o cheiro de jasmim através da janela aberta'. Mas o mês era setembro, e a trepadeira de jasmim do lado de fora daquela janela teria terminado de florescer. É o jasmim comum, que floresce em junho e julho. Mas o vidro de perfume encontrado no quarto dela e que continha resíduos de coniina havia originalmente contido perfume de jasmim. Tomo como certo, então, que mrs. Crale decidiu roubar a coniina, e sub-repticiamente esvaziou o perfume de um vidro que tinha na bolsa.

"Testei isso uma segunda vez outro dia, quando pedi ao senhor Blake que fechasse os olhos e tentasse se lembrar da ordem de saída da sala. Um leve odor de perfume de jasmim estimulou sua memória imediatamente. Somos mais influenciados pelo cheiro do que sabemos.

"Então chega a manhã do dia fatal. Até aqui os fatos não estão em questão. A repentina revelação de miss Greer de que ela e mr. Crale pensavam em se casar, a confirmação de Amyas Crale e a profunda aflição de Caroline Crale. Nenhuma dessas coisas depende do testemunho de apenas uma pessoa.

"Na manhã seguinte há uma cena entre marido e mulher na biblioteca. A primeira coisa ouvida é Caroline Crale dizendo: 'Você e suas mulheres!', em uma voz amarga, e finalmente continuando: 'Um dia eu ainda mato você'. Philip Blake ouviu isso do *hall*. E miss Greer ouviu a mesma coisa do terraço.

"Ela então ouviu mr. Crale pedir à esposa que fosse razoável. E ouviu mrs. Crale dizer: 'Antes de deixar você ir com aquela garota, *eu mato você...*'. Logo depois disso Amyas Crale sai e diz bruscamente a Elsa Greer para descer e posar para ele. Ela pega um pulôver e o acompanha.

"Não há nada até aqui que pareça psicologicamente incorreto. Todos se comportaram como se esperaria que se comportassem. Mas agora chegamos a algo que *é* incongruente.

"Meredith Blake descobre sua perda, telefona ao irmão; eles se encontram no patamar e sobem passando pelo Battery Garden, onde Caroline Crale está tendo uma discussão com o marido a respeito da ida de Angela para a escola. Isso me parece muito estranho. Marido e mulher têm uma cena terrível, terminando em uma ameaça clara por parte de Caroline e, no entanto, uns vinte minutos depois, ela desce e começa uma discussão doméstica trivial."

Poirot se voltou para Meredith Blake.

— O senhor fala em sua narrativa de certas palavras que ouviu Crale dizer. Eram estas: 'Está tudo resolvido. Vou cuidar das malas dela'. Isso está correto?

— Era algo assim... sim — disse Meredith Blake.

Poirot se voltou para Philip Blake.

— Sua recordação é a mesma?

Philip Blake franziu o cenho.

— Eu não me lembrava disso até o senhor dizer... mas me lembro agora. *Foi dita* alguma coisa sobre cuidar das malas!

— Dito pelo mr. Crale... não pela mrs. Crale?

— Quem disse foi Amyas. A única coisa que ouvi Caroline dizer foi algo sobre aquilo ser muito duro para a garota. De qualquer forma, que importância tem isso? Nós todos sabemos que Angela ia partir para a escola em um ou dois dias.

Poirot disse:

— O senhor não entende a força de minha objeção. Por que *Amyas Crale* deveria cuidar das malas da garota? Isso é absurdo! Havia mrs. Crale, havia miss Williams, havia uma empregada. Cuidar das malas é trabalho de mulher... não de homem.

Philip Blake disse com impaciência:

— Que importância tem isso? Não tem nada a ver com o crime.

— O senhor acha que não? Para mim, foi o primeiro ponto que me pareceu sugestivo. E ele é imediatamente seguido por outro. Mrs. Crale, uma mulher desesperada, extremamente magoada, que ameaçou o marido um pouco antes e que certamente está pensando ou em suicídio ou em assassinato, agora se oferece da maneira mais amigável para trazer ao marido cerveja gelada.

Meredith Blake disse lentamente:

— Isso não é estranho se ela estava pensando em assassinato. Nesse caso, por certo, é exatamente isso que ela *devia* fazer. Dissimular!

— O senhor acha isso? Ela decidiu envenenar o marido, já pegou o veneno. O marido mantém um suprimento de cerveja no Battery Garden. Certamente, se ela tem alguma inteligência, vai pôr o veneno em uma *dessas* garrafas num momento em que não haja ninguém por perto.

Meredith Blake objetou:

— Ela não poderia ter feito isso. Outra pessoa poderia tê-la bebido.

— Sim, Elsa Greer. O senhor me diz que, tendo decidido assassinar o marido, Caroline Crale teria tido escrúpulos de matar também a garota?

"Mas não vamos discutir esse ponto. Vamos nos ater aos fatos. Caroline Crale diz que vai mandar ao marido cerveja gelada. Ela sobe até a casa, pega uma garrafa da estufa onde ela estava guardada e a leva para ele. Serve a cerveja e dá a ele o copo.

"Amyas Crale bebe e diz: 'Tudo está com um gosto ruim hoje'.

"Mrs. Crale sobe outra vez até a casa. Almoça e parece muito normal. Foi dito que ela parecia um pouco inquieta e preocupada. Isso não nos ajuda... pois não há nenhum critério de comportamento para um assassino. Há assassinos calmos e assassinos excitados.

"Depois do almoço ela desce outra vez para o Battery Garden. Descobre o marido morto e faz, podemos dizer, as coisas obviamente esperadas. Demonstra emoção e manda a governanta telefonar para um médico. Agora chegamos a um fato que não foi conhecido antes." Ele olhou para miss Williams. "A senhorita não se opõe?"

Miss Williams estava muito pálida. Ela disse:

— Eu não pedi ao senhor que guardasse segredo.

Calmamente, mas com efeito persuasivo, Poirot reproduziu o que a governanta vira.

Elsa Dittisham mudou de posição na cadeira. Olhou para a mulherzinha insípida na cadeira grande. E disse, incrédula:

— Você viu mesmo ela fazer *isso*?

Philip Blake levantou num pulo.

— Mas isso resolve tudo! — ele gritou. — Isso resolve tudo de uma vez por todas.

Hercule Poirot olhou para ele com ar conciliatório. E disse:

— Não necessariamente.

Angela Warren disse bruscamente:

— Eu não acredito nisso. — Havia um lampejo de hostilidade no rápido olhar que ela lançou à pequena governanta.

Meredith Blake puxava o bigode, com o rosto consternado. Só miss Williams permanecia inalterada. Estava sentada bem empertigada e havia um ponto de cor em cada uma de suas bochechas.

— Foi isso que eu vi — disse ela.

Poirot falou devagar:

— É claro que só há sua palavra sobre isso...

— Só há minha palavra sobre isso. — Os indômitos olhos cinza encontraram os dele. — Não estou acostumada, monsieur Poirot, a ver minha palavra posta em dúvida.

Hercule Poirot inclinou a cabeça. E disse:

— Não duvido de sua palavra, miss Williams. O que a senhorita viu ocorreu exatamente como a senhorita disse... e por causa do que a senhorita viu percebi que Caroline Crale não era culpada... não poderia ser culpada.

Pela primeira vez, aquele jovem alto de rosto ansioso, John Rattery, falou. Ele disse:

— Seria interessante saber *por que* o senhor diz isso, monsieur Poirot.

Poirot se voltou para ele.

— Certamente. Vou lhe contar. O que miss Williams viu... ela viu Caroline Crale limpando de forma muito cuidadosa e muito ansiosa as impressões digitais e depois impondo as impressões digitais do marido morto na garrafa de cerveja. Na *garrafa de cerveja*, atente para isso. Mas a coniina estava no copo... não na garrafa. A polícia não encontrou nenhum vestígio de coniina na garrafa. Nunca houvera coniina na garrafa. E *Caroline Crale não sabia disso.*

"Ela, que supostamente tinha envenenado o marido, não sabia *como* ele fora envenenado. Pensava que o veneno estava na garrafa."

— Mas por que... — objetou Meredith.

Poirot o interrompeu subitamente.

— Sim... *por quê?* Por que Caroline Crale tentou tão desesperadamente estabelecer a teoria do suicídio? A resposta é... deve ser... muito simples. Porque ela sabia *de fato* quem o envenenara e estava disposta a fazer qualquer coisa... suportar qualquer coisa... para que não suspeitassem dessa pessoa.

"Não falta muito agora. Quem poderia ser essa pessoa? Ela teria protegido Philip Blake? Ou Meredith? Ou Elsa Greer? Ou Cecilia Williams? Não, só há uma pessoa que ela estaria disposta a proteger a qualquer custo."

Ele fez uma pausa e então:

— Miss Warren, se tiver trazido a carta de sua irmã, eu gostaria de lê-la em voz alta.

— Não — disse Angela Warren.

— Mas miss Warren...

Angela se levantou. Sua voz soou fria como aço.

— Percebo muito bem o que o senhor está sugerindo. O senhor está dizendo, não é?, que eu matei Amyas Crale e que minha irmã sabia disso. Eu nego peremptoriamente essa alegação.

— A carta... — disse Poirot.

— A carta se destinava só a mim.

Poirot olhou para onde as duas pessoas mais jovens da sala estavam juntas.

Carla Lemarchant disse:

— Por favor, tia Angela, por que não faz o que monsieur Poirot está pedindo?

Angela Warren disse num tom amargo:

— Realmente, Carla! Você não tem nenhum senso de decência? Ela era sua mãe... você...

A voz de Carla soou clara e agressiva:

— Sim, ela era minha mãe. É por isso que tenho o direito de lhe pedir. Estou falando por *ela*. Eu *quero* que essa carta seja lida.

Lentamente, Angela Warren tirou a carta da bolsa e a entregou a Poirot. E disse com amargura:

— Eu queria não tê-la mostrado ao senhor.

Então deu as costas a eles e ficou olhando para fora pela janela.

Enquanto Hercule Poirot lia em voz alta a última carta de Caroline Crale, as sombras se intensificavam nos cantos da sala. Carla teve uma súbita sensação de alguém na sala, tomando forma, ouvindo, respirando, esperando. Ela pensou: "*Ela* está aqui... minha mãe está aqui. Caroline... Caroline Crale está *aqui* nesta sala!".

A voz de Hercule Poirot cessou. Ele disse:

— Penso que vocês todos concordarão que é uma carta muito notável. Uma bela carta, também, mas certamente notável. Pois há nela uma omissão surpreendente... ela não contém nenhuma afirmação de inocência.

Angela Warren disse, sem virar a cabeça:

— Isso era desnecessário.

— Sim, miss Warren, era desnecessário. Caroline Crale não precisava dizer à irmã que era inocente... porque pensava que a irmã já sabia desse fato... sabia pela melhor das razões. A única coisa que preocupava Caroline era confortar e tranquilizar, e afastar a possibilidade de uma confissão por parte de Angela. Ela reitera com insistência... *Está tudo bem, querida, está tudo bem.*

— O senhor não consegue entender? — disse Angela Warren. — Ela queria que eu fosse feliz, apenas isso.

— Sim, ela queria que você fosse feliz, isso é abundantemente claro. É a única preocupação dela. Ela tem uma filha, mas não é na filha que está pensando... isso virá depois. Não, é a irmã que ocupa sua mente, excluindo tudo o mais. Sua irmã deve ser tranquilizada, deve ser encorajada a viver a própria vida, a ser feliz e bem-sucedida. E, para que o peso da aceitação não seja grande demais, Caroline inclui esta única frase, muito significativa: '*Temos de pagar nossas dívidas*'.

"Essa única frase explica tudo. Ela se refere explicitamente ao peso que Caroline carregou por tantos anos desde quando, numa fúria adolescente descontrolada, jogou um peso de papel em sua irmã neném e a desfigurou por toda a vida. Agora, finalmente, ela tem a oportunidade de pagar sua dívida. E, se isso servir de consolo, direi a vocês que acredito seriamente que, ao pagar essa dívida, Caroline Crale alcançou uma paz e uma serenidade maior do que jamais conhecera. Por causa de sua crença de estar pagando aquela dívida, a provação do julgamento e da condenação não podia atingi-la. É estranho dizer isso de uma assassina condenada... mas ela tinha tudo de que precisava para ser feliz. Sim, mais do que vocês imaginam, como agora lhes mostrarei.

"Vejam como, por essa explicação, tudo se encaixa no que diz respeito às reações de Caroline. Olhem para a série de acontecimentos do ponto de vista dela. Para começar, na noite anterior, ocorre algo que a faz lembrar forçosamente de sua própria adolescência indisciplinada. Angela joga um *peso de papel* em Amyas Crale. Isso, lembrem-se, é o que ela mesma fez muitos anos antes. Angela grita que quer que Amyas morra. Então, na manhã seguinte, Caroline entra na pequena estufa e encontra Angela mexendo na cerveja. Lembrem-se das palavras de miss Williams: 'Angela estava lá. Ela parecia culpada...'. Culpada de cabular aula, era o que miss Williams queria dizer, mas para Caroline o rosto culpado de Angela, ao ser apanhada de surpresa, teria um significado diferente. Lembrem-se de que em pelo menos uma ocasião Angela pusera coisas na bebida de Amyas. Era uma ideia que poderia prontamente ocorrer a ela.

"Caroline pega a garrafa *que Angela lhe dá* e desce com ela para o Battery Garden. E lá ela a serve e entrega a Amyas, e ele faz uma careta, engole a cerveja e pronuncia aquelas palavras significativas: 'Tudo está com um gosto ruim hoje'.

"Caroline ainda não suspeita de nada... mas depois do almoço ela desce para o jardim e encontra o marido morto... e não tem nenhuma dúvida de que ele foi envenenado. *Ela* não fez isso. Então, quem fez? E de repente ela se lembra de tudo... as ameaças de Angela, o rosto de Angela, inclinada sobre a cerveja e apanhada desprevenida... culpada... culpada... culpada. Por que a menina fez isso? Como vingança contra Amyas, talvez sem intenção de matar, apenas para deixá-lo doente ou enjoado? Ou fez pelo bem dela, Caroline? Ela percebeu e ficou magoada com o fato de Amyas abandonar sua irmã? Caroline se lembra... oh, tão bem... de suas próprias emoções violentas e descontroladas quando tinha a idade de Angela. E só tem um pensamento. Como ela pode proteger Angela? Angela manuseou aquela garrafa... as impressões digitais de Angela devem estar nela. Ela rapidamente enxuga e limpa bem a garrafa. Se pelo menos todos puderem ser levados a acreditar que é suicídio... Se as impressões digitais de Amyas forem as únicas encontradas... Ela tenta colocar os dedos dele em volta da garrafa... agindo com desespero... procurando ouvir se alguém chega...

"Se tomarmos essa suposição como verdadeira, tudo a partir daí se encaixa. A ansiedade dela sobre Angela o tempo todo, sua insistência em mandá-la embora, mantendo-a afastada do que estava acontecendo. Seu medo de Angela ser questionada excessivamente pela polícia. Por fim, sua esmagadora ansiedade para tirar Angela da Inglaterra antes do início do julgamento. Porque ela vive aterrorizada pela possibilidade de Angela perder o controle e confessar."

4

VERDADE

LENTAMENTE, ANGELA WARREN se voltou. Seus olhos, duros e desdenhosos, percorreram os rostos que a encaravam.

Ela disse:

— Vocês são uns tolos cegos... todos vocês. Vocês não sabem que se eu tivesse feito aquilo, eu *teria* confessado! Eu nunca deixaria Caroline sofrer por algo que eu tivesse feito. Nunca!

— Mas — disse Poirot — você mexeu na cerveja.

— Eu? Mexi na cerveja?

Poirot se virou para Meredith Blake.

— Ouça, monsieur. Em seu relato do que aconteceu, o senhor descreve ter ouvido sons nesta sala, que fica embaixo de seu quarto, na manhã do crime.

Blake assentiu com um movimento de cabeça.

— Mas era só um gato.

— Como o senhor sabe que era um gato?

— Eu... eu não consigo me lembrar. Mas foi um gato. Tenho toda a certeza de que foi um gato. A janela estava aberta apenas o suficiente para um gato passar.

— Mas ela não ficava fixa nessa posição. O caixilho se move livremente. Ele poderia ter sido empurrado e um ser humano poderia entrar e sair.

— Sim, mas eu sei que foi um gato.

— O senhor *viu* um gato?

Blake disse, lentamente e com perplexidade:

— Não, eu não o vi... — Ele parou de falar, franzindo o cenho. — E mesmo assim eu sei.

— Eu vou lhe dizer por que o senhor sabe. Mas por enquanto vou lhe apresentar um argumento. Alguém poderia ter vindo até a casa naquela manhã, entrado em seu laboratório, pegado alguma coisa da prateleira e saído sem que o senhor o visse. Agora, se esse alguém tivesse vindo de Alderbury, não poderia ter sido Philip Blake, nem Elsa Greer, nem Amyas Crale, nem Caroline Crale. Sabemos muito bem o que esses quatro estavam fazendo. Restam Angela Warren e miss Williams. Miss Williams estava por aqui... o senhor na verdade a encontrou à procura de Angela. Angela tinha ido tomar banho de mar mais cedo, mas miss Williams não a viu na água, nem em nenhum lugar nas pedras. Ela poderia facilmente atravessar a nado até aqui... de fato ela fez isso mais tarde naquela manhã, quando tomou banho com Philip Blake. Sugiro que ela nadou até aqui, veio até a casa, entrou pela janela e pegou alguma coisa da prateleira.

Angela Warren disse:

— Eu não fiz nada disso... não... pelo menos...

— Ah! — Poirot deu um gritinho de triunfo. — *Você se lembrou.* Você me contou, não foi?, que para fazer uma maldade com Amyas Crale você pegou o que chamou de "coisa de gato...", foi isso que você disse...

Meredith Blake disse bruscamente:

— Valeriana! É claro.

— Exatamente. Foi *isso* que lhe fez ter certeza de que era um gato que tinha entrado na sala. Seu nariz é muito sensível. O senhor sentiu o odor tênue e desagradável de valeriana sem saber, talvez, que fez isso... mas ele sugeriu a sua mente inconsciente "gato". Os gatos adoram valeriana e vão a qualquer lugar atrás dela. A valeriana tem um gosto particularmente asqueroso, e foi sua explicação do dia anterior que fez a equivocada miss Angela planejar pôr um pouco de valeriana na cerveja do cunhado, que ela sabia que ele sempre tomava de um gole só.

Angela Warren disse, pensativa:

— Foi realmente naquele dia? Eu me lembro perfeitamente de ter pegado a valeriana. Sim, e me lembro de tirar a cerveja da geladeira e de Caroline entrar e quase me pegar! É claro que eu me lembro... Mas nunca liguei isso a esse dia específico.

— É claro que não... porque não havia nenhuma ligação *em sua mente*. Para você, os dois acontecimentos eram inteiramente diferentes. Um era semelhante a outras travessuras... o outro era uma tragédia que chegara sem aviso e eliminara de sua mente todos os acontecimentos menos importantes. Mas eu... eu percebi, quando você falou disso, que você disse: "Eu peguei etc. etc. *para pôr* na bebida de Amyas". Você não disse que de fato tinha *feito* isso.

— Não, porque não fiz. Caroline entrou justamente quando eu estava destampando a garrafa. Oh! — Foi um grito. — E Caroline pensou... ela pensou que tinha sido *eu*!

Ela parou de falar. Olhou em volta. Disse calmamente, em seu tom normal:

— Suponho que vocês todos também pensem isso.

Uma nova pausa, e então ela disse:

— *Eu não matei Amyas*. Nem em consequência de uma brincadeira maldosa, nem de nenhuma outra maneira. Se tivesse matado, eu nunca ficaria em silêncio.

Miss Williams disse bruscamente:

— É claro que você não faria isso, minha querida. — Ela olhou para Hercule Poirot. — Só um *néscio* pensaria isso.

Hercule Poirot disse brandamente:

— Eu não sou um néscio e não penso isso. *Sei muito bem quem matou Amyas Crale.*

Ele fez uma pausa.

— Há sempre o perigo de aceitar como comprovados fatos que na verdade não são nada disso. Tomemos a situação em Alderbury. Uma situação muito antiga. Duas mulheres e um homem. Nós demos como certo que Amyas Crale estava disposto a deixar a esposa pela outra mulher. Mas eu lhes sugiro agora que *ele nunca pretendeu fazer nada desse tipo.*

"Ele se apaixonara por mulheres antes. Ficava obcecado por elas, mas logo isso terminava. As mulheres por quem ele se apaixonava normalmente tinham certa experiência... não esperavam muito dele. Mas dessa vez a mulher esperava. Não era na verdade uma mulher. Era uma garota, e, nas palavras de Caroline Crale, era terrivelmente sincera... Podia ser fria e tinha um discurso sofisticado, mas no amor era assustadoramente obstinada. Porque tinha uma paixão profunda e avassaladora por Amyas Crale, ela supunha que ele sentia o mesmo por ela. Supunha sem nenhum questionamento que a paixão deles era para a vida toda. Supunha sem perguntar a ele se ele ia deixar a esposa.

"Mas por que, vocês dirão, Amyas Crale não abriu os olhos dela? E minha resposta é... o quadro. Ele queria terminar o quadro.

"Para algumas pessoas isso parece inacreditável... mas não para alguém que conheça os artistas. E já aceitamos essa explicação em princípio. Aquela conversa entre Crale e Meredith Blake é mais inteligível agora. Crale está constrangido... bate nas costas de Blake, garante a ele de forma otimista que vai dar um jeito em tudo. Para Amyas Crale, como vocês podem ver, tudo é simples. Ele está pintando um quadro, levemente estorvado pelo que descreve como um par de mulheres neuróticas e ciumentas... mas não vai permitir que nenhuma delas interfira no que para ele é a coisa mais importante da vida.

"Se ele contasse a verdade a Elsa seria o fim do quadro. Talvez, no primeiro surto de sentimento por ela, ele tenha falado em deixar Caroline. Os homens dizem essas coisas quando estão apaixonados. Talvez ele simplesmente tivesse permitido que se supusesse isso, e está deixando que se suponha isso agora. Ele não dá importância ao que Elsa supõe. Que ela pense o que quiser. Qualquer coisa que a mantenha tranquila por mais um ou dois dias.

"Então... ele vai contar a ela a verdade... que as coisas entre eles terminaram. Ele nunca foi um homem de se atrapalhar com escrúpulos.

"Ele fez, eu penso, um esforço para não se enredar com Elsa. Avisou-a do tipo de homem que era... mas ela não considerou o aviso. Correu em busca de seu Destino. E para um homem como Crale as mulheres aceitavam tudo. Se se perguntasse a ele, ele teria dito facilmente que Elsa era jovem... ela logo superaria aquilo. Era assim que a mente de Amyas Crale trabalhava.

"A esposa dele era na verdade a única pessoa a quem ele dava importância. Ele não estava muito preocupado com ela. Ela só teria de suportar a situação por mais alguns dias. E ficou furioso com Elsa por ela ter dito coisas a Caroline, mas ainda pensava com otimismo que ficaria 'tudo bem'. Caroline o perdoaria como sempre fizera, e Elsa... Elsa teria de 'aguentar'. São simples assim os problemas da vida para um homem como Amyas Crale.

"Mas penso que naquela última noite ele ficou realmente preocupado. Com Caroline, não com Elsa. Talvez ele tenha ido ao quarto dela e ela tenha se recusado a falar com ele. De qualquer forma, depois de uma noite intranquila, ele a chamou de lado depois do café da manhã e disse a verdade. Ele estivera apaixonado por Elsa, mas tudo tinha acabado. Quando terminasse o quadro ele nunca mais a veria.

"E foi em resposta a isso que Caroline Crale gritou indignada: 'Você e suas mulheres!'. Essa frase punha Elsa na mesma classe das outras... aquelas outras que tinham ido embora. E ela acrescentou indignada: 'Um dia ainda mato você'.

"Ela estava com raiva, revoltada com a insensibilidade e a crueldade dele com a garota. Quando Philip Blake a viu no *hall* e a ouviu murmurar consigo 'É cruel demais!', era em Elsa que ela pensava.

"Quanto a Crale, ele saiu da biblioteca, encontrou Elsa com Philip Blake e bruscamente ordenou que ela descesse para continuar a sessão de pose. O que ele não sabia era que Elsa Greer estivera sentada bem do lado de fora da janela da biblioteca e ouvira tudo. E o relato que ela fez depois dessa conversa não era o verdadeiro. Só há a palavra dela sobre ele, lembrem-se.

"Imaginem o choque que deve ter sido para ela ouvir a verdade, dita de forma brutal!

"Meredith Blake nos contou que na tarde anterior, enquanto esperava que Caroline saísse desta sala, ficou parado no vão da porta de costas para a sala. Ele estava conversando com Elsa Greer. Isso significa que ela estava de frente para ele e que *ela podia ver exatamente por cima do ombro dele o que Caroline fazia... e ela era a única pessoa que podia fazer isso.*

"Ela viu Caroline pegar o veneno. Não disse nada, mas se lembrou disso quando estava sentada do lado de fora da janela da biblioteca.

"Quando Amyas Crale saiu ela usou a desculpa de precisar de um pulôver e subiu até o quarto de Caroline Crale para procurar o veneno. As mulheres sabem onde outras mulheres provavelmente escondem as coisas. Ela o encontrou e, tomando cuidado para não apagar nenhuma impressão digital nem deixar as suas, extraiu o líquido com um conta-gotas usado para encher canetas-tinteiro.

"Então ela desceu e foi com Crale para o Battery Garden. E depois, sem dúvida, ela lhe serviu um pouco de cerveja e ele a engoliu de um gole como costumava fazer.

"Enquanto isso, Caroline Crale estava seriamente perturbada. Quando viu Elsa subir para a casa (desta vez realmente para pegar um pulôver), Caroline desceu depressa para o Battery Garden e atacou o marido. O que ele está fazendo é vergonhoso! Ela não vai suportar isso! É incrivelmente cruel e duro com a garota! Amyas, irritado por ser interrompido, diz que está tudo resolvido... quando o quadro estiver terminado, ele vai mandar a garota fazer as malas! '*Está tudo resolvido... Vou mandar ela fazer as malas. Escute o que estou dizendo.*'

"E então eles ouvem os passos dos dois Blake, e Caroline sai e, ligeiramente constrangida, murmura algo sobre Angela e a escola e ter muita coisa a fazer, e por uma associação natural de ideias os dois homens julgam que a conversa que ouviram se refere a *Angela*, e 'Vou mandar ela fazer as malas' se torna 'Vou cuidar das malas dela'.

"E Elsa, de pulôver na mão, desce o caminho, leve e sorrindo, e assume de novo a pose.

"Ela contava, sem dúvida, com a possibilidade de suspeitarem de Caroline e de a coniina ser encontrada no quarto dela. Mas Caroline agora está completamente em suas mãos. Ela traz cerveja gelada e a serve para o marido.

"Amyas a engole, faz uma careta e diz: 'Tudo está com um gosto ruim hoje'.

"Vocês não veem como essa observação é significativa? *Tudo está com um gosto ruim?* Então houve alguma coisa *antes* daquela cerveja que teve um gosto desagradável, e o gosto *ainda está na boca dele*. E há mais um ponto. Philip Blake fala de Crale claudicar um pouco e imagina 'se ele esteve bebendo'. Mas esse leve claudicar era *o primeiro sinal da ação da coniina*, e isso significa *que ela já tinha sido administrada a ele algum tempo antes de Caroline levar para ele a garrafa de cerveja gelada.*

"E então Elsa Greer sentou no muro cinza e posou, e, como devia evitar que ele suspeitasse até que fosse tarde demais, falou com Amyas animada e de forma natural. Depois ela viu Meredith no banco acima e acenou para ele, e desempenhou seu papel ainda mais completamente para que ele visse.

"E Amyas Crale, um homem que detestava a doença e se recusava a ceder a ela, pintou obstinadamente até que seus membros falharam e sua fala engrossou, e ele se esparramou no banco, desamparado, mas com a mente ainda clara.

"O sino soou na casa e Meredith saiu do banco e desceu

até o Battery Garden. Penso que nesse momento Elsa deixou seu lugar, correu até a mesa e derramou as últimas gotas de veneno no copo que continha a última bebida inocente. (Ela se livrou do conta-gotas no caminho para a casa... esmagando-o até virar pó.) Então ela encontrou Meredith no vão da porta.

"Há um clarão lá para quem sai das sombras. Meredith não viu com muita clareza... só seu amigo esparramado em uma posição familiar e afastando os olhos do quadro no que ele descreveu como um olhar maléfico.

"Quanto Amyas sabia ou adivinhava? Não podemos dizer quanto sua mente consciente sabia, mas seus olhos e sua mão foram fiéis."

Hercule Poirot fez um gesto na direção do quadro na parede.

— Eu devia ter sabido na primeira vez em que vi esse quadro. Pois ele é um quadro notável. É o quadro de uma assassina pintado por sua vítima... é o quadro de uma garota assistindo à morte de seu amante...

5

CONSEQUÊNCIAS

NO SILÊNCIO QUE SE SEGUIU, um silêncio horrível, estarrecedor, o pôr do sol lentamente se esgotou, o último lampejo deixou a janela onde permanecera sobre a cabeça escura e a estola de peles clara da mulher lá sentada.

Elsa Dittisham se moveu e falou:

— Leve-os daqui, Meredith. Deixe-me a sós com monsieur Poirot.

Ela ficou sentada imóvel até que a porta se fechou atrás deles. Então disse:

— O senhor é muito inteligente, não é?

Poirot não respondeu.

— O que o senhor espera que eu faça? Confesse?

Ele negou com a cabeça.

— Porque eu não vou fazer nada disso! — disse Elsa. — E não vou admitir nada. Mas o que dizemos aqui, juntos, não tem importância. Porque é só uma questão de sua palavra contra a minha.

— Exatamente.

— Quero saber o que o senhor vai fazer.

— Vou fazer tudo que puder — disse Hercule Poirot — para induzir as autoridades a conceder um perdão póstumo a Caroline Crale.

Elsa riu. E disse:

— Que absurdo! Receber um perdão por algo que você não fez. — E acrescentou: — E quanto a mim?

— Vou expor minha conclusão às pessoas necessárias. Se elas decidirem que há possibilidade de apresentar um caso contra a senhora, talvez ajam. Eu lhe digo que em minha opinião não há evidências suficientes... há só inferências, não fatos. Além disso, eles não vão estar ansiosos para processar ninguém em sua posição, a menos que haja ampla justificativa para esse procedimento.

— Eu não vou me preocupar — disse Elsa. — Se eu estivesse de pé no banco dos réus, lutando por minha vida... poderia haver algo nisso... algo vivo... excitante. Eu poderia... gostar.

— Seu marido não gostaria.

Ela olhou fixamente para ele.

— O senhor acha que eu dou alguma importância ao que meu marido sentiria?

— Não, não acho. Acho que a senhora nunca, em toda a sua vida, deu importância ao que qualquer outra pessoa sentia. Se tivesse feito isso, talvez fosse mais feliz.

Ela disse abruptamente:

— Por que o senhor tem pena de mim?

— Porque, minha criança, você tem muito a aprender.

— O que eu tenho a aprender?

— Todas as emoções adultas... pena, solidariedade, compreensão. As únicas coisas que você conhece... sempre conheceu... são amor e ódio.

— Eu vi Caroline pegar a coniina — disse Elsa. — Pensei que ela pretendia se matar. Isso teria simplificado as coisas. E então, na manhã seguinte, eu descobri. Ele disse a ela que não gostava nem um pouco de mim... ele *tinha* gostado, mas já havia acabado. Quando ele terminasse o quadro ia me mandar fazer as malas. Ela não tinha nada com que se preocupar, ele disse.

— E ela... ficou com pena de mim... O senhor entende o que aquilo fez comigo? Eu encontrei a substância e dei a ele, e fiquei lá sentada vendo-o morrer. Nunca me senti tão viva, tão exultante, tão poderosa. Eu assisti à morte dele...

Ela abriu os braços.

— Eu não entendia que era *a mim* que estava matando... não a ele. Depois eu tentei montar uma armadilha para ela... e isso também não adiantou. Eu não consegui machucá-la... ela não se importava... escapou de tudo... na metade do tempo ela não estava lá. Ela e Amyas escaparam... foram para algum lugar onde eu não podia atingi-los. Mas eles não morreram. *Eu* morri.

Elsa Dittisham se levantou. Foi até a porta. E disse outra vez:

— *Eu morri...*

No *hall* ela passou por dois jovens cuja vida juntos estava começando.

O motorista abriu a porta do carro. Lady Dittisham entrou e o motorista cobriu os joelhos dela com a estola de peles.

ESTE LIVRO, COMPOSTO NA FONTE FAIRFIELD,
FOI IMPRESSO EM PAPEL PÓLEN SOFT 80G NA GRÁFICA AR FERNANDEZ.
SÃO PAULO, BRASIL, JANEIRO DE 2022.

Este livro, composto na fonte Fairfield,
foi impresso em papel Lux Cream 60 g/m² na gráfica BMF.
São Paulo, Brasil, agosto de 2023.